Marcos DeBrito

Marcus Barcelos

Rodrigo de Oliveira

Victor Bonini

VOZES DO JOELMA

OS GRITOS QUE NÃO FORAM OUVIDOS

Apresentação
Tiago Toy

COPYRIGHT © FARO EDITORIAL, 2019

Todos os direitos reservados.
Nenhuma parte deste livro pode ser reproduzida sob quaisquer meios existentes sem autorização por escrito do editor.

Diretor editorial **PEDRO ALMEIDA**
Coordenação editorial **CARLA SACRATO**
Preparação **CRISTIANE SAAVEDRA E TUCA FARIA**
Revisão **ALESSANDRA JUSTO**
Capa e projeto gráfico **OSMANE GARCIA FILHO**
Imagem de capa **ICO YUJI | EDITORA ABRIL**
Imagens de miolo **SHUTTERSTOCK**

Dados Internacionais de Catalogação na Publicação (CIP)
Angélica Ilacqua CRB-8/7057

Vozes do Joelma : os gritos que não foram ouvidos / Marcos Debrito...[et al.] — São Paulo : Faro Editorial, 2019.
288p.

ISBN: 978-85-9581-088-4

1. Ficção brasileira 2. Incêndio - Ficção 3. Edifício Joelma – Incêndio I. Debrito, Marcos

| 19-0490 | CDD B869.3 |

Índice para catálogo sistemático:
1. Ficção brasileira B869.3

1ª edição brasileira: 2019
Direitos de edição em língua portuguesa, para o Brasil, adquiridos por **FARO EDITORIAL**

Avenida Andrômeda, 885. Sala 310
Alphaville – Barueri – SP – Brasil
CEP: 06473-000 – Tel.: +55 11 4208-0868
www.faroeditorial.com.br

Deixe-me dizer que não sou convencional. Não espero que compreendas tudo da primeira vez porque não pertenço ao seu mundo, mas tudo de mais grave que acontece nele tem parte comigo.

Teu olfato mundano, distinto do meu, não é capaz de sentir o perfume de carne queimada. O ferver do sangue antes que os músculos derretam sob glândulas e nervos, e a essência que daí emana carrega um pouco de mirra, cálamo, até mesmo algo de canela.

No fundo, sei que são apenas saudades de quando o corpo dos teus iguais era puro, de quando o palato não trazia traços de tabaco adulterado ou notas dos venenos presentes nos víveres modernos.

É incompreensível que os mortais desejem corromper a própria matéria com prazeres tão mesquinhos. O fascínio pela dor seria o nó que nos aproximaria, mas a dissimulação em tua natureza faz de mim uma criatura muito mais íntegra que ti quando se trata de saciar os próprios desejos.

Os povos antigos queimavam madeiras, ervas e especiarias em rituais de comunhão com os deuses, e também para banir espíritos que acreditavam serem malignos. Do alto de sua ignorância, não desconfiavam quão equivocados estavam. Os deuses ouviam, sim, mas nós, ah!, nós não éramos afastados com esses cheiros. Eram como o bálsamo a nos indicar uma trilha diretamente a vocês.

Tua carne é frágil: apodrece, incha e pode ser cortada como banha de porco, mas é quando ela queima que meu estômago se anuncia. Há aqueles de nós que preferem os afogados e os que se deleitam com corpos despedaçados, mas eu, particularmente, prefiro minha carne mais bem-passada.

Não vou me desculpar por manter meu nome em segredo, pois estou além dos preceitos dos homens e, por isso mesmo, parecer descortês aos teus olhos não me afeta. De toda forma, há um acordo entre os meus: não revelamos nossas identidades, porquanto palavras têm poder e nomes são informações muito valiosas. Mas não se aborreça e nem nos procure: somos nós que os encontraremos.

Caso atravesses o véu sozinho – quer por velhice, alguma enfermidade ou acidente – é provável que sejas recebido por algum subalterno, pois só me interesso quando há intensidade de aromas. Prefiro as grandes tragédias, o sofrimento e a dor coletivas que se traduzem no banquete anunciado pela última batida do coração.

No entanto há um detalhe que pode me fazer parecer pretensioso – e talvez eu de fato o seja: a mim são destinadas somente as almas que sucumbem em desgraças provocadas por atos vis do próprio ser humano. Não tenho poder sobre aqueles que deixam o plano físico devido a doenças do corpo ou outras causas naturais. O quê? Não acha justo almas boas conquistarem um encontro comigo só pelo fato de terem vindo a mim pelos atos de outrem? A vida não é justa.

Não sei precisar se essa particularidade advém da minha origem ou se foi adquirida ao longo de minha jornada. Engana-se, porém, aquele que me responsabiliza por elas, pois não induzo ser algum a nada pelo qual ele não anseie. Continuas a ser o senhor de tuas escolhas. O destino que te guia é outro: desde a tua concepção, uma miríade de caminhos é apresentada diante de teus olhos. Poderás crescer no ventre de uma família abastada, minguarás com pais miseráveis ou não terás família alguma. Serás agraciado com um corpo saudável ou terás a desventura de nascer enfermo. Não importa. O mundo continuará sendo o mesmo, e ninguém se preocupará genuinamente com tuas lástimas. Na verdade, serão tuas escolhas que ditarão teu percurso e traçarão o teu destino.

A vida é incompreensível ao ser humano, e o Universo é infinitamente hostil aos interesses dos homens. Não controlo tuas ambições, mas não estranhe o orgulho que se revela neste meu sorriso, pois minha existência milenar possibilitou que eu me aperfeiçoasse na arte da manipulação das peças certas. Não posso simplesmente esperar. Assim, movi grandes Reis, saltei com os mais rápidos Cavalos, destruí incontáveis Peões. Basta encontrar o ponto fraco, aquele onde a estratégia falha, e voilá!, resta-me a tarefa de me fartar à mesa após a queda da Torre.

Para chegar a esse ponto, todavia, é preciso despertar o mal, que deve germinar e crescer em vós – e isso requer cuidados. Dedicação.

Quando tua intuição te faz crer que um lugar é maligno, provavelmente estás certo. Na verdade, não precisas do meu olfato para sabê-lo, somente um mínimo de sensibilidade. O mal que detectas não nasceu ali, mas foi semeado e impregnou-se pela intervenção humana – não nossa. Pelo menos, não diretamente.

O mal, por incrível que pareça, não é endógeno ao homem, mas sim desencadeado por suas fraquezas: ambição, inveja, ganância, que são plantadas pelos semelhantes. São essas máculas que abrem os canais pelos quais sussurramos e as fendas pelas quais o mal penetra. São como fechaduras que esperam pela chave que girará as engrenagens do espírito. O rangido das dobradiças enfraquecidas simplesmente prenuncia a chegada do que já aguardava, há muito, nas sombras.

Descrever minhas características seria interessante – se eu ainda conseguisse rememorar meus traços. Presenciei a queda de impérios, a ruína de civilizações e o desaparecimento de cidades inteiras, e talvez o número de almas que devorei tenha contribuído com a minha transmutação. Não minto ao dizer que não tenho certeza, pois há segredos até para mim. O fato é: tenho muitas formas, e as escolho de acordo com a ocasião.

Já vesti hábitos, vestes puídas, correntes engorduradas pelo suor da labuta forçada. Intento passar despercebido, sem alarde, somente para troçar das crenças dos fracos. Há, porém, momentos em que olhos frios de máquinas conseguem captar minha imagem vagando, como aconteceu nos corredores de um local tocado pela desgraça – falaremos dele mais tarde.

Essas engenhosidades contemporâneas nos pegam desprevenidos, mas é por meio da superfície brilhante desses equipamentos modernos que vós propagais as palavras que difundem a nossa existência. Porém, nada vos sacia: a dúvida retorna e vós quereis mais, sempre mais.

Apesar de distintas, há sempre uma semelhança entre todas as minhas formas. Assim como vocês são mutáveis, meus artifícios também o são.

Numa das vezes em que fui avistado nos corredores escuros desse prédio dito assombrado, carregava um molho de chaves, tilintando na cadência dos meus passos. A pessoa que me enxergou provavelmente não reteve a minha aparência – da qual eu mesmo mal me recordo –, mas ela levará para sempre o som metálico das chaves ressoando, meu recurso predileto por serem capazes de abrir a porta pela qual o mais profundo mal entra e se instala.

No fim dos anos 1940, encontrei uma dessas fechaduras aqui, neste terreno cujas chagas purulentas, rasgadas por homens carregados de maldade, sangravam desde tempos imemoriais. Abri-la não foi das lidas mais árduas, confesso, mas como foi saboroso o banquete a mim servido nas entranhas daquele poço! Embora minha preferência seja por carne queimada, a fragrância levou-me ao êxtase.

A fechadura encontrava-se na nuca de um rapaz, que não opôs qualquer resistência às minhas investidas. Pobre, torturara-se por suas próprias inseguranças. O lar em que cresceu teve uma parcela de culpa: sem uma figura paterna e com distúrbios próprios, uma mãe católica fervorosa cuja religião apagou qualquer traço do carinho e irmãs que existiam no sangue, mas não na cumplicidade.

Em suma, as escolhas são responsabilidade de quem as faz.

Pablo fez as dele.

Marcos DeBrito

OS MORTOS NÃO PERDOAM

1.

Terça-feira, 23 de novembro de 1948

Destoando dos bem-cuidados jardins dos antigos casarões que ocupavam os arredores do Bixiga em São Paulo, um poço improvisado desfigurava o quintal dos fundos de uma residência na rua Santo Antônio com a avenida 9 de Julho, devido aos mais de cinco metros cavados pra baixo da grama.

O cheiro da terra escura que começava a ser retirada pelos inúmeros homens fardados no local anunciava uma atrocidade na iminência de ser descoberta.

Os policiais da Delegacia de Segurança Pessoal acompanhavam o trabalho incessante dos bombeiros. Haviam sido avisados após a denúncia de vizinhos sobre o estranho comportamento de Pablo Ferreira de Camargo e sobre a pouco convincente morte de sua mãe e irmãs em um acidente de automóvel.

Nada poderia preparar os que aguardavam do lado de fora do buraco para a hedionda visão do que estava prestes a surgir.

Das profundidades da enorme cratera, o primeiro corpo — enrolado em lona preta e com a cabeça coberta por um pano encardido — alcançou a superfície, alastrando ainda mais o cheiro de putrefação.

Antes que os demais cadáveres revelassem o triplo homicídio, o estrondo súbito de um disparo, que ecoara de uma arma de fogo entre as paredes da casa, roubou a atenção dos policiais e curiosos.

2.

Quinta-feira, 4 de novembro de 1948

Faltavam poucos minutos para o ponteiro das horas passar da meia-noite.

Mergulhado na água barrenta de uma banheira encardida, um homem sujo de terra e dopado por uma dose exagerada de sedativos extirpava a lembrança do que fizera.

Pablo, 26 anos, era assistente no laboratório de Química da USP e traficava sua automedicação às escondidas sem que o professor titular da matéria notasse sua dependência.

A placidez no olhar sonolento não demonstrava culpa, apenas cansaço. Permitiu-se relaxar por alguns instantes, e as pálpebras cortinaram as vistas, convidando-o ao repouso.

O silêncio na casa era tão inebriante quanto a droga que corria nas suas veias. Nunca experimentara um banho quente regado a sossego. Ninguém o apressava para sair ou criticava suas ações. Sentia-se finalmente livre das amarras que o prendiam a uma vida de subserviência imposta pela matriarca opressora e irmãs autoritárias.

A solidão permitiu-lhe imaginar que as suas noites ao lado da mulher que elas tanto hostilizavam seriam regadas a luxúria. Não teria mais que engolir calado o veneno do preconceito que lhes escorria da boca ao cuspirem o seu desdém.

Para Pablo, a morte daquelas com quem dividira o cotidiano enfadonho parecia trazer apenas vantagens. Os seus lábios se arquearam de satisfação, e um suspiro libertador o fez afundar o queixo na água turva.

A paz reinava no taciturno casarão. O luar atravessava as janelas para desenhar as sombras dançarinas das cortinas balançando ao vento. Até os ruídos mais baixos podiam ser escutados: o estridular dos grilos no jardim, os insetos em busca de sangue no corredor...

O choro feminino no banheiro...

Assustado, o homem ergueu o tronco de imediato e olhou na direção do gemido. De pé, sob o batente da entrada, agasalhados pelo breu, estavam os cadáveres descorados das suas irmãs. Presas à maldição de uma morte violenta, pranteavam em dolorosos sussurros.

O calor da banheira não foi suficiente para conter o calafrio que percorreu sua espinha ao ver Maria Fernanda e Amélia devolvidas pela terra. A mais velha trazia o rosto coberto por um guardanapo de pano escuro enquanto a caçula, agarrada ao braço da irmã, esfregava uma das mãos no vestido ensanguentado para tentar limpar o barro da sua roupa de sair.

Encharcadas de lama e sangue, o choro penado das almas em luto ecoava pelos azulejos, corrompendo a sanidade do rapaz.

Agoniado pela ausência do fantasma que ele mais odiava, esbravejou:

— Aparece, velha maldita!

A sua bravura terminou junto com as palavras que foram exorcizadas em um ímpeto de fúria. Ao ver o rosto da mãe emergir da banheira, arrependeu-se de ter invocado aquela visão tétrica que o fez fraquejar.

Como Maria Fernanda, o defunto pálido de dona Berta também tinha a cabeça embrulhada por uma mortalha. Entretanto seus dentes amarelados e o olhar rancoroso, em cujas escleras viam-se os vasos estourados, mostravam-se por entre as tramas do tecido retalhado, dando-lhe um caráter monstruoso que, junto a lamúria das mortas, amplificava o terror da hedionda imagem do trio de espíritos.

Num movimento brusco, a velha esticou os braços por trás da nuca do filho e o puxou para dentro da água, na intenção de afogá-lo.

Pablo acordou de sobressalto e tentou recuperar o fôlego, inalando de uma só vez quase todo o ar do recinto num grave ronco. Esfregou o rosto com movimentos estabanados à procura das almas ressentidas que queriam a sua companhia no mundo dos mortos.

Não havia choro nem assombrações. O único ruído que incomodava a tranquilidade noturna era o assobio do vento entre as frestas das janelas, e a presença que o encarava da porta era a de um pequeno cão encardido de barro, que parecia julgá-lo com seu olhar entristecido.

Era a primeira vez que ele entrava na casa após as defuntas terem sido enterradas no jardim.

Incomodado pela maneira como o animal o observava, Pablo arremessou-lhe a esponja cheia d'água, afugentando-o.

Sozinho, remoeu a falha de ter se ajoelhado ao vício quando não devia. Sua compulsão por entorpecentes não apenas o fizera cochilar sem querer durante o banho como também o arremessara em um estranho pesadelo que pareceu real.

As visões dos fantasmas vingativos da mãe e das irmãs ainda o perturbavam. O cadáver macilento de dona Berta na banheira, de Maria Fernanda aos prantos na escuridão do banheiro, e de Amélia, que tentava limpar a saia do seu vestido, o mantiveram acordado até o nascer do sol.

3.

Terça-feira, 2 de novembro de 1948

A jovem Amélia, de 19 anos, fazia carreira como datilógrafa na Faculdade de Filosofia, mas a sua verdadeira paixão era o jornalismo de butique. Quando em posse do último exemplar da principal revista de moda do país, corria para a sessão dos famosos guiada pelo sonho de um dia virar notícia.

Era feriado de Finados, e ela podia passar a folga do trabalho no balanço do quintal, distante da realidade cotidiana atrás de uma máquina de escrever, imaginando-se nos vestidos mais caros da publicação nas suas mãos.

A fantasia de ser convidada para os bailes da alta sociedade ganhavam vida no jardim. O gramado tornava-se a pista de valsa dos palacetes na avenida Paulista, e o embalo das cordas no brinquedo equivalia ao pedido de algum cavalheiro solteiro de ascendência aristocrata chamando-a para dançar. O seu maior desejo era usufruir de um dos prestigiados sobrenomes dos nobres que desfrutavam a devoção dos tabloides — por causa dos antepassados gloriosos que rasgaram as matas de São Paulo — ou dos industriais abonados de família italiana.

O recorrente devaneio de algum dia conseguir incorporar um elegante *Matarazzo* ou *Alves de Lima* ao seu enfadonho *Camargo* teve fim nos berros alentados da sua mãe:

— Sai desse balanço, Amélia! Vem ajudar a pôr a mesa.

Na cozinha, dona Berta enchia o pote do cão com a mesma comida que serviria à família. Ela gastava todo o seu sorriso e simpatia com o animal, reservando aos demais a sua carranca. Na disputa pelo seu amor, todos sabiam que o cachorro viria sempre em primeiro lugar.

Maria Fernanda, de 23 anos, já estava sentada à mesa. Diferentemente da irmã mais nova, fora dispensada de trabalhar e dos afazeres domésticos, pois sua epilepsia trazia frequentes crises motoras e de ausência. O exagero nos cuidados com a sua doença refletia-se no comportamento mimado e na ausência de filtro nas palavras, principalmente com relação ao irmão mais velho:

— O Pablo não vem logo porque está se enfeitando pra se encontrar de novo com aquela balconistazinha de mercado.

— Essa moça só vai deixar seu irmão em paz depois que terminar de roubar os réis que ele devia estar pondo aqui dentro. — A mãe complementou o desprezo da filha sem perceber que o filho descia as escadas.

— Já faz mais de cinco anos que a moeda mudou para cruzeiros. Se nem isso a senhora consegue aprender, quem sou eu pra tentar mudar esse seu juízo atrasado? — Chegou o rapaz cheirando a perfume.

Ao vê-lo, o cão da família começou a latir. A hostilidade que sempre demonstrava era uma maneira de criticá-lo tanto quanto Berta, que o enchia de paparicos.

Irritado com o barulho, Pablo foi até a sala para ajeitar o bigode com os dedos em frente ao espelho do mancebo. Aproveitou para provocar a irmã:

— E a Isaura é assistente de enfermagem no Hospital das Clínicas, Maria. Se ela trabalhou como balconista foi porque tinha que se sustentar após a morte do pai. Nem todo mundo tem a sorte de morar com um irmão mais velho que paga as contas.

— Pablo! — dona Berta repreendeu-o pela crítica. — Volta aqui e senta, que a comida já esfriou de tanto ficarmos te esperando.

— Comam vocês. Estou atrasado para encontrar a Isa.

— A *meretriz* — desdenhou Maria Fernanda para que o irmão a escutasse.

Cansado de engolir os recorrentes insultos que faziam à namorada, Pablo pisou forte até a cozinha e aumentou a voz:

— Pois saiba que é com essa *meretriz* que irei me casar e que moraremos aqui, sob este teto! Se não gostarem, mudem pra baixo do Viaduto do Chá, porque cansei de gastar todo meu salário nesta casa e ainda ter que ouvir piadinhas toda vez que falo da Isa!

— Essa moça não é *direita*, Pablo! — A mãe não se abalou com as ameaças do filho e combinou as suas críticas ao latido insuportável. — O seu pai jamais aprovaria um matrimônio com *mulherzinha* dessas, falada por aí que já se deitou com outros rapazes.

— Que bom que morto não dá opinião — despejou o insulto com ares de advertência. — E faz esse seu maldito vira-lata ficar quieto! — Retirou-se, batendo com força a porta de casa.

4.

Sexta-feira, 12 de novembro de 1948

Contavam-se oito dias desde que a residência número 104 da rua Santo Antônio perdera as vozes femininas que preenchiam os seus corredores. A casa jazia silenciosa na sua nova atribuição: passara a ser o mausoléu das mulheres da família Camargo.

Juntamente com os cadáveres que apodreciam no poço, Pablo soterrara o preconceito contra Isaura. Estava livre para viver a plenitude do seu amor.

Destrancou a porta da frente e entrou na casa com a namorada. Ousado, encostou-a na parede da sala e beijou-lhe demoradamente o pescoço.

Ao baterem o quadril no mancebo, o assoalho rangeu.

— Elas vão acordar — sussurrou Isa, sem afastar os lábios do amante, que arrepiavam-lhe a pele.

— Ninguém vai incomodar.

Ela sorriu e permitiu que as mãos dele explorassem seu corpo esguio no uniforme branco.

— Pablo... Não vamos dar mais um motivo pra sua mãe.

Ele a ignorou.

Inebriado pelo perfume da garota e pela liberdade de poder sucumbir aos seus desejos sem nenhuma inibição, o rapaz ergueu-lhe a saia e desafivelou o cinto de sua calça de gabardine.

— Não, Pablo. Para. A gente não pode. Ela vai escutar.

— A velha chata não está aqui. Nem as minhas irmãs.

— Mas... E se chegarem? — insistiu, angustiada.

— Não vão...

— Aonde elas foram? — Isaura segurou a mão que já estava entre suas pernas.

Pablo mordiscou-lhe o lóbulo da orelha, deixou escapar um sorriso safado e soltou o discurso que praticara tantas vezes em frente ao espelho:

— Foram viajar. — Afagou-lhe os cabelos. — Eu as levei à Júlio Prestes pra pegar o trem faz alguns dias.

— A sua mãe, que mal sai de casa, foi viajar?

— Resolveram visitar um tio meu que mora no Paraná.

O rapaz percebeu que sua mentira alimentava os contornos da desconfiança no olhar de Isaura.

— Puxa vida, Isa. Achei que gostaria de passar a noite aqui comigo, sem os olhos da minha família sobre a gente. — Exagerou no drama para deixá-la com peso na consciência e, assim, livrar-se do inquérito. — Mas vi que a surpresa não foi tão boa. Prefere que eu te leve pra casa?

— Não. — Passou os braços sobre os ombros do namorado e mordeu a isca. — Eu disse pra mamãe que entro bem cedo amanhã e que iria dormir na casa da minha irmã, que é mais perto do hospital.

— É? — Pablo entrou na brincadeira. — E o que a dona Francisca pensará de mim se descobrir?

— Hmm... Talvez ela pare de encher os meus ouvidos com elogios sobre como você é um rapaz educado e de fino trato.

— Acho que vou correr esse risco!

Ele ergueu-a do chão, e Isaura abraçou-o com as pernas. Seus lábios se encontraram e não desgrudaram até tombarem, apaixonados, na cama do quarto dele no andar de cima.

* * *

O som pornográfico dos corpos atracando-se disputava espaço com os gemidos escandalosos a portas abertas.

Como provocação aos anos de retraimento no seu aposento, sempre cauteloso para que as guardiãs da moral não o escutassem, Pablo fez questão de forçar o quadril num vaivém acelerado e impetuoso, sentindo prazer a cada batida proposital da cabeceira na parede.

Após a tórrida noite de libertinagem sem receios, ainda que a nudez dos seus corpos suados tivesse recusado as cobertas, o calor obrigara o casal a adormecer de janela aberta.

A chuva fina e a brisa leve que refrescavam o bafo noturno trouxeram consigo, de entre as paredes, o mesmo choro baixo que Pablo escutara na madrugada após o crime. Despertado pelo receio de um novo delírio, vasculhou o quarto com o olhar em busca dos fantasmas, mas encontrou apenas as sombras que a madrugada projetava nas paredes.

O pranto parecia ecoar em comunhão com o vento, que flamulava a cortina, e com as gotas, que compunham uma canção de notas molhadas sobre o telhado.

Pablo caminhou em direção ao sopro orvalhado vindo de fora e reconheceu as entranhas do poço como berço daquele lamento sombrio.

Sóbrio, restava-lhe a esperança de que o que ouvia nada mais era que um resquício de algum pesadelo, pois a mera possibilidade de aquilo estar acontecendo de fato trazia-lhe calafrios.

O cachorro, fiel sentinela, olhava as profundezas da cova e abanava o rabo, como se esperasse receber um carinho.

Sem que Pablo notasse, uma silhueta feminina distinguiu-se na penumbra do quarto. Calada, a estranha figura caminhou ao seu encontro e tocou-lhe o ombro com a mão suja de barro.

Ele virou-se com o coração a ponto de sair pela boca. Era Isaura.

— O que tem nesse poço? — Examinou o que o seu namorado observava tão longamente.

Ainda recuperando-se do susto, voltou a encarar o jardim, tomado pelo medo irracional de que algo pavoroso pudesse surgir da terra onde estavam os cadáveres.

Atento, buscava o som que o acordara, porém seus ouvidos só escutavam a respiração que chegava quente à sua nunca.

— É um reservatório d'água que mandei fazer pra... — Virou-se para Isaura, mas ela não estava lá.

Ao voltar os olhos para a cama, viu-a entregue a um sono profundo, como se nunca tivesse saído dos braços de Morfeu. Cismado sobre como ela retornara tão depressa, Pablo esquadrinhou paredes, teto e chão antes de também deitar-se.

Suspenso no instante em que a vigília e o sono se misturam, franziu a testa ao lembrar-se da inusitada alegria do cachorro.

* * *

O cansaço de uma noite banhada em prazeres obrigou os apaixonados a dormirem até mais tarde. Nem mesmo a claridade que atravessava a cortina, devorando o breu do quarto, os fez abandonar o conforto do colchão.

Como Isaura somente tinha que bater o ponto começaria apenas perto do almoço, aproveitou para estender o tempo na cama por algumas horas. Quis ter certeza de que estaria com a energia renovada para auxiliar os doentes no hospital, onde aplicaria medicamentos e faria a triagem dos pacientes até tarde da noite.

Devido aos acontecimentos da noite passada, Pablo, por ter custado a cair novamente no sono, só abriu os olhos quando Isa terminava abotoar o uniforme de enfermeira.

— Te pego mais tarde? — Mal espreguiçara-se e tropeçara naquele sorriso lindo.

— Duas noites seguidas é abusar da ingenuidade da mamãe. — Ela virou-se para ele e endireitou o cós da saia que a encobria até as canelas. — E minha irmã também não vai ficar defendendo as minhas histórias pra sempre. Está lembrado do nosso jantar com ela na quinta?

— Como esqueceria da dona Francisca?

Ele irradiava felicidade. Era a primeira vez que podia observar a namorada se arrumando sem que tivesse que apressá-la para não ser vista pelas familiares enxeridas que queriam controlá-lo.

— E se a gente casasse? — Deixou a cargo do impulso dar voz à euforia.

— Não ganho o suficiente pra comprar uma casa. — Voltou-se ao espelho no armário e ajeitou o chapéu branco sobre os cabelos, sem levá-lo a sério. — Nem você.

— A gente pode morar aqui. Só vou dar um jeito no poço e faremos uma festa de noivado no jardim.

— Que poço?

— Aquele que você viu da janela quando acordou de madrugada com a garoa.

— Garoou? Nem percebi. Dormi feito pedra.

O rapaz estranhou, pois recordava-se bem de que Isaura havia, inclusive, questionado sobre a cratera no quintal.

— Além do mais... — Terminou de passar o batom. — É melhor não ir se acostumando com essa liberdade toda, porque logo, logo a sua mãe estará de volta. — Aproximou-se e deu-lhe um beijo na testa. — Não esquece de trancar a porta depois que eu sair.

Acompanhou-a com os olhos até que descesse as escadas, mas a única coisa em que Pablo conseguia pensar era na nítida presença de Isaura ao seu lado quando ouvira o estranho som que ecoara do fosso.

Ainda mais urgente do que desvendar aquele enigma seria apoderar-se da criatividade de um dramaturgo para contornar sua mentira sobre a viagem ao Paraná. Uma ação sobre os defuntos deveria ser tomada antes que alguém desconfiasse do sumiço de dona Berta, Maria Fernanda e Amélia.

* * *

Pablo não estava com fome, mas a ansiedade fazia-o raspar alguns restos requentados, que secaram e foram esquecidos nas panelas em cima do fogão. Apesar da ausência da mãe e das irmãs à mesa, sentia a mesma sensação desagradável de quando estava diante delas, pois o buraco aberto no gramado que ele enxergava pela janela impedia-o de abandonar a presença invisível dos familiares a quem tanto desprezava.

Além de ter que inventar um motivo plausível para explicar o desaparecimento das mulheres, o comportamento sempre vigilante do cachorro, que encarava o fundo da vala como se lá estivesse enterrado o seu osso mais precioso, incomodava o rapaz. Parecia um enfeite de jardim, com as suas orelhas em constante alerta e com o focinho apontado para a cova, feito uma seta indicando a prova do crime.

Impaciente, largou os talheres e saiu para ver de perto o que tanto chamava a atenção do animal. Ao observar do alto as profundezas do poço, notou que o barro molhado não encobria o nariz e a boca escancarada de um dos cadáveres, que parecia buscar em vão um sopro aos pulmões pelos rasgos do pano sujo. A terra sobre o rosto deslizou e revelou-se o defunto carcomido de Berta, que, mesmo morta, parecia encará-lo com seu olhar opaco por entre os furos do tecido.

Ao identificar sua dona no leito subterrâneo, o cachorro mostrou os dentes para o rapaz e começou a rosnar, mas Pablo não se intimidou, pois o tamanho tacanho do animal de colo afastava o medo de que ele pudesse apresentar alguma ameaça pior do que o irritante latido estridente.

Os piores insultos ganharam o quintal na voz do homicida, que praguejou aos quatro ventos pelo desfavor de os homens contratados para fazer a perfuração terem também levado embora boa parte do solo que haviam escavado.

Correu de volta à cozinha e, na despensa, procurou algo que pudesse usar para juntar terra suficiente para ocultar a parte do cadáver que insistia em ver a luz do dia. Encontrou uma pequena pá de jardinagem com ponta, que teria que servir até pensar em algo melhor.

Prestes a cruzar a saída dos fundos, Pablo ouviu a campainha. Ele travou e ficou em silêncio, na esperança de que o visitante fosse embora, mas logo vieram as batidas na porta.

— Berta?! Abre essa porta, mulher. Estou ouvindo você aí dentro!

O rapaz percebeu que era a dona Carmem pela voz de tabagista, a vizinha atrevida com quem a sua mãe costumava fazer feira nos finais de semana. Ela parecia determinada a aporrinhar-lhe os ouvidos até que a porta se abrisse. Para evitar que a velha suspeitasse de algo, respirou fundo e foi atendê-la.

— Chama a sua mãe pra mim. — Entrou e foi em direção à cozinha, como se fosse de casa.

— Ela saiu, dona Carmem. — Tomou a frente para evitar que ela olhasse o quintal.

— Saiu? Lógico que não saiu! Nossa visita aos túmulos no Consolação é sagrada. Tenho certeza de que a Berta não iria esquecer o aniversário do teu finado pai.

O relacionamento entre Pablo e a mãe era tão frio que ele não sabia que as viúvas compartilhavam uma tradição anual. Enquanto faziam o papel de esposas em luto, as duas aproveitavam para fofocar sobre os acontecimentos na vizinhança.

— Quando acordei a casa já estava vazia.

— Me serve um copo de água, então, que vou esperar a Berta voltar de onde quer que tenha ido. — Entregou-lhe a bolsa e sentou-se à mesa, para desespero do rapaz.

— Ela deve demorar. Mas aviso que a senhora esteve aqui. — Pablo tentou devolver-lhe os pertences quando os latidos frenéticos chamaram a atenção de Carmem para o lado de fora.

— O que houve com o jardim pra ficar feio desse jeito?

— O... jardim? — Uma comichão gelou a sua espinha. — O que tem o jardim?

— Aquilo é um buraco? — Carmem levantou-se da cadeira para ver melhor pela janela.

Com uma das mãos na testa, Pablo começou a embaralhar-se em explicações:

— Sempre tive essa ideia de ter uma fábrica pequena no terreno pra aproveitar melhor o espaço no quintal. Mandei fazer um poço artesiano porque a nossa caixa d'água não ia dar conta.

— A Berta concordou com isso? Ela sempre me fala como a Amélia adora ficar nesse balanço. E agora está todo sujo de barro!

— Tem mês que o meu salário vai quase todo nos remédios da Maria Fernanda. Como ela não pode trabalhar, e a Amélia está mais preocupada em ficar lendo revista do que ajudar em casa, pensei em uma maneira pra aumentar a renda da família. Mas já comecei a tapar de volta, só que faltou terra.

— Mal começou um negócio e já vai desistir, menino? — A vizinha se virou para ele com a crítica ferina. — A sua mãe bem que fala dessa sua falta de comprometimento com as coisas.

Com aquele comentário a velha quase tornou-se o quarto defunto no quintal. A raiva que Pablo nutria por Berta cresceu ainda mais ao confirmar as suspeitas de que ela o maldizia para os vizinhos.

— Não é isso, dona Carmem. Não encontrei água no terreno.

— Me deixa ir lá ver.

A intrometida cruzou a porta dos fundos, apesar do protesto:

— Não precisa... Dona Carmem!

Antes que Pablo conseguisse contornar a mesa, a idosa já estava a meio passo do buraco. Quando a viu chegar na beira da cova e olhar para baixo, sentiu que a pá em sua mão pudesse ser usada como uma faca.

— Isso não é um poço... — disse, sem notar que o rapaz se aproximava, pronto para perfurar suas costelas.

Pablo quase alcançava a boca da mulher para abafar seus gritos, quando ela se virou:

— É uma cisterna.

— O quê? — Escondeu a ferramenta nas costas.

— Poço artesiano é mais fundo. Se quiser tirar água com isso daí, vai ter que arrumar uma bomba.

Carmem voltou para a cozinha seguida por Pablo, que não conseguia entender como ela não vira os detalhes do cadáver..

— Vou pedir pro meu filho vir dar uma olhada. Ele, que é engenheiro, saberá melhor do que eu o tipo de equipamento que pode dar uma boa vazão de água pra essa sua tal fábrica.

— Agradeço a preocupação, mas não precisa — afastou a possibilidade de mais alguém analisar a cena do crime e pensou em uma desculpa para fazê-la ir embora: — Prometi à minha mãe que terminaria de tapar o buraco antes de ela voltar de viagem.

— Ué! A Berta não tinha saído? — dona Carmem estranhou a mudança de versão.

Pego na própria mentira, ele gaguejou:

— D...desculpa, dona Carmem. Recebemos um telegrama com a notícia de que o meu tio havia falecido, e esqueci que ela iria hoje cedo pro Paraná com as minhas irmãs pra ficar com a família. Saíram antes de eu acordar.

— Nem pra levar a sua mãe até o trem? — Balançou a cabeça, condenando a falta de consideração. — A Berta deve estar arrasada. Você devia ter ido pra ficar ao lado dela numa hora dessas.

— A minha mãe preferiu que eu ficasse pra tomar conta do cachorro. — Empurrou de volta para ela a bolsa que estava na mesa. A indireta para ir embora serviu para que percebesse que sua presença ali não era benquista.

— Só não esqueça de falar pra sua mãe passar lá em casa assim que voltar. — Pendurou a alça no ombro e caminhou até a saída, monitorada de perto por Pablo. — E quando for escrever pra Berta, diga-lhe que estarei rezando pelo irmão dela.

— Ela ficará muito feliz, dona Carmem. — Arqueou os lábios num sorriso falso enquanto abria a porta.

O cachorro chegou à sala, latindo como se implorasse para que a visitante não fosse embora. Ela lançou um olhar de reprovação ao rapaz e não o poupou de uma nova crítica:

— Pelo menos faça o que a sua mãe lhe pediu e cuide direito do bichinho! Do jeito que está aí se esgoelando, o coitado deve estar morrendo de fome.

— Eu estava pra encher a vasilha antes de a senhora chegar. Então, se me der licença... — Empurrou-a para fora com uma gentileza ensaiada e bateu a porta.

Aliviado por estar livre da companhia indesejada, chutou o cão barulhento para longe e, ao averiguar as entranhas do poço, verificou que o que estava no barro não era o rosto da sua mãe assassinada, e sim uma folha seca, que o vento provavelmente carregara até o buraco.

Pablo, que não era de acreditar em fantasmas, presenciara acontecimentos que embaralhavam-lhe o julgamento. Jurava ter visto o cadáver pálido de Berta na terra, mas a realidade o confrontava com algo bem mais crível do que a ideia de espíritos vingativos querendo prejudicá-lo.

Que o motivo de ter enxergado seus familiares mortos fosse o cansaço, resquício das drogas no sangue ou simples imaginação, algo precisaria ser feito antes que descobrissem o cemitério clandestino que o gramado se tornara.

* * *

Sentado de frente para o poço, elucubrando diferentes alternativas para livrar-se das defuntas, Pablo perdera completamente a noção do tempo. Cortá-las em pedaços para depois descartar os membros em diferentes partes da cidade seria muito trabalhoso. Queimá-las, com a desculpa de estar limpando o terreno, produziria muita fumaça e alguém poderia chamar os bombeiros, que encontrariam as carcaças esturricadas. A saída que lhe parecia mais plausível era enrolar os corpos em lençóis, colocá-los no carro e presentear a fauna do rio Tietê, o que envolveria escavar o barro que pesava sobre eles. Ainda que os poceiros tivessem levado embora grande parte da terra dos cinco metros escavados, ao menos dois ainda precisariam de algumas horas de esforço físico.

Para não ser pego de surpresa por vizinhos durante a furtiva remoção das defuntas, teria que removê-las na madrugada. Mas a penumbra que escurecia o terreno junto ao sol que deitava no horizonte também atraía o cansaço.

Pablo medicou a fadiga com um banho morno e deitou-se na cama. Na luta contra a hipertensão, injetou anfetamina na veia e aguardou a chegada da energia que o ajudaria a retirar a mãe e as irmãs do fundo do buraco.

Em sua cabeça, buscou validar o ato do homicídio com a lembrança das recorrentes brigas que tivera com a mãe por causa da namorada, a epilepsia de Maria Fernanda e a futilidade narcisista de Amélia, que passava horas no balanço do jardim sonhando em estampar as páginas da revista O Cruzeiro. Ele sabia quando a irmã mais nova estava perdida na fantasia de uma vida regada pela fama no momento em que escutava o vaivém das cordas no quintal.

Era esse mesmo som que parecia estar vindo do lado de fora.

A adrenalina fez Pablo abrir os olhos e levantar-se da cama. Ao chegar à janela com vista para os fundos do casarão, viu resvalado pelo luar o balanço de Amélia ir e vir, sem explicação.

Como o cachorro não estava por ali, quis culpar o vento, mas as folhas das árvores permaneciam paradas. A brisa da noite não era a responsável pelo misterioso impulso que fazia o brinquedo ir para frente a para trás como um pêndulo.

Sob o seu olhar abismado, o balanço tomou impulso e a intensidade dos movimentos aumentou, como se algo invisível usasse o próprio peso para se divertir.

Até que parou, de uma vez.

Desvairado, pôs a mão no rosto e fechou bem os olhos, querendo expurgar a provável alucinação motivada pelo uso da droga. Acreditou ter pulado o estágio inicial da agitação para mergulhar de uma vez no da psicodelia.

O medo assumiu o controle quando ouviu rangerem as dobradiças da porta no andar de baixo que dava para o jardim. Por não admitir a alternativa sobrenatural, atribuiu o movimento visto no terreno à passagem de algum ladrão que, agora, invadia a casa.

Cauteloso, foi até o quarto, abriu o criado-mudo ao lado da cama, alcançou a pistola calibre 6,35mm e viu que um único cartucho descansava no carregador. Seis tiros haviam sido disparados tinha pouco mais de uma semana, e outro ainda antes, durante um experimento controverso na faculdade que lhe rendera uma advertência de demissão.

Pablo deslizou pelo assoalho com passos leves e chegou à escada. Desceu com extremo cuidado para não estalar os degraus em madeira e espiou os cômodos por detrás das paredes.

Apesar de não haver indícios de que alguém tivesse invadido na casa, a porta que dava acesso ao jardim pela cozinha estava escancarada e o cão descansava tranquilamente ao lado da poltrona preferida de dona Berta.

Com a pistola em riste, aproximou-se da saída. Cada passo lento fazia seu coração querer arrebentar a gaiola de ossos no peito.

Respirou fundo e hesitou por alguns segundos antes botar o rosto para fora com a mira no quintal e o dedo no gatilho.

Não viu nada além da mansidão noturna: não havia nenhum rastro de que algum animal pudesse ter visitado o gramado ou sinais de arrombamento na tranca.

Sem motivos concretos para crer que estivesse em perigo, recolheu-se, mas, por precaução, decidiu não arriscar ser visto desenterrando cadáveres durante a madrugada.

Ao fechar a porta, o brinquedo ao lado do poço tornou a balançar.

5.

Segunda-feira, 1º de novembro de 1948

No prédio anexo ao palacete da alameda Glete, Pablo trabalhava como assistente do dr. Kauffmann, professor titular de Química na Universidade de São Paulo. O rapaz conseguira o almejado cargo logo após se formar e desejava substituir o seu mentor algum dia, mas seu sonho se tornava cada dia mais distante devido a suas experiências pouco ortodoxas.

E fora justamente o seu último experimento que o fizera aguardar sentado, de frente à reitoria, qual seria o seu destino na instituição.

Quando a porta se abriu, ele se levantou e observou o dr. Kauffmann se aproximar com um olhar de reprovação.

— Você tem muita sorte de o reitor Prestes ter exercido o mesmo cargo que você antes de ser nomeado professor e mais sorte ainda de ele ter se filiado ao Partido Social Progressista.

— O que ele falou?

— Pediu para que eu lhe desse apenas uma advertência. Não deve estar querendo desagradar possíveis eleitores, caso venha a se candidatar mesmo a prefeito.

— Eu só queria verificar os efeitos de atritos nos materiais que compõem a pólvora. É um experimento pertinente pra entender a reatividade dos...

— Pablo... — o dr. Kauffmann o interrompeu, erguendo a mão para que se calasse. — Eu nem deveria ter que avisá-lo que disparar uma arma de fogo dentro de um laboratório pode colocar vidas em perigo. Qualquer que seja o experimento que queira fazer, a segurança dos alunos vem sempre em primeiro lugar.

— Eu isolei o elemento de risco com as placas de...

— Encontraram um buraco na parede da escada, Pablo! — o professor aumentou a voz, impaciente, e o encarou. — Não dê motivo para eu me arrepender de tê-lo defendido.

Várias explicações queriam sair da boca do rapaz, mas ele as engoliu e baixou a cabeça em silêncio. Acreditou que estaria sozinho no laboratório em um sábado às seis da manhã, mas algumas alunas do curso de História Natural chegaram mais cedo e ouviram o tiro. Não havia como inventar desculpas.

— Desta vez, o reitor levou em consideração as minhas palavras a seu respeito, mas alertou que isso não pode se repetir.

Com as vistas ainda no chão, Pablo não ousou discutir.

— Agradeço pelo voto de confiança, dr. Kauffmann.

O abatimento de seu pupilo mais aplicado não passou despercebido ao mentor, que apesar de reprovar o método arriscado escolhido pelo assistente, não queria castrá-lo das suas aptidões para pesquisas científicas.

— Já que gosta desses experimentos mais... *extravagantes* — Kauffmann retornou ao timbre de voz amistoso —, dê uma olhada se ainda temos tiocianato de mercúrio no laboratório. Se não tivermos, misture um pouco de açúcar, bicarbonato de sódio, álcool e areia na forma de alumínio. O efeito desses elementos em contato com o fogo é interessante e não emite explosões ou faíscas.

Kauffmann sabia que os alunos do primeiro ano ficavam impressionados com a reação química causada pela combustão da sacarose, que paria bizarros tentáculos de carbono que não paravam de crescer até as bolhas do gás carbônico se dissiparem. Era uma experiência que — caso realizada como trote durante uma celebração religiosa — faria devotos caírem de joelhos para pedir proteção ao Salvador, crentes de estarem presenciando a chegada de uma criatura vinda do inferno.

O fato era que Pablo jamais desejara espantar os calouros. A sua finalidade obscura sempre fora aproveitar-se dos recursos da universidade para analisar imprevistos em um ambiente controlado para não cometer erros quando colocasse-os em prática. O disparo no laboratório era o indício de uma demência que anunciava a futura tragédia.

* * *

Mais arredio do que o de costume, Pablo entrou em casa batendo a porta. A ameaça de que pudesse perder o emprego, caso cometesse algum novo deslize, colocava em risco seus planos com Isaura, pois gostava de levá-la para sair e paparicá-la com presentes. Se não tivesse que gastar boa parte dos seus cruzeiros com os remédios caríssimos para Maria Fernanda não convulsionar, poderia presentear a namorada com mais que um retrato do seu rosto, que pegara no estúdio do fotógrafo após a repreenda do reitor.

Buscou a caneta-tinteiro na gaveta do mancebo e escreveu no verso a singela dedicatória:

À Isa, a criatura toda doce e meiga que prendeu a minha alma. Do teu Pablo.

A expressão sisuda em seu rosto foi apagada pela borracha da alegria ao imaginar Isaura recebendo a lembrança. As palavras não estavam encadeadas de maneira graciosa, mas eram sinceras, o que bastava a dois corações apaixonados.

Enfeitiçado pela própria fantasia, não percebeu a chegada da irmã enxerida, que lia a frase por cima do seu ombro:

— "Criatura toda doce..." — zombou, surpreendendo Pablo. — Manuel Bandeira que se cuide. Nunca vi tamanho talento para a poesia.

— Talvez ele tenha tempo pra se dedicar ao que gosta de verdade, em vez de ter que trabalhar dia e noite pra pagar as contas de uma família parasita — defendeu-se, envergonhado pelo desdém de Maria Fernanda.

— Se está querendo comparar sofrimentos, saiba que os dele são muito maiores que os seus. Bandeira teve tuberculose e ainda viu de perto o começo da Primeira Guerra Mundial, enquanto você tem folgas às quartas e quintas. — Caminhou em direção ao rádio que ficava no outro canto da sala e o sintonizou na Ipanema. — Talvez seja por isso que ele escreve coisas tão lindas. Quem sabe se você lesse um pouco mais pudesse impressionar a sua balconista...

— Tenha mais respeito com a Isa! — Apontou-lhe o dedo. — Enquanto você ainda está em casa de camisola depois do meio-dia, saiba que ela passou a madrugada inteira de uniforme cuidando de enfermos no hospital.

— Pode falar mais baixo? Está tocando Dircinha Batista.

O pouco caso de Maria Fernanda com relação a Isaura fazia o sangue de Pablo ferver. Ele tinha que se controlar para não estrangulá-la ali mesmo, pois queria colocar as mãos em volta daquele pescoço fino e ver o brilho dos olhos da irmã se apagar. Acharia libertador transformar aquela arrogância em impotência, vendo a vida esvair de seu corpo doente.

Para inibir o impulso, procurou se afastar da discussão, mas foi atravessado pela mãe, que descia as escadas com a crítica na ponta da língua:

— Aposto que esqueceu de passar na farmácia pra pagar os remédios da sua irmã.

Maria Fernanda balançava o corpo no ritmo de *Era Só o Que Faltava*, na voz da Rainha do Rádio. Aproveitou para denunciar o irmão:

— Ele gastou o dinheiro em um presente para a tal namoradinha.

— É verdade isso, Pablo? — Berta montou a sua pior carranca. — Você comprou mais coisa pra aquela moça?!

O rapaz se revoltou:

— Se quiser dinheiro, peça para a Amélia, que também trabalha! Tenho as minhas vontades e não colocarei mais os caprichos dessa desocupada na frente dos meus! — apontou à irmã.

— São as contas que você paga nesta casa que lhe dão o direito de morar debaixo deste teto, nunca se esqueça disso! Pode falar grosso com a sua rapariga, mas aqui você respeitará a família!

Pior do que ouvir desaforos acompanhados dos latidos desafinados do cachorro era olhar para a Maria Fernanda e encontrar no seu rosto esnobe a alegria de vê-lo sendo humilhado.

— Mal entro em casa e vocês já me sufocam com cobranças! — Desviou-se da mãe e foi até o jardim para espairecer.

Sozinho no quintal, respirou fundo tentando aproveitar a paz do silêncio. Ao reparar no vasto gramado mal aproveitado, teve a nefasta ideia que resolveria os seus problemas.

6.

Quarta-feira, 3 de novembro de 1948

O encontro com Isaura na noite de Finados fora encerrado mais cedo para que Pablo pudesse providenciar os arranjos para a sua tão sonhada liberdade.

Antes que as mulheres da casa acordassem, procurou dois poceiros experientes e aguardou darem os parâmetros do trabalho.

— Pra quando mesmo o amigo disse que é? — questionou o primeiro, de braços cruzados.

— Tem que ser pra hoje! — respondeu, eufórico.
— Quantos metros?
— Pelo menos cinco.

O homem coçou a cabeça e olhou para o sócio, que compartilhava da insegurança sobre a viabilidade da empreitada.

— Pra escavar cinco metros de chão vai tempo. Podemos começar o serviço agora e entregar amanhã por mil cruzeiros.

O cronograma era inaceitável. Só lhe restaria a folga do dia seguinte para perpetrar o intento funesto e não estava disposto a alterar o seu plano. Já formulara uma razão cabível para o buraco no meio do jardim, e, caso a obra demorasse demais, a sua mãe poderia suspeitar.

— Pago mil cruzeiros pra cada um, mas vocês têm que terminar até o final do dia. — Estendeu a mão, certo de que aceitariam.

Os trabalhadores se encararam. Os longos anos de convivência profissional permitiam que se entendessem sem dizer uma única palavra. Apesar de ser um serviço árduo, ganhar o dobro do valor na metade do tempo valeria o suor.

— Fora o material? — O primeiro deu-lhe a mão.
— Fora o material! — Selou o acordo e os deixou buscarem as ferramentas.

O sorriso de Pablo carimbou a sua vitória. Dois mil cruzeiros não era um valor que podia ser desperdiçado, mas ele encarou como um investimento bem gasto para sua paz de espírito.

Dona Berta, que acordara havia poucos minutos e espiara a conversa pela janela, cruzou a porta dos fundos sem entender o que estava acontecendo.

— Quem são esses sujeitos andando a essa hora pela casa? — resmungou com a garganta ainda seca e o cabelo desgrenhado.

— A senhora não vive reclamando que as reservas financeiras estão se esgotando? Pois veja... — Mostrou-lhe a grama verde com o entusiasmo de quem descobrira petróleo no próprio terreno. — Decidi montar uma fábrica aqui no quintal. Eles vão cavar um poço artesiano do lado do balanço para...

— Um poço?! — interrompeu-o, incrédula. — Pode mandar esses homens embora assim que voltarem! Não te dei permissão nenhuma pra fazer obra no meu jardim.

— Mas a senhora colocou o sustento da casa sobre os meus ombros — protestou, elevando o tom do diálogo. — Melhor aproveitar esse gramado pra aumentar a renda do que deixá-lo desse jeito só pra Amélia ficar sentada no balanço lendo revista. Quero que parem de gastar o meu dinheiro, por isso pensei em construir algo que ficará pra vocês três depois que eu me casar.

O vislumbre de poder sustentar a si e às meninas sem depender do primogênito mal-agradecido era uma ideia que agradava Berta. Ela sabia que dali a poucos anos não conseguiria mais mantê-lo no cabresto. Ele já se aproximava dos 30, e era natural querer formar uma família, mesmo que fosse com a mulher que ela não aprovava.

Sem idade para trabalhar, enviuvada e com uma filha epilética, sabia que o futuro da sua saúde financeira corria risco. Influenciada pelo receio de não conseguir sustentar o padrão de vida com o qual se acostumara, decidiu ouvir Pablo falar mais sobre a ideia.

— E como eu sei que nenhuma de vocês gosta muito de trabalhar fora — o filho continuou —, tanto a senhora quanto as minhas irmãs nunca mais vão precisar sair de casa.

— Posso saber do que é essa tal fábrica pra ter que fazer um poço no meio do terreno? — Dona Berta simulou desinteresse.

— Adubo — respondeu com um sorriso malicioso, encarando a matéria-prima do seu produto.

7.

Segunda-feira, 15 de novembro de 1948

A visita indesejada de dona Carmem no final de semana alertou Pablo de que não seria sensato ser o coveiro do seu próprio cemitério. Apesar de ter passado o domingo inteiro formulando a versão que seria repetida sempre que lhe perguntassem sobre a família, era imperativo que os corpos sumissem do terreno para que nenhum vestígio o vinculasse ao triplo assassinato.

A inexplicável oscilação do balanço o convencera a não remover as defuntas durante a madrugada. Se antes fora acometido pelas alucinações das familiares mortas à espreita, agora as drogas traziam a paranoia de que talvez alguém que desconfiava do homicídio estivesse o espionando.

O modo mais seguro seria desfazer-se dos cadáveres sem que os retirasse do poço. Para isso, teria que sanar as suas dúvidas com relação aos elementos químicos necessários antes de arriscar-se.

Naquela manhã de segunda-feira, Pablo roía as unhas enquanto aguardava o final da primeira aula do dr. Kauffmann do lado de fora da sala. Assim que a porta se abriu, entrou no contrafluxo dos alunos que queriam aproveitar os poucos minutos de intervalo e aproximou-se do seu mentor, que apagava as fórmulas químicas no quadro-negro.

— Eu faço isso pro senhor.

Kauffmann não tinha visto o assistente entrar na sala, mas não estranhou. A ajuda seria uma bênção ao seu dorso fatigado pela idade, então entregou-lhe o apagador e passou a arrumar os papéis na maleta de couro.

— O que você fez de errado, Pablo?

Aquela indireta certeira fez com que ele se virasse com uma expressão de pânico.

— Como assim?!

— As suas funções como assistente se resumem às ocupações do laboratório. — O dr. Kauffmann fechou a valise e voltou-se ao rapaz. — E como você sempre foi bem rígido quanto a isso, imagino que tenha aparecido aqui pra me dizer algo.

Receoso de que o professor pudesse ler a culpa em seu olhar, Pablo voltou a se ocupar com a lousa.

— É só uma dúvida que me surgiu quanto à reação dos ácidos, caso venha a precisar manuseá-los no laboratório.

— Para o ácido nítrico ou o sulfúrico, use recipientes de vidro. Para o fluorídrico, um polímero ou qualquer material plástico resistente a altas temperaturas. Mas se você não soubesse disso, não seria meu assistente.

Pablo era conhecido na universidade por vangloriar-se do seu domínio para representar reações químicas e não seria inteligente rebaixar-se de propósito. Alcançou o giz e desenhou no quadro as seguintes equações:

$$SiO_2 + 4HF \rightarrow SiF_4 + 2H_2O$$
$$SiF_4 + 6HF \rightarrow H_2SiF_6 + 2H_2O$$

— O ácido fluorídrico corrói o vidro por causa do ataque à sílica. — Limpou o pó branco das mãos e mostrou os valores a Kauffmann. — Tanto o SiF_4 quanto o H_2SiF_6 são compostos voláteis. A minha dúvida é com relação ao efeito no contato com a pele. Nunca fizemos essa experiência.

— Nunca fizemos porque não seria bonito. O ácido fluorídrico, na concentração certa, pode dissolver um corpo humano por completo.

Os olhos de Pablo cintilaram.

— Em quanto tempo? — Baixou a guarda e encarou o professor.

— Dependeria do tamanho do corpo, mas, provavelmente, vários dias.

— Vários dias?

— Se o ácido estiver diluído em água, o tempo de dissolução de músculo e cartilagem poderá ser reduzido para umas 12 horas, talvez umas 48 para os ossos.

Pablo estava acostumado com os romances e filmes policiais, nos quais cadáveres se dissolviam em poucos minutos. Distraído, deixou escapar:

— Ainda é muito... Existiria alguma combinação de elementos que pudesse acelerar essa reação?

O olhar desconfiado de Kauffmann pairou sobre o assistente.

— Teoricamente, seria possível criar uma mistura de pentafluoreto de antimônio com ácido fluorsulfônico e óxido de enxofre. A acidez seria maior do que a de qualquer outro composto conhecido. — Arrostou-o, receoso pelo que ele estaria planejando. — Posso saber qual a finalidade dessas perguntas?

Denunciado pelo excesso de interesse no tema, Pablo teve que se virar na retórica para conseguir escapar da suspeita:

— Gosto de conversas que me instigam a pensar sobre diferentes equações químicas. Como essas... — Apontou para o quadro-negro. — A gente tenta prever a reação de tudo através de números e símbolos, mas, em alguns casos, seria bom ver como acontece na prática.

— Nesse, tenho certeza de que não. — Kauffmann consultou o relógio e constatou que faltavam poucos minutos para a próxima aula. — Só não me apareça com esse tipo de experimento no laboratório. — Pegou a maleta e partiu, fazendo uma clara alusão à advertência dada pelo incidente com a arma, mas, como Pablo tinha outras preocupações, o aviso entrou em um ouvido e saiu pelo outro.

Primeiro, precisaria verificar se o laboratório tinha todos os elementos para criar o composto ácido. Depois, calcular quanto teria que preparar para dissolver os corpos por inteiro. Por fim, planejar como transportar o ácido até a sua casa.

* * *

Pablo manteve a sua rotina na universidade para não atrair desconfianças, mas seu estado mental o tornara desatento com relação aos seus afazeres acadêmicos, o que não escapou do olhar vigilante de Kauffmann, que redobrou sua atenção, pois havia assegurado ao reitor que seu assistente não se envolveria em outras polêmicas dentro do *campus*.

A exagerada presença do rapaz no laboratório, mergulhado em fórmulas e mais fórmulas rabiscadas que atulhavam o lixo em papeis amassados, fez com que Kauffmann requisitasse na administração a última lista de compra dos materiais químicos, pois queria comparar o pedido com os itens entregues pelo assistente

Fora da faculdade, Pablo passava os dias em completa reclusão. A preocupação extinguira-lhe a fome, mas não o cansaço; assim, quando podia, esticava-se na cama, dopado pela dose excessiva de comprimidos para afastar a cefaleia e os incessantes latidos do irritante cachorro de sua mãe.

8.

Quinta-feira, 18 de novembro de 1948

Um encontro com Isaura era o alento que Pablo precisava para abandonar o marasmo. O jantar na casa de dona Francisca estava marcado havia uma semana, e ele, desejando manter a boa impressão, decidiu honrar o compromisso, mesmo que o mais ajuizado fosse adiá-lo até que resolvesse a questão dos cadáveres. Ao mesmo tempo, como tinha eliminado as familiares justamente para ficar ao lado de quem elas tanto desprezavam por razões arcaicas de castidade, furtar-se de um bom momento na companhia da amada seria assinar o atestado da derrota, e ele não iria permitir que as mortas usurpassem sua chance de felicidade.

Vestiu seu melhor traje para impressionar a sogra e apareceu em sua porta com flores e um sorriso no rosto, mas durante a janta ele falhava em manter a jovialidade toda a vez que martelava em sua cabeça a lembrança do problema que apodrecia no jardim.

— Pablo... — Isaura trouxe-o de volta à realidade. — Algo errado com a comida?

— Não. Está deliciosa.

— Você nem tocou no prato.

O pedaço de lasanha feita com massa artesanal esfriava na mesa.

— Estou apreciando o aroma antes de saborear a iguaria de sua mãe. — Fechou os olhos, inalou o bálsamo dos temperos com ares de gulodice e olhou para a sogra, sentada em sua frente. — A senhora precisa ensinar o seu segredo para a Isa.

Dona Francisca, orgulhosa, agradeceu o elogio com a falsa modéstia de quem se garantia na cozinha.

Pablo forçou-se a engolir a comida. Em vez de molho, sentia o gosto de barro em sua língua.

— Amor... — Sua apatia não escapou de Isaura, que insistiu: — Pode falar o que está acontecendo.

Ainda mastigando, olhou para as mulheres, que tentavam decifrar aquele silêncio inédito em suas visitas, sempre tão cheias de mimos para com dona Francisca, que lhe respondia com a atenção que a mãe nunca lhe dera. Respirou fundo e decidiu testar a sua versão para o crime.

— Tenho mesmo algo que preciso dizer. — Largou os talheres e limpou os lábios no guardanapo de pano. — Lembra-se da viagem que a minha mãe e irmãs fizeram, Isa?

— A visita ao seu tio no Paraná?

Pablo concordou com a cabeça e vestiu a máscara da dramaturgia. Construiu olheiras azuladas e fundas que circundaram-lhe os olhos e encarnou o Clark Gable dos trópicos

— Elas sofreram um acidente de carro perto de Curitiba.

— Quando isso?! — Espantou-se a namorada. — Estão bem?

Pablo suspirou e baixou os olhos, esperando que o silêncio bastasse como resposta, porque derramar lágrimas teatrais não estava entre os seus talentos.

Dona Francisca e Isaura se entreolharam, como se procurassem confirmar a informação. A garota pôs as mãos na boca e foi consolá-lo. Um abraço longo foi sua maneira de oferecer os pêsames.

— Você não precisa ir pra lá?

— Não... A minha família é quase toda do Paraná. Devido à gravidade do acidente, foram enterradas às pressas no cemitério onde está o meu avô.

— Minha Nossa Senhora! — Benzeu-se dona Francisca. Imaginava que as mortas fossem pessoas muitos doces, pois a atenção e carinho que Pablo demonstrava só podiam refletir a sua criação. — Estaremos aqui para o que precisar, filho.

— Agradeço muito por ter vocês na minha vida. — Retribuiu a afeição e mudou de assunto, por receio de não conseguir manter seu pesar encenado. — Mas não quero que essa tragédia nos desvie do real propósito pelo qual vim aqui hoje. — Pegou as mãos de Isaura e a olhou no fundo dos olhos. — Acho que devemos nos casar e ser felizes.

— Casar?! — Por mais que tivessem tocado no assunto da última vez que dormiram juntos, abordá-lo durante o jantar beirava um pedido oficial.

— Quero tirar o melhor dessa tragédia. Transformá-la em algo que possa ser bom, por mais difícil que seja.

— Pablo, não acho que este seja o melhor momento para...

— Qual a sua opinião, dona Francisca? — O rapaz se voltou para a idosa. — Eu seria um bom marido pra sua filha?

— Seria um presente de Deus pra Isaura ter um esposo como você.

— Mãe!

— Vocês já estão juntos há muitos meses, filha! E a sua irmã nunca foi boa em manter segredos. Sei que não tem dormido lá quando diz que estará de plantão.

— E agora teremos a casa só pra nós! — disse Pablo, após receber a bênção da sogra. — Podemos construir nossa vida lá.

—É... uma casa um tanto grande só pra duas pessoas — Foi a única resposta em que Isa conseguiu pensar.

— Não pretendo me mudar de lá. Lembro da minha mãe e das minhas irmãs em tudo que vejo. — Abusou do sentimentalismo barato para disfarçar que queria ser guardião do próprio crime. — Os móveis, os barulhos, o cachorro, tudo me faz recordar dos momentos que tive com elas. Por isso, Isa, nós nos casaremos e continuaremos a viver lá mesmo. — A ideia de poder acordar ao lado da amada todos os dias foi suficiente para abandonar a farsa do luto.

Surpresa, Isaura não sabia como responder à pressão da alegria no olhar da sua mãe, radiante ao imaginá-la vestida de branco, e ao desejo de não magoar o namorado após uma perda tão grande... Não havia dúvidas de que o amava e de que queria construir um lar ao seu lado; no entanto, encurralada e inibida, não conseguia fazer com que o *sim* saísse dos seus lábios trêmulos.

***

O inesperado *podemos falar sobre isso depois* ainda ressoava na cabeça de Pablo como um *não* após ele ter chegado em casa. Sem ânimo para ir até o quarto, encostou-se na parede ao lado da porta de entrada e pôs-se a rememorar, no escuro, a resposta da namorada.

A seu ver, o jantar seria o momento perfeito para o pedido, e não entendia o motivo de ter ido embora sem poder já planejar a festa de noivado, pois eram adultos e, finalmente, estavam livres dos olhares que sempre os julgavam.

O rapaz tinha pleno conhecimento dos atritos entre Isaura e suas irmãs e mãe, mas só naquele momento reconheceu a divergência entre suas intepretações de que só estaria livre para a felicidade quando elas estivessem mortas.

Esmurrou a parede com uma cólera permeada de pranto e chamou, sem querer, a atenção do cachorro. O animal descontrolado não dava trégua com seu ladro enervante intercalado a rosnados atrevidos, fazendo com que o homem levasse as mãos às orelhas para não arder em sua própria raiva borbulhante.

Pablo respirou fundo. O final de semana se aproximava e precisava colocar em ação os planos para eliminar as evidências que o colocariam na cadeia por um longo tempo. Recuperou o controle e repassou na cabeça a conversa que teve com Kauffmann. Todos os produtos químicos necessários para o teste já tinham sido devidamente identificados no laboratório, e ao pousar os olhos no cachorro, percebeu que havia encontrado o único item que ainda faltava.

9.

Sábado, 20 de novembro de 1948

Kauffmann abriu a porta do corredor da ala de Química e, com uma lista nas mãos, caminhou até o laboratório. A testa franzida denunciava o aborrecimento ao verificar a discrepância nas quantidades de soluções de éter e clorofórmio, que podiam ser utilizadas como entorpecentes, e de hidróxido de amônio, que que servia como base para drogas injetáveis.

Como sabia que Pablo costumava utilizar os finais de semana para conduzir experimentos, Kauffmann desejava confrontá-lo sobre os desvios de material. Queria oferecer-lhe a oportunidade para se explicar antes de demiti-lo, mas o que viu ao entrar no laboratório foi ainda mais condenável do que o furto.

Pablo, de avental, óculos, respirador contra gases tóxicos e luvas, observava a mistura ácida, preparada em um recipiente encerado, corroer a pele de um pequeno cachorro.

* * *

Deitado de bruços na cama, encarando o assoalho de madeira, Pablo contemplava a sua derrota. Sem emprego, sem noivado e sem novas ideias sobre como livrar-se dos cadáveres no jardim, sua única paz era aproveitar a solidão. Apesar de ter calado a última voz que o importunava na casa, fora incapaz de emudecer os gritos do seu íntimo que acusavam seu fracasso.

Com as drogas, entorpeceu os sentidos para afastar o turbilhão de desventuras que não o deixava dormir. Nos breves momentos de lucidez, o peso da ansiedade o consumia. Gostaria de reencontrar Isaura para convencê-la de que seriam felizes para sempre, de papel passado e aos olhos de Deus, mas não se achava em condições para sair de casa e surpreendê-la no hospital com o maior buquê de flores que conseguiria encontrar.

Os seus devaneios variavam entre a melancolia trazida pela rejeição e o ódio causado pelo fato de que as familiares ainda dificultavam a sua vida mesmo após soterradas no barro.

Escapar dos problemas na prostração dos narcóticos funcionara até o poente dominical, mas esgotadas as substâncias e os seus efeitos inebriantes, sobrava-lhe apenas passar a noite em claro, pensando na maneira mais prática para acobertar o seu crime.

10.

Segunda-feira, 22 de novembro de 1948

Para dissolver os cadáveres, Pablo precisaria de uma quantidade considerável de produtos dificilmente encontrados em farmácias de bairro e, como perdera a chance de contrabandeá-los do laboratório, restou-lhe uma única opção: assumir que o terreno seria uma necrópole sem lápides.

Antes que o comércio abrisse, caminhava de um lado para o outro em frente à loja de materiais de construção mais próxima. Mal ergueram-se os portões de ferro, correu às prateleiras e revirou as estantes, o que chamou a atenção de um vendedor:

— Procurando algo em específico?

— Tem saco de terra?

— Na seção de jardinagem. — O jovem acompanhou Pablo até lá e mostrou-lhe as opções: — Se for para rosas ou gerânio, melhor levar o argiloso, mas tem terra preta também, que serve pra qualquer tipo de planta.

— É pra tapar um buraco de uns três a cinco metros, mais ou menos.

— Para esse tanto, preciso mandar buscar no aterro.

— E entrega hoje?

— Se estiver na rota. Onde o senhor mora?

— Aqui na outra quadra. — Tudo o que Pablo arquitetava parecia trazer um lodaçal de contratempos, mas, mesmo que ficasse coberto até o pescoço, estava determinado a vencer sua guerra contra os defuntos.

— Consigo no final da tarde, antes de guardarem o caminhão.

— Então coloca esta pá também. — Entregou-a ao vendedor.

Ao virar-se, deu de cara com o filho de dona Carmem, que estava ali à procura de materiais que faltavam em uma das obras que chefiava, e escutara a conversa de Pablo com o atendente.

— A minha mãe falou da sua cisterna. Resolveu tapar mesmo?

— Não tem água no terreno. — Pablo desconversou e desviou o olhar, mas a irritante obstinação do vizinho devia ser hereditária.

— Se quiser dar outra chance, posso passar lá pra conferir. Como estou aqui pelo bairro, não seria problema nenhum.

— Falei pra sua mãe que não precisa!

O tom mais áspero da voz e a cara de poucos amigos serviram para fazê-lo se calar. O engenheiro jamais imaginara que a sua presteza pudesse ser confundida com intromissão. Felizmente, foi salvo pelo vendedor, que lhe trouxe os materiais a serem pagos no caixa.

— Bom... Tenho que deixar isso na obra antes de ir pro escritório. — Usou o que tinha nas mãos para escapar da situação. — Foi bom te ver. Minhas condolências pela sua perda.

Um frio arrasador escalou a espinha de Pablo, arrepiando-lhe até os cabelos.

— Como soube? — Agarrou o antigo vizinho pelo braço, enfurecido.
— Você falou com a Isaura?!
— Com quem? Não conheço nenhuma Isaura.
— Vocês estão saindo?! — Aproximou e apertou-o com mais força, como se pudesse espremer a verdade. — Foi por isso que ela negou o meu pedido? Pra vocês ficarem juntos?!
— Não tenho a mínima ideia do que você está falando! — O homem desvencilhou-se da mão que o machucava.
— Então me fala de onde ouviu que elas faleceram!
— Elas quem, Pablo?! — Mostrou impaciência.
— *Elas quem*?! — repetiu, desdenhoso, e o desafiou a desmenti-lo: — A senhora sua mãe, por acaso, conhece a dona Francisca? Porque além dela, só contei pra Isa que a minha mãe e irmãs tinham morrido.
— Não... Não foi o irmão da dona Berta? — O rapaz estranhou, atônito com a notícia.

Na impetuosidade do seu ataque de nervos, o redemoinho de mentiras fez Pablo embaralhar as versões. Lembrou que realmente havia inventado para dona Carmem que era seu tio do Paraná quem falecera.

— Desculpa... — Baixou os olhos, suspirou e deixou os ombros caírem para empregar dramaticidade. — Foram perdas muito próximas. O carro que as buscou na estação em Santa Mariana capotou na serra perto de Curitiba. Foi muito inesperado e ainda estou abalado com tudo que aconteceu. E, como deu pra ver pelo meu fiasco, estou com problemas com a minha namorada, noiva, nem sei mais.

— Pablo... Não sei nem o que dizer. Sinto muito, de verdade, que esteja passando por isso. Não moro mais no bairro há alguns anos, mas, precisando de qualquer coisa, fale com a minha mãe. Ela gostava muito da dona Berta.

— Não precisa se incomodar. Fechar esse poço vai distrair um pouco a minha cabeça. Dói demais a memória delas andando pela casa.

A sua estratégia de elogiar as mortas na exata proporção do ódio que sentia por elas talvez não convencesse quem conhecia a família, pois não era segredo que o afeto entre os Camargo era raso como uma poça, e Berta não se envergonhava de anunciar aos ventos seu descontentamento para com o filho.

Compadecido, apesar de conhecer o histórico dos vizinhos, o filho de Carmem apoiou a mão no ombro de Pablo e despediu-se com um sorriso melancólico.

* * *

A sua demissão abolira os compromissos que poderiam afastá-lo da depressão, portanto aproveitou a curta caminhada entre a loja e sua casa para arejar o ânimo, pois sabia que entronaria a ansiedade novamente assim que chegasse.

Ao dobrar a esquina da avenida 9 de Julho, percebeu a presença de um casal à sua porta. Pelo visto, os dois já haviam tentado a campainha sem sucesso, pois enquanto o homem batia palmas, a garota parecia mais conformada de que ninguém os receberia.

— Posso ajudar? — Aproximou-se Pablo, desconfiado.

— Esta é a casa da Amélia?

— Vocês são...

— Da Faculdade de Letras da USP. — O rapaz estendeu a mão para cumprimentá-lo. — Trabalhamos na datilografia junto com ela.

Se Pablo abraçasse o nervosismo, os rastros do seu crime ficariam aparentes. Buscou manter a calma e falar pouco, para não se incriminar com possíveis contradições.

— Sou o irmão da Amélia. — Devolveu a saudação.

— Irmão? — Estranhou a garota. — Ela não falou pra gente que tinha um irmão. Fala sempre de uma irmã.

— Elas sempre foram mais apegadas. — O ódio de Pablo transbordou por seus olhos quando soube que a sua existência era ignorada pela caçula. — As duas faleceram num acidente de carro junto com a minha mãe.

A notícia estarreceu os colegas de Amélia não tanto pela tragédia, mas pela frieza com que foi dita.

— Lamento muito. — O homem tomou a frente da jovem para oferecer os pêsames. — Importa-se de falar como aconteceu?

Com um meneio de cabeça e uma fisionomia enjoada, Pablo deu sinais de que preferia não se alongar no assunto, quando ouviu o berreiro:

— Que tragédia! Que tragédia! — Esperneava dona Carmem, que atravessava a rua aos prantos para abraçá-lo. — Meu filho disse que foi na serra chegando a Curitiba. Estava chovendo?

— Não me prendi a esses detalhes, dona Carmem. — Pablo quis fazê-la sentir-se culpada pela pergunta que não mudaria em nada a situação.

— Pobre de você... — Voltou a abraçá-lo. — E pobrezinho do cachorro! Quer que eu fique com ele por um tempo até você resolver como trazê-las de volta?

— Não precisa. Os meus parentes resolveram por lá.

— Como por lá, menino?! — Tornou a ser a vizinha sisuda. — A Berta queria ser enterrada no Consolação ao lado do marido. Você faça o favor de não desrespeitar esse último desejo da sua mãe!

— Agradeço o carinho que tinha por ela, mas esse é um assunto de família que não lhe diz respeito.

A paciência de Pablo estava no limite, e não havia mais razão para ser educado com a vizinha intrometida. Se a sua descortesia a fizesse nunca mais colocar os pés na sua casa, seria uma vantagem que os homicídios trariam.

— Desculpa... — a jovem interrompeu. — Insisti pra virmos, porque estranhei a Amélia não aparecer desde o dia 5 e não avisar ninguém. Achei que estivesse doente. Ela nunca foi de faltar.

— Culpa minha — Pablo improvisou. — Elas tiveram que viajar às pressas depois que receberam um telegrama sobre a saúde do meu tio. Eu devia ter avisado, mas foram tantas notícias ruins que acabei me perdendo.

— A gente entende. — A jovem acariciou-lhe o braço para consolá-lo.

— Não se preocupa com isso — complementou o amigo dela. — Estamos indo pra faculdade e faremos o comunicado lá pra você não ter que lidar com a burocracia.

— Fico agradecido. — Pablo encenou o seu melhor sorriso de gratidão e despediu-se dos colegas da irmã.

Dona Carmem, no entanto, não se mexeu.

— Um bom dia pra senhora — disse o rapaz e entrou sem desvendar as intenções que se escondiam sob aquele rosto castigado por rugas.

— Você disse que elas viajaram quando? — dona Carmem o interpelou antes que ele fechasse a porta e revelou o motivo do olhar desconfiado: — Ouvi que foi no dia 5, mas vim encontrar a Berta no dia 13.

As contradições tiveram início naquele sábado fatídico em que dissera que elas haviam saído e, pouco depois, que tinham viajado na mesma manhã. Agora, com a discrepância de quase dez dias na cronologia dos acontecimentos, seria absurdo não desconfiar de que algo estava errado.

Ciente de ter caído na armadilha de pecar pelos detalhes, fugiu para não acabar soterrado pela incoerência de uma mentira mal contada.

— Respeite o luto dos outros, dona Carmem! — Bateu a porta no rosto dela, irritado.

* * *

O caminhão chegara pouco antes de o véu noturno encobrir a cidade. Os sacos foram deixados ao lado do poço, e Pablo só forraria o estômago com algum enlatado antes de partir para a labuta braçal.

Como era franzino e tinha pouca aptidão para atividades físicas mais pesadas, sua camisa não demorou para encharcar-se de suor ainda enquanto desensacava a terra. Inexperiente, demorou horas em um serviço que poderia ter sido feito na metade do tempo.

Quando finalmente terminou de organizar o monte que seria empurrado para cima dos defuntos, o silêncio já ocupava a vizinhança. A capital inteira dormia, mas ele passaria a noite trabalhando ao relento.

O seu corpo implorou por um copo de água antes de varar a madrugada, e Pablo largou a pá para ir à cozinha.

Prestes a abrir a porta, um súbito gemido travou-lhe as pernas.

Por mais que não quisesse, o som agonizante obrigou-o a virar o pescoço vagarosamente na direção da cratera, pois parecia ser de lá que os moribundos soluços vinham, cada vez mais altos.

Seus olhos quase saltaram quando viu uma mão apodrentada agarrar a grama. O cadáver pestilento da sua mãe rastejou com dificuldade em sua direção, encarando-o com os olhos perolados através dos rasgos do pano manchado de barro e sangue enrolado na cabeça. Dona Berta se arrastava com sanha vingativa, envolta na lona negra, querendo alcançar o filho.

Pablo mal teve tempo de reagir antes de notar a outra presença indesejada no quintal. O luar resvalava no defunto de Amélia, sentada em seu balanço, com a pele esverdeada, carcomida e repleta de bolhas.

Quando sua irmã levantou-se para acompanhar a mãe em seu encalço, o medo venceu a paralisia e ele partiu para dentro da casa, rumo à porta que dava para a rua.

No corredor da sala, impedindo-o de avançar, jazia imóvel o corpo de Maria Fernanda esparramado de bruços no assoalho, com o pescoço perfurado de bala e o pijama de flanela ensanguentado com dois furos nas costas.

Pablo observou, estarrecido, as pernas dela de repente se ergueram, flutuantes, como se uma força sobrenatural as puxasse para que ele pudesse escapar. Bastaria a ele apenas a coragem de cruzar o rastro de sangue que tingia o chão de vermelho.

Certo de que permanecer ali seria pior que seus pesadelos mais aterrorizantes, respirou fundo, controlou a tremedeira e resolveu confrontar a escuridão da sala.

As suas vistas sondavam o breu enquanto seus passos avançavam, incertos, pelo corredor. Permitiu-se soltar a respiração ao perceber que a porta, enfim, estava ao seu alcance. Em poucos segundos estaria livre das assombrações.

Antes que pudesse alcançar a maçaneta, as três se distinguiram das sombras que envolviam o mancebo. Os dedos cerosos das defuntas quase roçaram-lhe o rosto, mas o rapaz, alucinado, correu no sentido oposto e subiu a escada, tropeçando nos próprios pés. Pablo bateu a porta do quarto e buscou refúgio nas cobertas da cama. Como fizera tantas vezes na infância, juntou as mãos e rezou para que as assombrações se afastassem.

Clamar perdão às almas em tormento não serviria ao criminoso. Petrificado, olhava para o umbral da porta como uma presa encurralada. Sabia que sua única opção era torcer para que o seu destino não fosse tão hediondo quanto o de suas vítimas.

O rangido agudo das dobradiças anunciou o que ele mais receava: a porta se abria. Centímetro à centímetro, num movimento que parecia estender-se pelo instante infinito que antecede a morte, a fresta revelou as silhuetas negras de suas algozes.

Resignado, aceitou sua sentença e esperou que entrassem para arrastá-lo para o inferno.

Mas nada aconteceu.

Permaneceram impassíveis, como sentinelas da loucura que desejavam instilar em Pablo. Apenas as suas sombras invadiam a alcova do homicida e chegavam perto de sua cama para cobri-lo dos calafrios que o impediriam de pegar no sono.

11.

Quinta-feira, 4 de novembro de 1948

Mal batera o sino das oito da manhã, e o rádio da sala já berrava as valsinhas que Maria Fernanda sempre escutava para tirar o irmão da cama em seus dias de folga.

Mesmo quando acordado, Pablo costumava enclausurar-se no quarto, pois as conversas com a família resumiam-se a provocações mútuas que evoluíam para as gritarias que ecoavam na boca da vizinhança.

Naquele dia, entretanto, não acordara com o típico sermão que urgia em atravessar o marfim dos dentes nas manhãs de quinta. O olhar sereno era o de um homem que erguera a cabeça do travesseiro após o sono dos justos.

Da janela, admirou o buraco que engoliria o preconceito daquela família regida por uma antiquada moral que endeusava a virgindade.

Vestiu uma camisa confortável de algodão e, calmamente, procurou por uma calça mais justa que mantivesse a pistola escondida atrás da cintura. Revisitou o plano por vários minutos, analisando as diversas variáveis, e desceu as escadas.

— Quase nove horas, Pablo! — A censura de dona Berta começou cedo. — Não é babando na fronha a manhã toda que você vai conseguir ser alguém na vida.

— Preciso ser mais parecido com a Maria Fernanda?

Sentou-se à mesa e observou a irmã, que, ainda de pijama, dançava com o seu par imaginário. A repreensão silenciosa que a mãe lançou-lhe com o olhar bastou para que ele erguesse os braços indicando uma trégua.

— Acordou tarde, agora come rápido pra eu tirar logo essa mesa.

— A Amélia já foi trabalhar? — Vasculhou o ambiente para assegurar-se que estavam só os três.

— Saiu bem cedo. Ao contrário de você, ela leva a sério os compromissos.

Berta ainda não perdoara o filho por ter se esquecido de pagar os remédios da irmã do meio e estava determinada a espezinhá-lo.

O que o impedia de explodir aos berros era a certeza de que, muito em breve, a paz reinaria na casa.

Os dedos de Pablo já tocavam a única maçã na fruteira quando Maria Fernanda, mais rápida, tomou-a de sua mão.

— E esse buraco horroroso que você mandou fazer no quintal? — Mordeu um pedaço da fruta e a devolveu ao cesto. — A mãe disse que é porque você quer se livrar da gente.

A escolha de palavras não poderia ser mais apropriada. Sorriu e notou que a voz da queridinha do rádio invadia a casa pelas ondas da Ipanema.

— Não é você que gosta de Dircinha Batista? — Ele caminhou até o aparelho e colocou o volume no máximo.

Embalado pelo samba *Inimigo do Batente*, Pablo retornou à cozinha com a música nos pés. A sua enigmática alegria intrigou Berta, que jamais o vira dançar antes.

— Abaixa isso, Pablo! Mal consigo me ouvir falar!

Ele a ignorou e prosseguiu com os passos desajeitados sob o olhar cismado da mãe, que direcionou o pedido para a filha:

— Me faz esse favor, Maria Fernanda?

Foi terminar de dar a ordem e teve o peito perfurado pelo disparo que ecoou na batida da marchinha. Berta perdeu a força nas pernas e caiu sentada na cadeira.

O grito de Maria Fernanda competiu com o refrão da melodia que dominava a sala. Tentou correr para a porta, mas dois tiros nas suas costas a fizeram desabar de barriga no assoalho do corredor.

Pablo não conteve a risada de satisfação ao ver o corpo da irmã epilética convulsionar enquanto a flanela do seu pijama claro encharcava-se de sangue. Com canhestros passos de valsa, deslizou os calcanhares na direção dela para apreciar sua morte, mas ela negava-se a dar-lhe o prazer de vê-la desistir.

— Vou te livrar desse seu fardo, irmãzinha.

O tiro de misericórdia abriu a lateral do pescoço da jovem, e ela parou de tremer.

* * *

Com o rádio já desligado, o rapaz ferveu água na chaleira e a despejou com cuidado sobre o pó no coador. Adoçou o café e sentou-se à mesa, em frente à mãe, que ainda respirava.

— Nunca vi a senhora calada por tanto tempo. — Levou a xícara aos lábios e deixou que as narinas sentissem o aroma que subia com o vapor. — O cheiro está ótimo.

Sorveu o líquido quente na cor do petróleo e cuspiu-o de volta na hora com uma careta.

— Lembrar de colocar menos pó da próxima vez. — Sorriu, limpando a boca, e encarou a moribunda. — Não vai falar que o meu café está ruim? Que não sirvo pra nada? — Os contornos da raiva impregnaram-lhe o vulto. — Pois saiba que a Isaura aprecia tudo o que faço, e que a dona Francisca me trata mais como um filho do que a senhora jamais me tratou. — Levantou-se da cadeira, enfurecido, e arremessou a xícara para longe. — Velha maldita!

Pablo buscou o pano escuro na fruteira debaixo da maçã mordida pela irmã e contornou a mesa até as costas de Berta. Puxou-a pelos cabelos e envolveu-lhe a cabeça, cobrindo seu nariz e boca.

— Vá encontrar a sua queridinha Maria Fernanda. E espere também a Amélia pra queimarem juntas no inferno! Quero ver me impedirem agora de casar com a Isa e de trazermos alegria pra esta casa tomada pelo ranço de vocês três!

Fraca, nem conseguiu reagir. A morte veio em poucos segundos para aliviá-la da hemorragia que já se espalhara pelos tecidos.

O rapaz aliviou a tensão nos punhos somente após ter certeza de que a mãe caminhava de mãos dadas com o espírito da filha. Depois, foi em direção ao jardim, catou a enorme lona preta que os poceiros haviam deixado sobre a terra escavada e a trouxe até a cozinha.

Ágil, o cachorro se esgueirou pela porta e foi lamber os dedos da dona, que morrera na mesma cadeira de onde costumava entregar-lhe petiscos.

— Sai pra lá! — O rapaz afastou-o grosseiramente com o pé e esticou o toldo negro no chão.

Sem nenhum carinho, empurrou a mãe pelo ombro e ela tombou sobre a mortalha que a agasalharia na eternidade. Pablo suou para deslocar o cadáver até o buraco e sujou-se de barro ao forçá-lo para dentro do poço.

Como precisaria economizar na quantidade de terra, só empurraria o pouco que restara após as três estarem na cova. Amélia sempre chegava perto das seis da tarde, portanto, teria tempo de sobra para esconder as defuntas e limpar os vestígios do crime antes de a caçula perceber que teria o mesmo fim.

Maria Fernanda, apesar de morta, insistia em ser um estorvo. Era mais alta e mais pesada que as outras e, como morrera na sala, Pablo teria que arrastá-la. Ele a agarrou pelas pernas e a puxou até a cozinha, borrando o corredor com um rastro de sangue.

Antes de embrulhá-la no que restara da lona, cobriu-lhe a cabeça com um guardanapo de tecido para não ter que ver o seu rosto. O ato foi interrompido pelo estrondo inesperado da porta de entrada da casa se fechando.

— Mãe? Bota mais um prato na mesa! — Amélia anunciou a sua chegada. — Entreguei o trabalho que tinha pra hoje e me liberaram mais cedo pra... — O som da bolsa indo ao chão e sua interrupção repentina na fala indicavam que ela encontrara os sinais do crime respingados no assoalho.

Quando Pablo surgiu de trás da parede de acesso à cozinha, sujo de terra e com as mãos avermelhadas, ela teve certeza. Virou as costas para tentar chegar à rua, mas foi alvejada do lado direito, na altura do seio, e veio a queda antes que alcançasse a saída.

O homicida verificou que ainda sobravam dois cartuchos na pistola e aproximou-se da irmã. Ao ver que ela — mesmo com o pulmão perfurado e o peito queimando de dor — tentava berrar, cravou uma bala em sua nuca.

Preocupado com o barulho, afastou a folha da porta apenas o suficiente para verificar se alguém passava por ali naquele momento. Por sorte, a alameda estava vazia, e o som dos bondes passando na avenida disfarçara os estrondos de pólvora ecoados entre as paredes.

Pablo teria uma tarde longa e exaustiva pela frente.

12.

Terça-feira, 23 de novembro de 1948

Aterrorizado, Pablo mal piscara durante a madrugada. Seus olhos secos e avermelhados ardiam.

Os primeiros raios de sol expulsaram as aparições, mas não foram capazes de acalmar seus nervos. Temia sair da fortaleza construída com cobertores e travesseiros e ser levado pelas mortas.

Aos poucos, encheu-se de coragem e esforçou-se para reconquistar os espaços da casa, pois teria que que selar suas familiares de uma vez por todas debaixo da terra.

Cada cômodo que atravessava era precedido por uma minuciosa observação regada pelo receio. Precisava chegar ao jardim e tapar o buraco o mais rápido que conseguisse, porém não queria ser pego, no meio do caminho, pelas mãos dos espíritos rancorosos.

Tudo lhe parecia mais assustador: o vento na janela soava como o choro de uma alma em sofrimento, o flamular das cortinas imitava um vestido fantasmagórico que flutuava no ar, as sombras dos móveis podiam ser confundidas com as de criaturas vindas do além... Os sobressaltos no trajeto entre o quarto e o quintal o matariam se fosse cardíaco, mas Pablo não se distraiu: tinha que sepultar a sua mãe e as irmãs.

Com a pá agitada, esforçou-se para encher o poço o mais rápido possível. O desespero o fez encontrar uma aptidão para coveiro, pois na metade do tempo já tinha coberto o dobro da tentativa anterior.

Compenetrado, só percebeu os berros da campainha quando vieram acompanhados por vigorosas batidas na porta. Apesar de o seu instinto pedir para que ele ignorasse quem quer que havia chegado, sua razão o convenceu de que o silêncio poderia ser muito incriminador, caso desconfiassem de que ele estava em casa.

— Quem é? — gritou a poucos passos da entrada.

— Polícia, senhor Pablo.

Levou as mãos aos cabelos. Sem ter para onde fugir, teria que ao menos tirar o barro de entre as unhas e trocar a camisa encardida e fedida de suor antes de permitir que uma autoridade entrasse na cena do crime.

— Um minuto! — Correu para vestir uma roupa mais alinhada, esfregou as mãos com sabão de pedra e os recebeu enquanto colocava o cinto.

— Eu estava terminando de me trocar — justificou-se para os dois investigadores de aparência nada amistosa. — No que posso ajudar os senhores?

— Estamos averiguando uma reclamação feita pelos vizinhos. Podemos entrar?

— Eu estava de saída para a faculdade...

— Não vai demorar.

Pablo sentiu-se observado. Tropeçou nos olhos de dona Carmem na calçada oposta. Certamente, fora ela quem fizera a denúncia.

Teve que convidá-los a entrar. Enquanto um examinava a sala, o outro puxou um caderno para começar a inquirição:

— Soubemos que o senhor estava construindo uma cisterna. Tem autorização da prefeitura?

— Se for esse o problema, já comecei a tapar. Estava terminando de fazer isso agora.

— O senhor não estava indo pra faculdade?

— Sim... Sim... — Começou a transpirar de nervoso. — Digo, estava fazendo isso antes de me trocar pra sair.

— O que o senhor faz na faculdade? Estuda?

— Sou assistente no laboratório de química.

— Do professor... — O policial vasculhou as suas anotações. — ...Kauffmann, correto? Falamos com ele ontem, e parece que o senhor não trabalha mais lá. Algo envolvendo o derretimento de um corpo.

Pablo percebeu que queriam pegá-lo nas contradições. Para terem esse tipo de informação, dona Carmem provavelmente fora à delegacia na manhã do dia anterior e exigira a abertura de uma investigação.

— De um animal — corrigiu para uma palavra menos traiçoeira. — Mas, na minha cabeça, foi só uma advertência pra eu não fazer experimentos que...

— Casa grande essa do senhor — o policial mais carrancudo finalmente abrira a boca, interrompendo-o. — Mora sozinho?

— Morava com a minha mãe e duas irmãs. Faleceram recentemente.

O mal-encarado nem se incomodou em prestar condolências. Voltou a procurar vestígios no local, enquanto o outro retomou o questionário:

— Que dia elas viajaram pro Paraná?

— No dia 5.

— Não foi dia 12?

— Não. Certeza que dia 5.

— E morreram nesse mesmo dia ou depois?

— Um carro as buscou em Santa Mariana e sofreu um acidente na serra.

— Quem estava dirigindo?

— Perdão? — Pablo ensaiara suas respostas diversas vezes, porém nunca se atentara a esse detalhe.

— Imagino que um parente tenha ido buscá-las.

— Sim... Meu primo.

— E como ele está?

— M... morreu também — fraquejou na resposta improvisada.

— E quem é... — Conferiu o nome antes de tocar no ponto fraco do rapaz. — Isaura do Amarante?

— A Isaura? Por quê? Conversaram com ela?

Pelo visto, dona Carmem o desnudara até os ossos para a polícia. Provavelmente fora informada sobre o nome da moça pela boca venenosa de dona Berta.

— Ela nos disse que vocês não se falam desde o dia 18.

— É só uma fase ruim que vai passar. Eu a pedi em casamento, e ela não aceitou, mas logo iremos nos acertar.

— Tenho certeza de que sim. — O investigador, enfim, fechou o caderno e sorriu. — Agradeço muito a sua colaboração, senhor Pablo.

— Sempre que precisarem, já sabem onde tocar. — Colocou-se à disposição como artimanha para afugentar suspeitas.

— Vou pedir ao senhor uma última coisa antes de irmos.

— Claro. Se estiver ao meu alcance...

— Podemos dar uma olhada no poço?

A palidez repentina no seu rosto era o sintoma de uma autoincriminação acidental.

— É que... eu realmente estava de saída.

Os policiais ignoraram a recusa e foram até o quintal. Pablo seguiu-os, nervoso, esfregando as mãos como se quisesse se livrar da culpa que se impregnara a elas.

Aproximaram-se da borda e entreolharam-se. O mais sisudo assentiu com a cabeça, deu um tapa leve nas costas do parceiro e retirou-se sem dar explicações.

— O senhor tem a planta do jardim?

— Planta do jardim? — Acompanhando os olhos do investigador, Pablo notou o interesse que ele mostrava pela terra remexida. Angustiado, agarrava-se à esperança de que cobrira o suficiente para que nenhum pedaço de defunto despontasse de lá.

— Precisamos verificar se não passa cano por aqui.

— Garanto ao senhor que não. Mandei cavar cinco metros e não encontrei.

— Os bombeiros virão averiguar se o fornecimento de água não foi comprometido.

O cerco se fechava. Os rodeios eram parte da estratégia para mantê-lo por perto enquanto movimentavam as outras peças do xadrez. Pablo não tinha mais jogadas. Sua única saída era escapar antes que levasse o xeque-mate.

— O senhor me daria licença para ir até ao banheiro?

— Fique à vontade, senhor Pablo. — Permitiu que se afastasse, porém complementou, severo: — Só não saia de casa.

* * *

Da janela do banheiro, o assassino observava a distância o crime ser desvendado.

Seu sonho de um futuro feliz tornara-se um pesadelo sombrio, que terminaria em uma cela tão escura e úmida quanto o poço em que jogara a mãe e as irmãs. Na cadeia, seria afogado pela água pútrida da decepção, por ter perdido o amor de Isa, do remorso, por ter matado as familiares inutilmente, do desgosto, por ter fracassado na carreira, e da angústia, por ter corrompido sua sanidade.

O quintal estava repleto de policiais. Ocupados, os investigadores da Delegacia da Segurança Pessoal revistavam a residência enquanto os bombeiros levantavam o véu de terra que Pablo tão desesperadamente tentara jogar sobre os cadáveres para apagar suas existências e justificar seu ato.

Um dos homens dentro do fosso gritou e teve início o alvoroço. O cheiro de putrefação que já podia ser sentido no terreno era o indício da violência prestes a ser exposta. Não demorou para que retirassem o primeiro cadáver, acentuando o odor que fez todos cobrirem as narinas.

De meias de algodão e um chinelo amarrado aos pés, os restos de dona Berta foram identificados pelo investigador responsável, que mandou dois policiais irem em direção à casa.

Pablo tinha certeza de que aquelas homens fardados vinham buscá-lo, mas não se julgava merecedor de uma sentença de prisão. Em sua cabeça doentia, as cobranças desmedidas por parte de sua mãe, os insultos das irmãs e, principalmente, os inúmeros obstáculos que criavam para que não se casasse com Isaura respaldavam o assassinato. No entanto sabia que qualquer tribunal enxergaria apenas a covardia de um homem que exterminara a sangue frio três pobres mulheres cheias de pretensas virtudes

Olhou a pistola nas mãos. O único cartucho que sobrara no carregador bastava para ele escapar de uma vida no cárcere.

Pressionou o cano junto ao peito, na altura do coração, e negou-se a esperar suas irmãs abandonarem o poço para, ao lado da mãe, zombarem de sua desgraça.

Apertar o gatilho era o ato final do seu crime.

Qual o crime de fato cometido por um coração apaixonado e por uma mente adoentada pela toxicidade hereditária? Atém-te aos detalhes — Pablo permitiu que a fechadura fosse aberta em sua alma, mas, muito antes e por razões distintas, Berta fizera o mesmo. Em conjunto com suas orações vazias, ela continuou, à sua maneira, a alimentar o mal e a disseminá-lo sobre o rapaz. Onde pode existir mal pode existir amor — ela fez sua escolha e colheu os frutos de suas ações.

Não posso exigir de vós a mesma percepção, pois tive milhares de anos para conquistar a argúcia da qual disponho hoje. Tentar fazer-te enxergar os fundamentos dos atos há pouco revelados levar-nos-á a uma discussão improdutiva, incapaz de compreender as charadas existentes entre o Céu e o Inferno.

Se posso segredar uma ou duas palavras? Bem, ainda temos tempo para conversar, então pretendo mostrar-te coisas. Quiçá, após nossa despedida, tu apagarás a luz, dormirás e, durante o mais profundo dos teus sonhos, assimilarás os mistérios que aqui te revelo. Basta prestar atenção às minúcias. Atentemo-nos ao caso de Pablo. Tu, atado às limitações da tua existência temporal, ponderas: não terá havido castigo?

Romper e transpor a barreira entre a vida e a morte e ser capaz de enxergar a totalidade de teus feitos não é uma punição razoável? E saber que, sim, existe algo do outro lado e que lá teus erros esperar-te-ão para cobrar compensações? Dar fim à própria vida para fugir do julgamento poupa-te apenas do menor dos sofrimentos, pois o verdadeiro castigo o espera.

A pólvora pode ter queimado o coração de Pablo antes que ele tornasse a ver a mãe e as irmãs, mas, no ápice da loucura, ele não se deu conta de que seu destino era o mesmo para o qual as despachara. Não há descanso eterno para as almas que me servem de alimento.

Deixe-me contar outra história — tenho várias sob este manto. Já ouviste falar de Santo Antônio? Sim, o casamenteiro. Se tu fosses devoto saberias que ele também era padroeiro das crianças. Pequeninas e saborosas, são hoje o mais próximo dos longínquos paladares não mais sentidos. Pois bem, o mui glorioso Padre Santo Antônio de Lisboa compartilhava deste meu conceito.

Um relato deveras antigo narra sua passagem, ainda em vida, por uma cidade para lá pregar. Acolhido pelo senhor fidalgo da região, teve reservado um aposento afastado dos sons externos, a fim de não o perturbarem no estudo e na oração.

Estava o santo recolhido e a sós em seu quarto quando o anfitrião, andando pela casa a tratar de seus assuntos, encontrou-se por acaso diante do dormitório do sagrado convidado. Levado por devota curiosidade, espreitou pela porta através de uma fresta. Seus olhos, incrédulos, viram um belo menino nos braços de Santo Antônio, e este a contemplar-lhe o rosto, a apertá-lo ao peito e a cobri-lo de beijos.

O fidalgo, maravilhado com a beleza do garoto, ficou espantado, sem saber como explicar de onde a criança teria vindo. O pequeno, que não era senão Jesus Cristo — espere, vai logo fazer sentido —, revelou a Santo Antônio que o seu hospedeiro o estava espiando. Mais tarde, após terminar uma longa oração, chamou o nobre e pediu-lhe que, enquanto ele estivesse vivo, a ninguém revelasse a visão que tivera. Foi só depois da morte do santo que o homem contou o milagre contemplado por seus olhos indiscretos.

Não estou a inventar, acredite. Caso duvide, a vida de Santo Antônio está à disposição em uma biblioteca do continente europeu, em um velho alfarrábio intitulado LIBER MIRACULORUM SANCTI ANTONII. Essa resenha está registrada no livro com palavras de forma bastante aproximada às

que escolhi. Eu poderia ceder as coordenadas exatas até o local, mas me satisfaço com esse teu olhar cético.

A visita à cidade, o aposento cedido pelo fidalgo, o menino nos braços de Antônio, é tudo verdadeiro. O amor que ele, o padroeiro das crianças, tinha pela figura infantil existia e era forte, mas não inocente como acreditado. O menino não era Jesus Cristo... e nunca deixou aquele quarto com vida. O que o fidalgo testemunhou foi bem mais cruel, e sob ameaça transformou em milagre o horror ocorrido sob o seu teto. Ameaças vindas do "santo" eram costumeiras. Procure o livro e saberá que digo a verdade. Acredito esse caráter ser fruto da presença imaterial sempre presente às suas costas, sussurrando o próximo passo rumo à canonização.

Não, não estou sorrindo. Talvez sejam as sombras.

A próxima narrativa trata de uma mulher cega pela ambição — que trouxe uma pequena fração do Inferno à Terra e enviou quase duas centenas de almas ao meu encontro —, mas, antes disso, presta bem atenção no que dir-te-ei: certas histórias são inventadas e todo o mundo acaba acreditando.

Como uma mensagem oculta somente revelada pela tinta negra do espírito de um malvado, os que carregam as trevas na alma são os únicos que conseguem enxergar a verdadeira natureza dos iguais. Esses sim são seus devotos mais fiéis, e vão a medidas extremas para se fazerem notados.

Eles são tão ingênuos. Pensam que não notamos seus delitos.

Rodrigo de Oliveira

NOS DEIXEM QUEIMAR

Raiva o incêndio. A ruir, soltas, desconjuntadas,
As muralhas de pedra, o espaço adormecido
De eco em eco acordando ao medonho estampido,
Como a um sopro fatal, rolam esfaceladas.

E os templos, os museus, o Capitólio erguido
Em mármore frígio, o Foro, as eretas arcadas
Dos aquedutos, tudo as garras inflamadas
Do incêndio cingem, tudo esboroa-se partido.

Longe, reverberando o clarão purpurino,
Arde em chamas o Tibre e acende-se o horizonte...
– Impassível, porém, no alto Palatino,

Nero, com o manto negro ondeando ao ombro, assoma
Entre os libertos, e ébrio, engrinaldada a fronte,
Lira em punho, celebra a destruição de Roma.

Olavo Bilac, *O incêndio de Roma*

Introdução
CIDADE DE SÃO PAULO, ANOS 70

No 16º andar, Samara tentava se proteger das ondas de fumaça negra e da fuligem que a atingiam. O calor era insuportável, pois as labaredas já dominavam grande parte do pavimento. Ao fundo, ela podia ouvir os gritos e as súplicas que se misturavam ao crepitar das divisórias de madeira que transformaram o prédio numa fornalha. Alguns metros atrás, escutou parte do forro do teto desabar.

As lágrimas já quase não escorriam pelo seu rosto, e o seu coração batia disparado. Não aguentava mais gritar, debilitada pelo calor, pela falta de ar e pelo extremo cansaço. Para tentar ganhar tempo, quebrara uma das janelas. Mais abaixo ela via soldados do corpo de bombeiros em uma das escadas Magirus resgatando um homem. Samara bem que tentara gritar para que eles a salvassem também, mas um dos soldados berrara pelo megafone que era impossível, as escadas não alcançavam mais do que quarenta metros. Ela precisaria descer ao menos três andares para conseguir escapar, algo impossível de se fazer considerando que o caminho estava bloqueado pelas chamas.

Um grito estridente de mulher fez com que ela olhasse repentinamente para baixo. Samara arregalou os olhos quando viu uma pobre moça se jogando de uma das janelas com um bebê no colo. A multidão crescente de médicos, policiais, bombeiros e curiosos que cercava o prédio berrou em uníssono quando a infeliz se estatelou na calçada.

Antes mesmo que ela pudesse reagir, um homem em chamas passou em queda livre bem em frente a ela. Aquele coitado nem sequer gritou; ele despencou tão rente ao prédio que seu corpo raspou na parede, girou no ar e caiu de cabeça em frente à entrada principal. Seus miolos se esparramaram no chão junto com as suas vísceras. O impacto foi tão forte que as chamas que consumiam a sua carne apagaram como num passe de mágica.

— Meu Deus... — ela balbuciou. Uma minúscula lágrima negra de fuligem escorreu pelo seu rosto, misturando-se à urgência de se lançar para a morte. Ela não acreditava mais nas faixas que pediam calma e prometiam salvar todo mundo, inclusive Samara, a grande responsável por aquela tragédia. Por culpa dela, naquela noite a fila para cruzar os portões do Abismo seria imensa, ela pessoalmente condenara várias pessoas ao Tártaro. Sem dúvidas Satã sorria naquele exato momento.

Os vidros das janelas dos andares superiores explodiam por causa da temperatura altíssima. Os estilhaços eram lançados a mais de 100 quilômetros por hora, os corpos eram enfileirados na calçada pelos socorristas.

Samara não conseguia – e não queria – mais lutar. Decidira abraçar a morte e deixar que ela a conduzisse a Caronte, o barqueiro que a guiaria até os confins do Inferno.

Respirou fundo, olhou para os quase sessenta metros que a separavam do chão e subiu no parapeito da janela. Apesar de terem se calado por alguns tensos segundos ao enxergarem também a aparição macabra em meio à fumaça negra, os curiosos gritavam para que ela não pulasse, mas, para ela, era tarde demais.

Ao se reclinar para o seu salto final, Samara foi agarrada por uma mão masculina que emergiu da fumaça. A pele daquele homem havia descamado do ombro até as pontas dos dedos, que a puxaram pelos cabelos. Ela berrou, percebendo que aquele momento tornara-se um pesadelo muito mais sombrio do que toda a desgraça provocada pelo incêndio.

— Te peguei, sua piranha! — o homem, que exalava um odor de carne queimada e morta, soltou um grito gutural e alto como um trovão.

Um segundo depois, ele a puxou de volta para o prédio, e Samara desapareceu entre as chamas.

Capítulo 1
RETRATOS DE FAMÍLIA

Gabriel, tremendo descontroladamente, enfiava de qualquer jeito os seus pertences em uma maleta. Apesar da proteção oferecida pelas divisórias da sua pequena e sóbria sala, tentava não chamar a atenção dos colegas de trabalho, pois sabia que não teria mais do que cinco minutos para sair dali. Se alguém percebesse que estava fugindo, a segurança do prédio seria acionada e tudo estaria acabado.

Ele era um homem comum: quarenta e cinco anos, estatura mediana e grossos óculos bifocais. Trabalhava no Banco Crefisul de Investimentos e, juntamente com centenas de colegas de trabalho, havia sido transferido para o 12º andar do imponente edifício de escritórios que fora inaugurado há menos de dois anos e que se situava na Avenida Nove de Julho, no Vale do Anhangabaú.

Ao terminar de encher a sua pasta com os envelopes, Gabriel trincou os dentes e revisou suas ações. Checou novamente as gavetas, pois não podia deixar nada pra trás. Colocou a mão no bolso para conferir a presença do abridor de cartas – uma elegante e afiada versão de 20 centímetros de uma espada romana – que levava porque não estava completamente convencido de que não precisaria se defender.

Sacudiu a cabeça para espantar aqueles pensamentos. Se fosse pego, de nada serviria aquela ferramenta; tudo estaria perdido, então precisava agir de forma estratégica.

Por um instante, Gabriel se deteve olhando para o sorriso banguela da filha de dez anos no porta-retratos. Apesar de a fotografia ter sido tirada por sua esposa, Gabriel gostava de pensar que a filha sorria para ele.

— Fique tranquila, princesa, o papai está voltando para ficar com você. Ninguém vai nos separar! — sussurrou, tentando reunir coragem.

— Com licença, Gabriel, você pode assinar esta ordem de pagamento? — uma voz feminina o interrompeu.

Sobressaltado, virou-se bruscamente.

— Mil perdões, não pretendia assustá-lo! — Úrsula, uma jovem morena de 30 anos e cabelos encaracolados, franziu a testa ao notar o nervosismo do chefe. — Você está bem?

Encarou-a com um misto de tensão e dúvida, como se tentasse decidir qual a resposta correta. Imaginou a cara dela se dissesse que não se sentia nada bem, pois precisava fugir da polícia, que estava vindo para prendê-lo. Depois, agradeceria a preocupação e diria que tudo se resolveria assim que estivesse bem longe. Sentiu o colarinho encharcado de suor. Mal podia esperar para afrouxar o nó da gravata, que o sufocava.

Ele estava desesperado para sair dali, beber uma xícara de café, chegar em casa e tomar um banho. Depois, quem sabe levar o cachorro para passear e passar na banca da esquina para comprar algo para ler antes do *Jornal Nacional*. Talvez fosse realmente uma boa ideia, pois era possível que não pudesse repetir aqueles pequenos hábitos durante muitos anos.

— Gabriel, você está me ouvindo? Quer que eu chame alguém? — A insistência de Úrsula o levou a olhá-la ansiosamente uma segunda vez.

Apavorado, percebeu que estivera divagando, o que aumentara ainda mais as desconfianças da moça.

— Não, não, não precisa! Eu estou bem, fique tranquila — apressou-se em responder, forçando um sorriso.

Úrsula não se convenceu, mas se calou e saiu logo após a assinatura do documento.

Gabriel respirou aliviado ao se ver sozinho de novo e decidiu ir embora, pois não conseguiria lidar com a visita de qualquer outro funcionário.

Pegou a pasta e saiu às pressas, esquecendo sobre a mesa o porta-retratos com a foto da filha.

* * *

Gabriel caminhava apressadamente pelos corredores. Trazia a maleta colada ao corpo, quase em um abraço, como se temesse que alguém a subtraísse das suas mãos e revelasse o seu conteúdo aos outros.

Ao chegar a uma sala mais ampla, repleta de mesas muito bem alinhadas, observou seus subordinados, cujos dedos trabalhavam febrilmente discando os telefones ou operando os teclados das *Olivettis* sobre suas mesas. Gabriel não se conteve e despejou um olhar de rancor sobre Samara, uma loira magra, de 32 anos e estatura mediana. Apesar de ser um dos membros mais competentes da sua equipe, era também a responsável por tudo o que estava acontecendo.

Independentemente de toda a sua eficiência, há anos a conduta de Samara o desagradava: apesar de ser educada e excessivamente artificial com ele, era duríssima com os subordinados, coisa que ele não aprovava. Enquanto ele mantinha a equipe focada e produtiva sem levantar a voz ou perder a paciência, Samara era amarga e, não raro, estúpida. No fundo, ele sabia que ela queria mesmo era lhe tomar o cargo de gerente, algo que ele não permitiria.

Ao passar, Gabriel foi surpreendido pelo olhar de Samara, que o encarava com um ar de reprovação que beirava o ódio. Suspeitando da atitude do chefe, levantou-se da cadeira como se pretendesse impedi-lo de partir. Seus instintos diziam que, de alguma forma, ele conseguira antecipar a investida da polícia.

Apesar do imenso ódio e de desejar que ela pagasse por tudo aquilo, a prioridade de Gabriel era escapar. Ao avançar por um corredor e passar por salas de reunião e escritórios, Gabriel avistou o acesso para a sua salvação: o hall dos elevadores. Se pudesse sair do prédio, a probabilidade de conseguir fugir seria bem maior.

Paralisou-se ao ver os distintivos dos dois homens à paisana, que se dirigiram a uma das mesas da repartição em busca de informações. Por um instante que pareceu longo demais, Gabriel ficou sem ação, aguardando que um daqueles senhores o mandasse colocar as mãos na parede e decretasse a ruína de sua vida.

Num ímpeto de sobrevivência, entrou no amplo banheiro masculino, onde foi recebido pelos cumprimentos educados de diversos conhecidos que passaram por ele ao sair. Visivelmente transtornado, o gerente fugitivo respondeu com um leve aceno com a cabeça, procurando não demonstrar pânico. Disfarçou ao máximo olhando-se no espelho enquanto tentava adivinhar quais seriam os próximos passos dos policiais. Tinha certeza de que Samara se encarregaria de avisá-los de que ele acabara de sair e os colocaria no seu encalço.

Ele fechou os olhos, respirou fundo e decidiu arriscar. Do lado de fora, nenhum sinal dos investigadores, ou seja, aquela era a sua grande chance. Era preciso aproveitá-la.

Gabriel chegou apressado ao hall dos elevadores e apertou o botão de um deles. Faltava pouco para escapar daquela armadilha traiçoeira. Olhou para os mostradores: todos os equipamentos estavam parados nos andares superiores. Fosse por problema técnico ou coincidência, nenhum deles estava vindo para salvá-lo. Em circunstâncias normais, Gabriel não se preocuparia, mas dois ou três minutos perdidos significariam o fim da sua vida.

Seus olhos se alternavam entre a porta do elevador e o corredor próximo dali, enquanto seus dedos apertavam o botão repetidamente. O desespero crescia na exata proporção com que pressionava a maleta cada vez mais junto ao peito.

Tentou encontrar outra rota. Não queria descer pelas escadas, pois seria obrigado a voltar pelos corredores e a andar alguns metros por entre os colegas. Movido pela urgência, Gabriel foi com todo o cuidado até a entrada e arriscou uma espiada no corredor para descobrir o paradeiro dos investigadores.

O seu coração disparou ao ver que aquela maldita Samara marchava apressada, indicando aos dois policiais a direção que ele tinha tomado como se fizesse questão de entregá-lo pessoalmente.

Em um segundo, Gabriel voltou ao hall dos elevadores.

— Eu não acredito! Vaca! Piranha! — Gabriel sussurrava, bufando de ódio. — Vou te matar, vadia, vou te matar!

Aquela loira falsificada estaria perdida se ele conseguisse botar as mãos nela. Quem Samara pensava ser para persegui-lo daquele jeito? Com que direito se atrevia a revelar o seu segredo mais bem guardado, que ela descobrira por mero acidente? Gabriel não pretendia permitir que uma vagabunda, cujo único interesse era roubar o seu emprego, destruísse a sua vida e a sua família.

Furioso, tornou a olhar para os elevadores, que ainda estavam parados. Movido pela aflição e por um crescente sentimento de vingança, Gabriel tomou uma decisão: não seria preso. Precisava escapar para ficar com a filha e depois se vingar ou morrer tentando.

O problema era que a única forma de sair dali sem ser visto seria pelo elevador. Colocou a maleta no chão e, com ambas as mãos, forçou a abertura das portas até seus dedos doerem. Agoniado, arriscou uma olhada para o poço escuro e engoliu em seco. Não conseguia ver nada, o que o levou a concluir que talvez a sua coragem se esvaísse de vez se conseguisse enxergar o quanto aquela rota de fuga era perigosa. Ainda assim, enfiou a pasta debaixo do braço e começou a descer pela precária escada de manutenção.

Era a única saída.

Faltava pouco.

Mal descera dois andares, e a pasta, com todo o conteúdo, escorregou de seu braço.

— Não!!! — gritou e tentou pegá-la com a mão direita. Os seus dedos resvalaram na alça, mas foram incapazes de agarrá-la. O movimento brusco fez com que perdesse o equilíbrio e o apoio na mão esquerda, e Gabriel caiu em direção ao vazio.

A pasta atingiu o fundo um segundo antes dele, que se espatifou no concreto. Com os ossos partidos, uma das pernas se virou num ângulo impossível para qualquer ser humano. Os seus órgãos internos explodiram. O sangue subiu por sua garganta e boca e tingiu de vermelho os seus dentes despedaçados. Já os pecados que ele carregava se espalharam ao redor dele: a maleta se abrira durante a queda, revelando o conteúdo nefasto.

Quebrado, destruído, aniquilado, Gabriel jazia cercado por fotos de dezenas de meninas de cerca de dez anos. Quer só de calcinha ou nuas, havia de tudo: algumas crianças sorriam, outras aparentavam estar constrangidas ou apavoradas, e as restantes apareciam amarradas e amordaçadas, com desespero estampado no rosto e lágrimas nos olhos. Antes de a sua consciência se esvair e a alma ser cuspida de seu corpo, teve um último vislumbre das imagens e viu as portas do elevador se fecharem vários metros acima, deixando-o para morrer imerso nas trevas.

Naquele mesmo local, em 1948, ficava a casa da família Ferreira de Camargo, formada pela senhora Berta e seus filhos: o jovem químico, Pablo, e as irmãs, Maria Fernanda e Amélia. Certo dia, Pablo assassinou a mãe e as irmãs, na atrocidade que ficou famosa como *O Crime do Poço*.

A queda de Gabriel seria o prenúncio de um acontecimento muito maior, que ecoaria por gerações.

No dia seguinte, aquele endereço, mais uma vez, estamparia as manchetes dos jornais, e o edifício entraria para a história da cidade de São Paulo.

Capítulo 2
REJEITADO PELO INFERNO

Samara observava, frustrada, o vaivém dos policiais. Não podia acreditar que ele conseguira escapar.

— Como ele ficou sabendo que vocês estavam a caminho? Isso não faz sentido, nunca vi tamanha incompetência! — ela se expressava com a mesma rispidez que costumava usar com os seus subordinados.

Um dos policiais respondeu com uma postura que deixava claro que não toleraria desrespeito:

— Descobrimos que um escrivão, que já está preso, fazia parte da mesma rede de estupro e pedofilia do seu chefe. Pelo visto, a função dele era justamente monitorar eventuais ações da polícia contra membros do grupo. O cara já confessou que foi ele quem alertou todos os comparsas sobre a nossa vinda — Encarou Samara fixamente, como se dissesse que, se ela tivesse mais um rompante igual àquele, seria ela quem sairia algemada do prédio.

— Ah, que ótimo, a polícia agora contrata tarados também, era só o que faltava! — O comentário sarcástico de Samara irritou ainda mais o policial, cuja paciência estava no limite e que tinha idade para ser pai dela.

— Senhora, fique tranquila. Vamos encontrá-lo. Com licença, tenho um trabalho a fazer. — Encerrou a conversa e virou-se de costas.

— Acho bom mesmo, é por isso que eu ainda pago os meus impostos! — Samara aplicou uma última alfinetada no homem enquanto ele se afastava.

— Você precisa se acalmar! Não é assim que se resolvem as coisas.

Procurou pela voz e se deparou com Úrsula. Respondeu balançando a cabeça, bem grosseira:

— Eu sei disso, mas não estou conseguindo acreditar! Esses imbecis deixaram aquele monstro escapar!

— Sim, é uma droga, mas você vai acabar sendo presa desse jeito! Precisa se controlar, Samara, Deus do céu!

Samara suspirou e concordou, pois sabia que a amiga tinha razão.

Úrsula a conhecia melhor do que ninguém naquela empresa. As duas haviam sido contratadas no mesmo mês. Junto com alguns funcionários, formavam um grupo que se reunia para almoçar e para conversar na sala do café todos os dias e tinham um ótimo convívio profissional.

No escritório, não era segredo para ninguém que Samara sofria de mau humor crônico: era impaciente, sarcástica e cabeça-dura com tudo e todos. Apesar de não ser uma pessoa religiosa, ela rezava quase todos os dias para aprender a se controlar, pois o seu temperamento forte já lhe custara um noivado e várias amizades. Além disso, sabia que a maioria dos seus subordinados a detestava e a chamava *carinhosamente* de Regan, a personagem principal de um dos filmes mais comentados do ano e que todos aguardavam que fosse lançado no Brasil logo: O Exorcista. Os membros de sua equipe falavam, rindo, que Samara tinha sido possuída pelo demônio quando ainda era criança.

— Você tem razão, desculpe! Mas será que é pedir demais que esses idiotas façam o trabalho deles? Estou farta de tanta incompetência!

Alguns policiais se viraram na direção de Samara, que tinha falado alto de propósito. Um deles fumava um cigarro, aguardando novas ordens.

— Aquele cidadão ali, por exemplo; se não ficasse parado, fumando igual a uma chaminé, poderia estar procurando aquele estuprador de criancinhas. Mas não, ele prefere ficar lá, enquanto o Gabriel continua livre para procurar uma nova vítima. Queria só ver se fosse a filha dele! — E apontou o dedo diretamente para o policial, que fechou a cara na hora.

— Jesus Cristo, vamos sair daqui antes que alguém decida te algemar! — Ignorando os protestos de Samara, que queria continuar puxando briga, Úrsula conduziu a amiga para longe dos investigadores, que já estavam com mais raiva dela do que do estuprador fugitivo.

Úrsula gostava de Samara, mas não se conformava com o fato de a empresa ter promovido alguém com um temperamento tão difícil.

À medida que eram liberados do interrogatório, os funcionários se dirigiam à sala do café, na qual o assunto dominante era Gabriel. Quando chegou lá, Samara naturalmente foi conversar com Úrsula, Ariane, Jair, Clécio, que era o mais velho e o superintendente do departamento, e Romeu.

— Que confusão é essa? O que a polícia está fazendo aqui? — disse Harrison que, como sempre, chegara atrasado.

— Você saberia se não fosse tão preguiçoso e estivesse aqui no horário. — apesar de sentir simpatia por ele e por seu jeito extrovertido, Samara sempre ficava louca com a falta de profissionalismo dele.

Com a resposta da chefe, Harrison arqueou as sobrancelhas e se calou.

— Por que você não comentou nada sobre o Gabriel ser um depravado, Samara? Podia ter nos contado! — Ariane ainda estava abalada com a história.

— Os policiais pediram para que eu mantivesse segredo absoluto para que ninguém alertasse aquele traste. Infelizmente, foi isso que acabou acontecendo — Samara respondeu, desanimada. — Pelo menos, todo mundo já sabe.

— Eu não acredito que ele escapou. Quem poderia imaginar que havia um tarado entre nós? — Ariane retrucou, arrancando risadinhas sarcásticas dos demais.

A ironia se explicava facilmente: Ariane, a mais bela daquele grupo, era uma pervertida, e quase todos sabiam disso. As más-línguas afirmavam que centenas de homens e mulheres já haviam passado pela sua cama.

— Como foi que você descobriu essa sujeira toda? — Jair perguntou, curioso. — Os cretinos dos policiais não responderam a uma pergunta sequer! Esses caras são uns imbecis. Com quem pensam que estão falando? — Por ser sobrinho do secretário estadual da Fazenda, tinha a mania irritante de invocar o nome do tio quando alguém o desagradava, sobretudo funcionários públicos.

— Foi sem querer. Eu estava conversando com o Gabriel na sala dele, pedindo algumas informações, quando ele derrubou uma pasta no chão — Samara explicou. — Para azar dele, ela se abriu, e várias fotos se espalharam pelo carpete. Eu estava me abaixando para ajudá-lo a apanhá-las quando percebi que eram fotos de crianças nuas, uma nojeira. Acho que ele as estava olhando em pleno horário de trabalho! — Todos, indignados, mostravam expressões de repulsa. — Quando encarei o Gabriel para perguntar o que era aquilo, ele suava frio e me olhava aterrorizado.

Ainda teve coragem de pedir que eu não contasse pra ninguém — Samara prosseguiu. — Fingi que concordei, mas consegui furtar uma das fotos que mostrava uma menina completamente nua sendo agredida por um homem sem roupas e de máscara. Ela estava com uma corrente com a imagem de Santo Antônio, pendurada no pescoço. Ironicamente, ela é a protetora das crianças, dá pra acreditar? — fez com uma expressão de inconformada. — Levei para a polícia no mesmo dia, e as investigações começaram imediatamente. O resto vocês já sabem.

Os amigos começaram a disparar perguntas, pois nunca tinham conhecido alguém capaz de denunciar e mandar para a cadeia um criminoso.

— E você tem certeza de que o homem da foto era ele?

— Claro que não, Ariane, nem a polícia sabe; essa era uma das coisas que eles pretendiam checar. Mesmo que não seja o Gabriel, ele é cúmplice. As autoridades estão convencidas de que ele faz parte de uma rede de pervertidos.

Clécio, que mantinha uma relação de muita liberdade com os seus subordinados, comentou com muita naturalidade:

— É, minha amiga, você tirou a sorte grande. Com o Gabriel fora, a vaga de gerente será sua logo, logo. Vai faturar uma grana alta, parabéns.

— Chefinho, o Gabriel inventou essa história de que eu queria roubar o lugar dele, mas isso nunca passou pela minha cabeça! — Samara rebateu, irritada, por detestar o fato de que o chefe só pensava em dinheiro.

— Samara, Samara... Certas histórias são inventadas, e todo o mundo acaba acreditando. Acostume-se. — Clécio deu de ombros. — Lembre-se muito bem disso.

— Não esquenta a cabeça, Samara, sabemos disso. Não liga pro chefinho não, ele está brincando — disse Romeu, que entrara na conversa para tentar apaziguar a situação.

Samara sorriu para o amigo, Romeu era definitivamente a pessoa mais amável que ela já conhecera, todos gostavam dele. O mulato era afável e prestativo, do tipo que para tudo que está fazendo para ajudar os amigos. Ele também era uma fonte constante de preocupação, com menos de trinta anos pesava mais de cento e cinquenta quilos e tinha vários problemas de saúde, suas idas ao hospital eram constantes.

Depois de horas de busca, os investigadores chegaram à conclusão de que Gabriel tinha conseguido escapar do edifício. Samara, os seus amigos e vários outros funcionários ficaram inconformados, mas os oficiais garantiram que a captura era questão de tempo: havia equipes na casa do suspeito e dos parentes mais próximos, e um alerta geral fora divulgado pelo rádio.

— Isso é um absurdo! Parece que o crime realmente compensa — Jair falou, revoltado.

— Espero que esse monstro seja encontrado logo e que apodreça na cadeia. — Samara soltou um suspiro pesado. A simples ideia de Gabriel andando livre e tranquilo pelas ruas a enfurecia.

Depois de mais alguns protestos e comentários, as pessoas foram almoçar ou retomaram seus afazeres, mas todas ainda se perguntavam por onde andaria Gabriel.

* * *

Era quase meia-noite. Todos os funcionários haviam ido embora, e apenas alguns vigilantes se ocupavam da segurança do edifício. Foi quando a estranha maldição que pairava sobre o lugar despertou após anos inativa desde *O Crime do Poço*.

O cadáver de Gabriel continuava no vão entre o elevador e o chão, que conseguia acomodar um homem adulto exatamente por encerrar as molas que sustentavam o maquinário no térreo. Centenas de pessoas subiram e desceram sem fazer ideia de que o corpo retorcido do fugitivo estava ali, a menos de um metro de distância, esquecido no meio do pó e das teias de aranha.

A água brotou pelo piso e se espalhou por todos os espaços. Aos poucos, o volume subiu e, com ele, o sangue coagulado, que dançava entre as partículas de sujeira.

Os habitantes originais daquele lugar sabiam do que se tratava, ali pairava uma maldição secular. O conhecimento fora transmitido de geração para geração por séculos, mas se perdera com a colonização do homem branco. Por isso os índios tinham chamado aquela região de Anhangabaú, que significava "água da face do Diabo".

A água esquecida e sufocada pela canalização banhou a pele do morto e entrou por sua boca, que inspirou o ar de forma ruidosa.

E os olhos mortos de Gabriel se abriram.

* * *

Sentada no sofá, Samara jantava em seu apartamento, no bairro da Liberdade. Na tela da sua moderna tevê colorida, o apresentador Sérgio Chapelin discorria sobre as principais notícias do dia.

No noticiário, a história do seu gerente pervertido era narrada em detalhes. A equipe de reportagem tinha filmado a entrada da casa dele e tentado, sem sucesso, obter uma declaração da esposa. O vídeo mostrava a mãe levando a assustada filha de Gabriel para longe dos repórteres.

Samara balançou a cabeça, soltando um pesado suspiro. A menina era mais uma vítima do pai, pois sua vida também fora destruída.

— Acredite em mim, garota, um dia você vai me agradecer. Aquele cretino só ia te trazer tristeza — ela murmurou.

O âncora passou então a apresentar temas mais leves, como esporte e cultura, e ela perdeu o interesse.

Estava exausta. Lavou a louça do jantar, colocou uma camisola e voltou a se acomodar no sofá, ciente de que pegaria no sono ali mesmo, o que havia se tornado uma espécie de ritual, uma forma de relaxar antes de ir para a cama.

* * *

Já passava da meia-noite quando Samara acordou assustada com os chiados dos chuviscos esbranquiçados que dançavam de forma caótica na tela da tevê. Ela se espreguiçou, sentindo os ossos estalarem, e decidiu ir dormir no quarto. Levantou-se para desligar a televisão e, ao olhar para baixo, percebeu que o chão da sala estava molhado.

Intrigada, olhou em volta. A poça estava no meio da sala, bem em frente ao sofá no qual ela dormira. Olhou para o teto, mas não havia qualquer indicação de vazamento.

Esfregou os olhos para afastar o sono e notou, em pânico, que a porta da sala estava escancarada, revelando a entrada dos demais apartamentos, os dois elevadores e a escada, além do mais assustador: a sequência de pegadas molhadas que terminava exatamente na poça na qual ela pisava.

Uma descarga elétrica desceu por seus músculos, e ela correu até a porta da sala. Nervosa, investigou o corredor e depois a escada para conferir se havia alguém à espreita. Samara mordeu o lábio. Sem dúvida, alguém havia invadido o seu apartamento.

Será que ele ainda estava lá?

Indecisa, encarou a sala e, depois, o elevador. Apesar de o seu corpo cansado desejar entrar, limpar o chão e dormir, o seu instinto de sobrevivência mandava que ela saísse dali imediatamente.

Mas para onde iria de camisola, descalça e sem dinheiro ou documentos, no meio da madrugada?

Pensou em pedir ajuda para algum vizinho, mas não conhecia ninguém pelo nome. Sabia que um casal com filhos morava no apartamento ao lado e que certamente lhe ofereceriam refúgio enquanto chamavam a polícia, mas, assim que começou a andar até a porta deles, estacou: outras pegadas haviam aparecido.

Ela podia jurar que elas não estavam lá quando acordou.

De olhos arregalados, constatou que seguiam em frente e desapareciam para dentro de seu quarto.

* * *

Aterrorizada, Samara correu e bateu com determinação na porta de todos os apartamentos vizinhos, mas ninguém apareceu.

— Atende, droga! Não é possível que todos tenham ido viajar. Mas que merda! — gritou, perdida entre o pânico e a raiva.

Depois de várias investidas infrutíferas, engoliu em seco e voltou o olhar para a sua casa. Só lhe restavam três opções: dirigir-se aos outros andares em busca de socorro, sair do prédio e se arriscar pelas ruas em busca da polícia ou retornar ao apartamento e averiguar se havia de fato alguém ali dentro.

Samara era teimosa e briguenta demais para se deixar intimidar tão facilmente. Orgulhosa, pensou na vergonha que sentiria se a polícia constatasse que não havia nenhum intruso e no peso do olhar da multidão de curiosos de todos os andares. Assim, decidiu-se pela terceira opção: respirou fundo, reuniu toda a coragem que conseguiu e entrou na sala, tentando controlar a respiração e os dentes, que insistiam em oferecer demonstrações sonoras do tamanho do seu medo.

No momento em que pôs o pé no piso de madeira, o assoalho rangeu e estalou.

— Merda... — Um calafrio subiu por sua espinha.

Samara avançava lentamente. Os seus olhos inspecionavam cada centímetro da casa, apavorados. Trêmulos, seus dedos procuravam os interruptores e acendiam as luzes dos aposentos pelos quais passava. Com a boca seca, reuniu até a última gota de autocontrole e entrou no seu quarto, pronta para correr e gritar ao primeiro sinal de perigo, mas ele estava vazio. Tudo estava exatamente como Samara deixara: nenhum sinal de invasão, nenhum móvel ou peça de roupa fora do lugar. Investigando cuidadosamente o piso, confirmou que as pegadas sumiam antes do batente da porta, ou seja, o invasor tinha dado uma espiada no ambiente, mas não entrara.

Mais calma, Samara suspirou e chegou a sentir uma ponta de orgulho por não ter acionado a polícia. Precisaria apenas chamar um chaveiro no dia seguinte para trocar as fechaduras. Registraria, se tivesse tempo, um boletim de ocorrência na delegacia mais próxima, onde quer que se localizasse.

Seu corpo gelou, e ela ficou sem reação. Uma mão forte e pesada agarrou o seu rosto por trás e impediu-a de gritar. A outra se insinuou por sua cintura e trouxe-a para junto do corpo do intruso. Samara arregalou os olhos, invadida por uma onda de pânico que queimou sua pele dos pés à cabeça.

Suas costas ficaram imediatamente molhadas, o que lhe deu a certeza de que a pessoa que a imobilizara era a mesma que deixara as pegadas pela casa.

Samara se debateu inutilmente. Com os olhos esbugalhados, injetados de terror, arranhava as mãos do intruso. Lágrimas de medo corriam-lhe pelo rosto, fazendo seu cabelo grudar na pele.

Sentiu a mão do invasor descer pelo seu ventre em direção à sua pélvis. O seu coração acelerou, e a explosão de adrenalina embrulhou-lhe o estômago. Suas forças se esvaíram ao ouvir a voz familiar que sussurrou no seu ouvido:

— Obrigado, Samara, muito obrigado mesmo por revelar a verdade a todos. — Era Gabriel. — Agora, vou te mostrar quem é o pervertido.

Mesmo com a boca coberta pela mão dele, gritou com toda a força ao sentir que os dedos molhados e gélidos de Gabriel se embrenharam por entre suas pernas.

Samara acordou gritando, sentada no sofá da sala.

***

Na manhã seguinte, Samara entrou no Edifício Joelma ainda sob o efeito do pesadelo perturbador que a impedira de pregar os olhos até o amanhecer. Seu relógio de pulso marcava pouco mais de sete horas – nunca chegara tão cedo para trabalhar.

Largou a bolsa na mesa e foi até a copa, pois precisava desesperadamente de um café. O andar estava deserto. O único som que quebrava a monotonia do silêncio vinha dos aparelhos de ar-condicionado.

Samara parou diante da sala de Gabriel e observou as fitas com que a polícia havia lacrado a porta. Parte delas havia sido arrancada, o que certamente traria problemas com as autoridades.

— Que droga! Quem foi o imbecil que entrou aqui?! — resmungou.
— Esse pessoal não sabe ler? Não dá para ver que foi interditado pela polícia?

A porta estava entreaberta, então Samara deu uma espiada, imaginando se haveria mais fotos horríveis guardadas em compartimentos secretos. Era impossível prever o que se passava pela cabeça de um homem tão perturbado.

— Bom dia! O que faz aqui tão cedo? — Samara pulou e gritou, assustando Romeu.

— Caramba, o que aconteceu?! — Ele levou a mão ao peito, com os olhos arregalados.

— Desculpe, mil perdões! — Ela se sentiu enrubescer e temeu pela frágil saúde de seu amigo. — Tive um pesadelo que me deixou com os nervos à flor da pele! E você? Não está cedo demais pra você também?

— Sempre chego nesse horário para fugir do trânsito. O dia de ontem foi cheio de emoções. É normal ter pesadelos. Espero que prendam logo o Gabriel pra que possamos esquecer esse assunto. — Romeu ainda sentia o coração acelerado. — Venha, vamos sair daqui. Talvez já tenha café.

Samara assentiu e seguiu o amigo, mas antes deixou os olhos se perderem por poucos segundos na sala de Gabriel, pois sentia uma energia ruim ou uma presença maligna ali. Esse sentimento descabido fez com que desse razão a Romeu: enquanto o pervertido não fosse preso, não conseguiriam encerrar aquele capítulo trágico.

Para a infelicidade deles, as garrafas térmicas ainda estavam vazias, pois os funcionários só começariam a chegar dali a uma hora.

— Pelo visto, teremos que tomar café em outro lugar. — Romeu tirou o seu Dulcora do bolso da calça e levou um *drops* à boca. — Quer uma bala?

— Querido, quando vai começar a cuidar da saúde? Você não acha que está comendo doces demais? — perguntou com delicadeza, receando magoá-lo.

— Não importa o que dizem por aí, Samara. Lembre-se: açúcar nunca é demais! — Romeu afirmou, bem-humorado, o que fez com que ela sorrisse. — Não se preocupe, estou bem.

— Sei... Como eu queria acreditar nisso! — Samara suspirou, pois sabia que era questão de tempo até receber a notícia de que o amigo tinha ido parar no hospital. Ou em um lugar pior.

Úrsula entrou na copa e, ao avistá-los, ficou petrificada. Samara e Romeu franziram as testas.

— Bom dia, Úrsula. Também teve insônia? — Samara sorriu. Achou estranho a amiga ter chegado tão cedo e ainda mais estranha a quantidade de pastas de plástico que ela trazia consigo. — Nunca imaginei encontrar tanta gente aqui nesse horário. Achei que estaria sozinha.

— Hã, bom, mais ou menos. Eu tinha... algumas coisas pra resolver. — Sem graça, Úrsula mudou a ordem das pastas para impedir que os colegas vissem do que se tratavam.

— Dá pra ver que você começou a trabalhar cedinho... — disse Samara, incapaz de não alfinetar a colega e tentar descobrir o que ela carregava com tanto cuidado. — Calma aí, isso que você está trazendo é...

— Olha, não é o que parece. Posso explicar. — Úrsula engoliu com dificuldade ao reparar que a expressão no rosto da amiga passara da curiosidade à raiva.

— Acho que isso é exatamente o que parece ser... — Samara fuzilou Úrsula com o olhar. — Toda a papelada do Gabriel, não é? Você sabe muito bem que sou a segunda na hierarquia e que é óbvio que o cargo será meu — Samara falou, seca. — Por acaso está tentando me sacanear? Roubar a minha promoção?!

— Quem disse que esse cargo é seu, Samara? Tenho tanto ou mais direito que você: trabalho muito mais e sou mais competente e inteligente. Nunca entendi por que diabos você foi promovida, e eu não! O seu nome não está na porta daquela sala ainda, e ninguém é dono do cargo de gerente!

— E você acha mesmo que violar a cena de um crime só pra pegar essas pastas e se inteirar do trabalho dele vai te fazer ser promovida? Pelo amor de Deus! Eu achava que você tinha um pouco mais de cérebro do que isso... — Samara respondeu de forma cruel. — Mas, pelo visto, me enganei!

— Sou muito mais inteligente que você, Samara. — Úrsula estreitou os olhos, cheia de ódio. — Vê lá como fala comigo!

— Meninas, se acalmem, vamos conversar. Vocês são amigas! — disse Romeu, tentando apaziguar os ânimos.

— Não sou amiga de uma invejosa que descumpre as leis para tentar tirar proveito próprio. Aliás, espero que a polícia prenda você também!

— Se eu for promovida, será por uma questão de justiça. Você é que não devia estar ocupando o seu cargo. Aquela promoção era pra ter sido minha! — Úrsula subiu o tom de voz, disposta a enfrentar a amiga. — E eu não descumpri lei nenhuma, do que você está falando?!

— Não se faça de desentendida. Acha que eu não vi que alguém arrancou parte das fitas de isolamento da sala do Gabriel para poder entrar? É óbvio que foi você!

— Eu também vi as fitas arrancadas. Foi você, Úrsula? — Romeu perguntou com delicadeza, preocupado com as implicações das atitudes da amiga.

— Claro que não! Vocês enlouqueceram?! Quando cheguei, as fitas já estavam daquele jeito! Foi por isso que entrei lá! — Úrsula estava indignada. — Eu jamais cometeria um crime!

— Mentirosa! Mau-caráter!

— Vá se foder, Samara! É por isso que nenhum homem te quer!

— Como é que é?! — Samara estava prestes a pular no pescoço de Úrsula. — Repete se tiver coragem!

— É isso mesmo, vai pro inferno!

Úrsula e Samara estavam prestes a partir para as vias de fato, o que impediu perceberem que uma das portas do armário da copa se abrira. Romeu virou-se na direção do som das dobradiças no momento em que Gabriel apareceu.

* * *

— Gabriel?! De onde você... — Romeu encostou-se na parede, atônito. O ex-gerente parecia ter fugido de um manicômio: estava imundo e com o rosto sujo de sangue coagulado.

Gabriel deu um passo à frente e enfiou o seu belo abridor de cartas prateado na barriga de Romeu. A gélida lâmina penetrou fundo, rompendo uma grossa camada de gordura, artérias e órgãos internos.

Romeu encarou aquele rosto transtornado pela maldade e pela loucura. Gabriel abriu um sorriso doentio e sádico ao notar que os olhos dele imploravam por clemência e, em resposta, torceu a arma no ventre do rapaz, que gritou de dor.

Samara estava paralisada, pois temia a vingança dele desde que o denunciara à polícia.

— O que é que você... — Os olhos de Úrsula desceram até a barriga de Romeu. — Meu Deus!

Gabriel soltou uma risada alta e sarcástica e arrancou a lâmina do abdômen de Romeu, que se curvou, colocou as mãos sobre o ferimento e foi ao chão pela falta de força nas pernas.

— Não, pelo amor de Deus, não faz isso, bicho! — Romeu tentou falar, erguendo inutilmente uma das mãos na tentativa de se defender. — Eu...

Gabriel não respondeu. Seu rosto estava tomado por uma ferocidade ameaçadora e por uma insanidade que Romeu jamais testemunhara. Com um gesto rápido, enterrou a lâmina no peito do rapaz com um sorriso de orgulho.

— Não faz isso, você vai matar o Romeu!!! — Samara gritou, sem coragem de se aproximar para intervir.

— Para, Gabriel, pelo amor de Deus! — Úrsula levou as mãos à cabeça.

Gabriel nem se deu ao trabalho de responder ou de notá-las. Romeu, com um dos pulmões perfurado, não oferecia resistência, então Gabriel esfaqueou-o no pescoço. O jovem se rendeu, incapaz de se defender, e os seus braços se abriram, tocando o chão de ambos os lados do corpo.

O sangue que jorrou da artéria rasgada cobriu o rosto de Gabriel e fez com que ele se transformasse em um monstro. Passou a desferir golpes aleatórios, como se estivesse em um frenesi homicida: um atingiu o peito, o outro fez um corte profundo na bochecha rechonchuda e inerte de Romeu, o seguinte acertou o tórax, o próximo resvalou no osso do ombro, o que o deixou com mais ódio. Naquele momento, Gabriel havia transformado o rapaz no alvo de sua raiva incontrolável.

— Jesus Cristo, não... — Úrsula gemeu. Com os olhos marejados, observava Gabriel retalhar o seu amigo com seguidos golpes, incansável e alheio a tudo.

— Socorro, alguém ajude! Socorro!!! — Samara abraçou a amiga, que ameaçava desfalecer de desespero. — Vem, vamos sair daqui! Vem!!!

Samara praticamente arrastou Úrsula para fora da copa, cujo chão, móveis e paredes estavam cobertos de sangue. Gabriel continuava esfaqueando o imenso cadáver de Romeu que, com mais de 50 golpes, já estava retalhado e desfigurado. Escorria sangue pelo canto da boca do rapaz assassinado, que mantinha os olhos abertos, encarando o teto sem poder vê-lo.

— Romeu, não! Meu Deus... — Úrsula soluçou.

Samara trouxera a amiga para uma mesa próxima, para que pudessem ligar para alguém e pedir socorro. Úrsula desabou sobre a cadeira e, no momento em que Samara começava a discar o número da polícia, Gabriel emergiu pela porta da copa, sujo de sangue da cabeça aos pés. Ao notar a palma tingida de vermelho, sorriu.

Lentamente, andou na direção delas, que estavam a poucos passos dele.

— Muito obrigado por ter revelado a verdade para todos — Gabriel murmurou, encarando-as com um olhar perverso. — Eu vou mostrar para vocês agora quem é o pervertido.

Ao ver que ele se aproximava, Samara agarrou a mão de Úrsula, e as duas saíram correndo.

— O que vamos fazer?! — Úrsula, desesperada, olhou para trás e viu Gabriel avançando. — Não temos saída! Estamos indo para longe dos elevadores e das escadas!

Ele se deslocava rápido, o que não dava muito tempo para as duas pensarem direito.

Samara sabia que estavam próximas das últimas salas do piso, então procurava freneticamente um lugar onde pudessem se esconder, respirar e bolar um plano. Suas mãos agarraram um estilete que vira de relance em cima de uma das mesas e, sem pensar duas vezes, empurrou Úrsula para dentro do banheiro masculino.

Ao chegar ao final do corredor, Gabriel observou as portas ao seu redor, sem saber em qual delas elas haviam entrado. Onde teriam se escondido? Em qual lugar deveria procurar primeiro? Ele sabia que a decisão errada poderia dar às duas a chance da fuga perfeita.

Empurrou a porta com um sorriso no rosto, certo de que aquela perseguição inútil estava prestes a se encerrar. Soltou um suspiro de frustração ao perceber que não havia ninguém à vista.

À sua direita, havia cabines reservadas, cujas portas estavam fechadas. Foi até o longo espelho à sua esquerda, que se estendia pela parede toda, olhou-se e soltou uma risada alta e sarcástica, porque era muito clichê imaginar as duas espremidas em cima de uma privada.

— Apareçam, meninas, eu não vou machucá-las! Foi tudo um mal-entendido! — A voz de Gabriel ecoou pelo banheiro vazio. — Tudo o que eu quero é conversar com as duas! Vocês não querem falar comigo? Vamos fazer um joguinho, que tal? Vocês se consideram tão espertas... Principalmente você, Samara. — Carregou a voz com um tom jocoso, esperando aumentar o pânico de suas presas. — Venham aqui conversar comigo, venham...

Dentro da última cabine do sanitário, as duas moças tremiam de medo. Receosa, Samara cobriu a boca de Úrsula com a mão para abafar o som de seus dentes batendo sem se dar conta de que ela produzia o mesmo ruído.

O silêncio funcionou como um estimulante para Gabriel, que sentia que finalmente desempenhava um papel digno de tudo que diziam dele: o fugitivo acusado de ser um *predador* sexual finalmente estava *caçando* as suas *vítimas*.

— Eu não sou má pessoa, sabiam? Fui fraco. A culpa não é minha. — Ele se curvou para espiar por baixo das portas, porém não enxergou nada além da parte inferior dos vasos sanitários. — Quando me casei, eu tinha muitos planos. Vocês não fazem ideia das pressões que um pai de família precisa suportar, as responsabilidades que temos que assumir!

Gabriel bateu com violência na primeira porta, escancarando-a com uma nota crescente de irritação na voz:

— Vocês todos se acham muito espertos, mas não sabem de nada! Ninguém imagina o tamanho do meu sofrimento, carregando calado esse segredo durante anos! Na verdade, *eu* sou a vítima aqui! *Eu*!

Seu ódio era tão grande, que a força com que chutou a porta seguinte fez com que todas as cabines estremecessem.

— Todos estão me julgando, mas conseguem imaginar o que é dar banho na sua filhinha enquanto se lembra daquelas fotos doentias, que ficam dançando na sua cabeça o tempo todo? Vocês têm noção do meu sofrimento?!

Gabriel, ensandecido, esmurrou três portas na sequência e sorriu ao imaginar a surpresa que o aguardava por trás da última, na qual se encostou, sentando-se no chão. Apoiou a cabeça na madeira, fechou os olhos e respirou fundo, imerso na mistura dos perfumes das duas mulheres acuadas.

Com toda a calma, pegou a foto da filha de dentro do bolso e a beijou, engolindo em seco. Arrancara as fitas de isolamento da porta de seu escritório exclusivamente para ter em mãos a imagem que esquecera no porta-retratos no dia anterior.

— Eu lutei, suas vadias. Ah, vocês não imaginam o quanto lutei! Todos os dias, incansavelmente. Pensei em ir à polícia e revelar toda a verdade, mas eu não podia. Deus sabe que eu não podia. — Gabriel urrou, furioso, e desferiu uma cotovelada na porta, que oscilou perigosamente. — Muito obrigado por me escutarem, e, Samara, quero muito agradecer por você ter revelado a verdade. Foi salutar pra mim. Agora, finalmente, não preciso mais esconder nada. Aquele segredo estava me consumindo, me devorando! Estou livre!

Gabriel se levantou e ficou em frente à porta.

— E neste instante, quero muito olhar vocês duas nos olhos e começar a nossa festa, pois a minha filha vai crescer sem um pai por causa de vocês. Infelizmente, preciso me apressar, garotas. As pessoas vão começar a chegar, e não quero que sejamos interrompidos. Garanto que serei rápido; só não posso prometer que não causarei dor.

Bateu na porta com o ombro, e ela se escancarou.

Seu sorriso desapareceu ao se deparar com a cabine vazia.

Capítulo 3
VOCÊ ME MATOU

Em pânico, Samara e Úrsula escutaram o doentio discurso de Gabriel e se abraçaram com força ao perceberem que só restava a porta delas. As duas se espremiam sobre o vaso sanitário, tentando acreditar que ele não as localizaria.

Quando Gabriel interrompeu a busca e sentou-se do lado no chão, Samara enxergou uma oportunidade. Sem emitir nenhum som, agarrou a amiga pelos ombros, apontou para o vão sob as paredes e fez um gesto que sugeria que deviam se esgueirar para a cabine anterior e, assim, tentar despistá-lo. Úrsula arregalou os olhos e balançou a cabeça em negativa, pois estava tão apavorada que não conseguia se mexer.

Com firmeza, Samara praticamente obrigou a colega a se abaixar e a se arrastar pelo chão gelado de granito. Gabriel continuava com seu discurso de vítima, mas a única coisa que chegava aos ouvidos delas eram suas pausas, que poderiam significar que ele voltara à ação. Mais do que isso: enquanto ele falasse, elas conseguiam conquistar um espaço que poderia ser a diferença entre a vida e a morte.

Já haviam se arrastado por duas cabines quando escutaram Gabriel se levantar com certa dificuldade. Elas se levantaram e se esforçaram para não atrair a atenção dele, que estava claramente enlouquecido. Samara e Úrsula se encararam, respiraram fundo e buscaram forças uma na outra para tentar escapar daquela armadilha letal. Ao ouvirem a porta sendo arrombada, as duas amigas dispararam.

— Agora!!! — Samara berrou e correu para a porta, puxando Úrsula pela mão.

Se conseguissem correr em direção à saída, teriam uma chance de se salvar.

— Suas vacas! — Gabriel disparou atrás delas.

Samara se atrapalhou ao puxar a pesada porta do banheiro, perdendo segundos preciosos. Seu coração batia forte, agarrando-se à esperança oferecida pelo corredor vazio, mas a mão suada e fria de Úrsula soltou-se como se uma âncora a tivesse prendido.

Virou-se e viu a colega nos braços de Gabriel, que segurava o abridor de cartas contra seu pescoço. Ao sentir a lâmina gelada em sua pele, Úrsula esbugalhou os olhos, e lágrimas escorreram por sua face.

— Por favor, por favor, não faz isso, Gabriel! Pelo amor de Deus! — com o coração aos pulos, Úrsula implorava para que ele não cortasse sua garganta de uma orelha à outra.

— Quieta! Cala a boca, senão te mato! — sussurrou com ferocidade no ouvido dela, apertando-a com força contra si. — Samara, se você der mais um passo, eu mato esta piranha! Estou falando sério!

A moça engoliu em seco. Então, observou Gabriel, encarou Úrsula e desviou o olhar para o corredor atrás de si. Estava diante de um dilema: se corresse poderia se salvar, mas Úrsula morreria; se Gabriel a pegasse, a sua morte seria pior que a de Romeu, pois aquele maluco faria com ela a mesma coisa que fizera com o rosto do pobre rapaz.

Como não queria carregar aquela culpa, Samara sacudiu a cabeça e ergueu a mão esquerda, como se pedisse uma trégua.

— Calma, calma, eu estou aqui! Não vou a lugar algum, por favor, não a machuque! — Samara suplicou. Gotas de suor escorriam por ambos os lados do seu rosto. — Vamos conversar, tenho certeza de que...

— Conversar?! Agora você quer conversar, sua puta?! Não tenho nada pra falar com você! — Gabriel rosnou, furioso. — Vou matar esta vadia se você não vier aqui agora mesmo!

Reunindo toda a sua coragem, Samara deu um passo à frente e encarou Gabriel. Examinando-o cuidadosamente, notou que algo estava diferente, algo que o sangue de Romeu não conseguira disfarçar. Pelo rasgo na manga da camisa, identificou grandes hematomas no braço dele. Da perna, brotava uma ponta de osso imunda. O sangue seco denunciou um grande ferimento atrás de sua orelha, que Samara deduziu ser o fruto de um golpe violento, o que tornava inexplicável aquele monstro ainda estar em pé.

— O que aconteceu com você? — sussurrou, apavorada, sentindo os olhos se encherem de lágrimas de novo.

— Você me matou, Samara — Gabriel foi direto ao ponto, encarando-a com ódio. — Mas o Diabo tinha outros planos pra mim. Ele me escorraçou do Inferno e exigiu que eu arrancasse o seu coração e o levasse para ele. E é isso o que pretendo fazer! Agora, venha cá!

— Calma, estou aqui! Não precisa ficar nervoso, vou te acompanhar pra onde você quiser... — Samara continuava com a mão esquerda erguida, numa tentativa de manter o lunático controlado.

— Isso, venha até aqui, eu já falei que...

Suas palavras foram interrompidas pelo golpe de estilete, que saiu do bolso de Samara e abriu um talho próximo ao olho de Gabriel. Surpreendido, soltou um urro e instintivamente afrouxou o braço ao redor do pescoço de Úrsula, que o mordeu na mão e se desvencilhou, caindo de joelhos no chão.

Ferido duas vezes, Gabriel berrou de fúria e dor. Antes que ele conseguisse realizar uma nova investida, Samara voltou a atacá-lo com o estilete, que atingiu sua garganta e produziu uma fissura irregular de quase dez centímetros logo abaixo do pomo de adão.

Horrorizada ao sentir o sangue pingando em sua cabeça e costas, Úrsula engatinhou na direção de Samara. Perplexo, Gabriel levou a mão à garganta e desabou no piso, ainda tentando entender o que havia acontecido.

Úrsula e Samara se abraçaram apertado.

— Você está bem? Pensei que fosse te perder! — Samara falou, aliviada; a mágoa que sentira pela briga passara por completo.

— Sim, estou! Obrigada por não ter me deixado. Se você não tivesse ficado aqui, eu nunca...

— Ficou maluca, sua vaca?! — Gabriel gritou. — Por que fez isso comigo?! Quer me matar de novo?!

Aterrorizadas, olharam para ele sem entender nada. Samara era a mais incrédula das duas, pois sabia que aquele ferimento deveria ter sido fatal. Como ele ainda podia estar falando?!

Ainda no chão, encarava-as com desprezo. O sangue ainda jorrava do ferimento.

— Vou te machucar muito, Samara. Juro que enfiarei esta lâmina no meio das suas pernas! Vou te fazer implorar pra morrer! — Gabriel ignorava o sangue que descia de sua garganta até o chão.

— Nossa... Como é possível? — Úrsula enxugou as lágrimas. Suas pernas estavam bambas de pavor.

— Tudo o que sei é que precisamos fugir, e tem que ser agora! — Samara mais uma vez obrigou a amiga a se mexer. — Corre, vai!

— Vagabundas, voltem aqui! — Gabriel levantou-se do chão e vociferou com um timbre de voz que nem ele mesmo reconhecia devido aos danos em suas cordas vocais.

Perplexas e completamente apavoradas, Samara e Úrsula correram. Gotas de sangue salpicavam o chão à medida que Gabriel avançava, alucinado. Em instantes, chegaram ao final do pavimento e se viram encurraladas.

— Pra onde ir, merda?! — Samara olhou para os lados, buscando um abrigo e tentando não sucumbir de vez ao desespero.

— Pra lá, rápido! — Úrsula apontou na direção da sala de manutenção e puxou Samara .

A porta estava destrancada. Ao fechá-la, notaram a falta da chave. Olharam ao redor, examinando os equipamentos de limpeza e os materiais de escritório. Samara se lembrou de uma segunda porta, que dava acesso ao potente aparelho de ar-condicionado central. Como o barulho era ensurdecedor, ela costumava ser mantida fechada para abafar um pouco o som da máquina e podia ser trancada por dentro.

Ao entrarem, apesar do som do ar-condicionado, as mulheres ouviram Gabriel na sala de manutenção. Samara bateu a porta com violência e a trancou um segundo antes de o assassino se chocar contra a madeira, que ele começou a esmurrar, furioso.

Isoladas pela proteção da porta, afastaram-se e tentaram se acalmar. Gabriel estava muito ferido, mas continuava tentando arrombar a maçaneta.

— Acho que estamos seguras por enquanto. Não tem como o Gabriel passar. — Samara, ofegante, apoiou as mãos nos joelhos, tentando respirar.

— Sim, mas por quanto tempo? — Úrsula sentou-se no chão, arfando dolorosamente, sem nunca desviar o olhar da porta, que Gabriel não parava de golpear.

— Não faço ideia — Samara respondeu, exausta, sentando-se no chão também.

* * *

Ariane, a bela amiga de Úrsula e Samara, chegou quase uma hora depois. Colocou a bolsa sobre a mesa, conferiu alguns papéis com os quais teria que lidar mais tarde e rumou para o banheiro, onde retocou a maquiagem. Olhou por cima do ombro e sorriu e decidiu pegar um café antes de começar o expediente.

Ao entrar na copa, gritou desesperadamente. Os colegas correram até lá e, tão horrorizados quanto ela, depararam-se com o cadáver mutilado de Romeu.

* * *

O 12º andar do Edifício Joelma foi tomado por uma imensa comoção. Apesar de os membros da equipe de segurança do prédio terem criado um cordão de isolamento, muitos funcionários se aproximavam da cena do crime para satisfazerem suas curiosidades mórbidas. Atônitos diante da ferocidade do assassinato, ninguém conseguia entender o que havia acontecido. O que lhes restava era aguardar pela chegada da polícia, que talvez tivesse alguma explicação para aquela cena absurda.

— Puta merda, quem será que foi o monstro que fez isso? — Jair, perplexo, não conseguia desviar o olhar do cadáver do colega.

— No mínimo foi aquele tarado do Gabriel! Aquele bandido deve ter voltado para se vingar, só pode! — Ariane secou mais uma lágrima com um lenço.

— Seja razoável. O cara conseguiu fugir da polícia ontem, por que ele voltaria pra cá? A essa altura, já deve estar fora do país — Clécio ponderou. — Além do mais, conheço o Gabriel muito melhor do que você e garanto que ele não teria coragem suficiente para fazer algo desse tipo.

— Ah, pode parar! Não acredito em coincidências. Tem que haver uma conexão! Ele é um criminoso foragido. Quem mais teria motivos pra voltar aqui e matar alguém dessa forma? — Ariane retrucou, visivelmente irritada.

Clécio decidiu deixar para lá. Estavam todos com os nervos à flor da pele, e ele, como superintendente da equipe, precisava demonstrar equilíbrio.

— Pessoal, vamos sair daqui. A polícia já deve estar chegando. Quanto menos gente circulando na cena do crime, melhor. — Harrison falou e aproveitou para passar o braço pelos ombros de Ariane. Ele tinha uma queda pela colega fazia muito tempo e não perdia nenhuma oportunidade de buscar contato.

Os quatro retornaram para os seus locais de trabalho. Por acaso, enquanto imaginava como daria a notícia à amiga, os olhos de Ariane pousaram sobre a bolsa de Samara, que se encontrava sobre a mesa.

— Gente do céu! A Samara não está atrasada, ela já chegou... — Ariane disse, preocupada. — Onde será que ela está? Olha a bolsa dela ali!

— Droga! Será que ela estava aqui na hora do crime? Será que aconteceu alguma coisa com ela? — Jair engoliu em seco e sentiu um calafrio ao se lembrar de que fora ela quem denunciara Gabriel.

— Por que será que ela não apareceu com o escândalo? Será que aconteceu alguma coisa? — Ariane complementou, sinistra: — Ela pode estar em perigo... Ou morta, igual ao Romeu

— Mas que merda! Aquela ali é a bolsa da Úrsula, certo?! — Clécio, muito nervoso, apontou para a mesa da sua outra funcionária.

— Sim! Isso não está me cheirando bem. Tem alguma coisa errada. Precisamos informar à polícia e à segurança do prédio que elas desapareceram. — Ariane levou a mão à testa. — Estou com um péssimo pressentimento...

Os três rapazes se entreolharam e seguiram-na até a copa. Harrison reparou que três faxineiras tentavam abrir a porta da sala da manutenção.

— Gente, alguém já viu aquela porta trancada antes?

— Não, nunca. Pedi que aquela sala sempre fosse mantida aberta já que todo mundo entra e sai o tempo todo para pegar material de escritório. — Clécio franziu as sobrancelhas. — Você acha que...

— Não sei, mas pretendo descobrir. — disse Harrison.

Os quatro foram na direção das faxineiras, inclusive Ariane, que passara a achar mais urgente ir até lá do que avisar a polícia de mais um crime. A moça andava com muita cautela e chamou a atenção dos colegas para o rastro de sangue deixado por Gabriel.

— Meu Deus, o que está acontecendo? — Jair se perguntou, nervoso.

— Olha, não sei — disse uma das faxineiras. — Quando a gente chegou, a porta já estava assim, emperrada.

— Como emperrada? — Harrison perguntou.

— Emperrada. A chave sumiu faz tanto tempo, que só pode estar emperrada — outra faxineira respondeu.

— Pessoal, tem algo errado aqui! Alguém avise a polícia de que temos um outro crime em andamento e peça que se apressem! — Jair gritou e começou a esmurrar a porta aos berros: — Quem está aí dentro?! Abra ou vou arrombar essa porta!

— Sim, vai abrindo essa bosta logo, que estou mandando! — Clécio berrou, invocando a sua autoridade de chefe, e bateu com força na madeira. — Samara, Úrsula, vocês estão aí?!

Eles se entreolharam e fizeram silêncio, tentando ouvir melhor. O que chegava até eles eram o barulho alto de madeira sendo quebrada e, ao fundo, os gritos de duas mulheres apavoradas.

* * *

Por mais de uma hora, Gabriel tentou abrir a porta. Estava furioso por ter sido enganado daquela forma, então esmurrava, chutava e empurrava a madeira com todas as forças.

— Samara, eu vou te matar! Vou te rasgar de fora pra dentro, eu juro! Úrsula, eu vou te arrombar, sua vadia! Merda, acho que quebrei a mão! — Gabriel disse, surpreso. — Tem algo errado, os meus dentes estão caindo! — Recomeçou a socar a porta. — A culpa é de vocês duas, suas vacas!

Elas se abraçaram, assustadas. Ainda tinham esperança de que poderiam ser salvas pelos colegas, que já deviam ter chegado. Como se tivesse lido seus pensamentos, Gabriel, tomou uma atitude para dificultar qualquer resgate.

— Eu consegui travar a porta, meninas, assim ninguém interrompe a nossa festinha particular! — Parou de bater na madeira e disse, estarrecido: — Puta merda, agora uma das minhas orelhas caiu! O meu corpo está apodrecendo, suas desgraçadas, vocês duas vão morrer!

Os três ouviram os gritos de Ariane, indicando que os funcionários já tinham chegado e haviam descoberto o cadáver de Romeu. Gabriel começou a enfiar o abridor de cartas no vão da madeira, tentando arrumar uma forma menos ruidosa de entrar.

— Desista, Gabriel, a polícia já deve estar a caminho. Você ainda tem uma chance de fugir! — Samara sentia as suas esperanças se renovarem.

— Isso mesmo, fuja enquanto há tempo! — Úrsula complementou.

— Nunca! Vocês duas vão morrer. Hoje vai ter picadinho de vadia pro jantar!!!

Samara e Úrsula começaram gritar, mas o barulho do ar-condicionado encobria todos os demais sons – alguém precisaria estar muito próximo da porta para conseguir escutar.

Como de costume, a equipe de limpeza chegou e tentou entrar na sala. Sentindo-se ameaçado, Gabriel empregou o que sobrara das suas forças na tentativa de alcançar as duas amigas, então encaixou a lâmina no vão da porta de um jeito que a madeira estalou de forma perigosa e deixou claro que finalmente cederia. Samara e Úrsula arregalaram os olhos quando viram que era questão de tempo até ele superar aquele obstáculo.

— Meus Deus, ele vai conseguir entrar! Socorro, alguém ajude! — Úrsula berrou o mais alto que pôde, e Samara juntou-se a ela.

Quando um pedaço da madeira voou longe, souberam que o tempo tinha se esgotado. Gabriel entraria a qualquer momento, e não haveria forma de escapar.

Samara estava determinada a sobreviver, então observou o espaço ao seu redor e reparou na prateleira repleta de produtos de limpeza. Devia haver algo que pudesse usar para garantir mais tempo, pois ela tinha certeza de que a ajuda chegaria a qualquer instante.

A porta cedeu.

Escutaram Clécio gritando seus nomes, mas não havia muito que pudessem fazer. Gabriel invadira a sala com um olhar vitorioso e repleto de fúria.

Num ato de puro instinto, olhou para a prateleira e pegou uma garrafa de vidro, repleta de um líquido incolor. Sem outra opção, arremessou-a contra o seu agressor, sem fazer ideia do que causaria.

O solvente altamente inflamável passou a poucos centímetros da cabeça de Gabriel e se espatifou sobre o imenso aparelho de ar-condicionado. Uma enorme bola de fogo se elevou como se o sol tivesse nascido dentro daquele ambiente fechado. Uma segunda explosão engoliu Gabriel, que urrou de dor. Por pouco, Samara e Úrsula não foram atingidas.

E, naquele momento, o pesadelo do Edifício Joelma, que seria lembrado por gerações, teve início.

Capítulo 4
A DANÇA DO FOGO NO GRANDE TEATRO DE HORRORES

Clécio e Jair arrombaram a porta. Dentro da sala, a explosão do aparelho de ar-condicionado já fazia com que o fogo atingisse o teto.

— Puta merda, incêndio! Chamem os bombeiros! — Jair deu um passo para trás.

O fogo se espalhou pelo forro como se tivesse vida própria e, em ondas, tomou as cortinas que cobriam as janelas.

Dezenas de pessoas recuaram, apavoradas, diante da cena impensável. Em menos de trinta segundos, as labaredas já haviam atingido o outro lado do andar com uma fome incontrolável, como se precisassem engolir tudo e todos ao mesmo tempo.

Pedaços do forro começaram a chover sobre eles e sobre as divisórias de madeira. Lâmpadas e luminárias explodiam com o calor, soltando faíscas sobre os infelizes, que estavam prestes a partilhar um tormento inenarrável.

Em pânico, a multidão avançou, atropelando os mais fracos ou desavisados. Uma das funcionárias tropeçou e se estatelou de cara no carpete. Antes que pudesse se erguer, o seu rosto foi pisoteado. Mal conseguiu gritar, pois o seu maxilar foi quebrado pelo peso do seu colega que corria em direção à saída sem perceber que a jogara nos braços da morte.

Em instantes, as chamas atingiram as escadarias, o que fez com que os funcionários corressem na direção dos elevadores.

O fogo se propagou pelo miolo do prédio como se soubesse que a maior parte das suas vítimas se encontrava nos andares superiores. Em quatro minutos, os funcionários do andar de cima foram surpreendidos pela grande coluna de fumaça que subira pelas escadarias e pelo fogo que se espalhara pelo carpete. O incêndio invadia os andares como se tivesse escapado diretamente do Inferno. Seu poder não poupava ninguém, como a mulher cujas roupas foram consumidas de uma vez, de baixo para cima. Uma onda de calor cobriu seu corpo e trouxe uma dor insuportável, que a fez gritar, desesperada.

***

Gabriel estava em chamas. Samara e Úrsula aproveitaram para fugir da saleta de manutenção, que havia se transformado em um incinerador, e dispararam em direção à saída, cercadas pelo fogo.

O 12º andar inteiro estava em chamas. Pelo chão, as pessoas se debatiam, tentando extinguir o fogo que lhes castigava o corpo. O cheiro acre e enjoativo de carne humana torrada se misturava aos odores de carpete, madeira e fibras sintéticas que permitiam que o prédio fosse inteiramente engolido.

Cegas pela fumaça asfixiante, Samara e Úrsula foram surpreendidas pelas labaredas que subiam pela escadaria central. Sem muitas alternativas, elas se arrepiaram ao pensar nas pessoas presas nos treze andares acima.

A alguns metros dali enfiaram-se na multidão que se acotovelava e que invadiu o elevador como uma avalanche humana quando as portas se abriram. Clécio e Ariane foram arrastados e se juntaram às pessoas que perfaziam mais que o dobro do número de passageiros permitidos. Apavorada, a ascensorista observou as portas se fecharem com dificuldade, deixando Samara e Úrsula para trás.

Atônitas, ouviram o estalo que anunciava o destino de seus colegas: o cabo havia se partido.

Ao sentirem que caíam e que os freios de segurança não estavam funcionando, os passageiros começaram a gritar. Os belos cabelos loiros de Ariane pareceram ganhar vida, serpenteando pelo ar como cobras inquietas. A velocidade vertiginosa com que a máquina descia fez com que suas lágrimas flutuassem num balé mágico, que foi interrompido quando a cabine se espatifou no chão, esmagando várias pessoas umas nas outras.

— Ah, não! Clécio, Ariane! — Úrsula gemeu, com lágrimas nos olhos, ao escutar o som do acidente.

Incrédula, Samara encarou a amiga. Seus olhos marejados silenciosamente desejavam que a amiga dissesse que tudo era uma continuação do sonho que tivera na noite anterior e que ela ainda estava deitada no sofá de sua casa.

O problema era: ela não conseguia acordar.

— Será que é seguro pegarmos o elevador? E se cairmos também?! — Harrison gritou do meio da multidão.

— Não faço ideia, mas temos que tentar! Esta aqui é a única saída! — Junto com os demais, Samara começou a esmurrar as portas do elevador restante.

O indicador se acendeu e as portas se abriram. Novamente, as pessoas se empurraram e pisotearam para que pudessem entrar o mais rápido possível. Na confusão, as duas foram forçadas para dentro.

— Fecha a porta! Fecha! — Samara gritou em coro com os outros passageiros.

A ascensorista, perplexa, não sabia o que fazer. Ao repararem que não sairiam do lugar, as pessoas começaram a empurrar para trás as que estavam do lado de fora, indiferentes aos seus protestos e súplicas.

— Samara, sou eu. Me deixa entrar! — Harrison gritou, desesperado.

— Harrison! Deixem que ele entre! — Samara berrou, tentando se fazer ouvida.

Vários protestavam ao mesmo tempo:

— Não cabe mais ninguém!

— Não é porque é seu amigo que vale mais do que os outros!

— Sai você pra ele entrar!

— Fecha a porta! Pegue o próximo!

— Samara, me ajuda! Eu não quero morrer! — Harrison esticou a mão o máximo que pode. A massa humana continuava se empurrando mutuamente, sufocando em meio à fumaça tóxica.

— Harrison, eu... — Samara falou, com dificuldade, esforçando-se para alcançá-lo.

Seus dedos chegaram a se tocar por um segundo ou dois, mas os outros passageiros estavam determinados a chegar ao térreo.

— Harrison! — Samara e Úrsula gritaram ao mesmo tempo, diante do olhar de pânico do amigo, que sumiu quando as portas se fecharam.

A ascensorista pressionou os botões, e a máquina se moveu, mas a sensação de alívio durou pouco.

Os sorrisos morreram quando o elevador subiu em vez de descer. A gritaria recomeçou. Agora, os passageiros xingavam a pobre ascensorista, que nada podia fazer para remediar a situação.

Devido à sobrecarga, o aparelho ficou preso entre o 15° e o 16° andares. A máquina ainda oscilou um pouco, mas os freios travaram, deixando claro que a viagem tinha acabado.

— Precisamos sair daqui! — Samara disse e colocou as mãos sobre as portas, tentando abri-las. — Rápido, Úrsula, me ajuda!

— Força! — Úrsula incitou, decidida, puxando uma das portas enquanto a amiga se ocupava da outra com determinação férrea.

Um homem alto e forte entrou no meio das amigas e enfiou as pontas dos dedos no vão entre as portas, fechando os olhos e trincando os dentes com o esforço brutal.

O cenário que se revelou não foi dos melhores. Os dois andares ardiam. Samara se agarrou ao piso e forçou o corpo para atingir o andar superior, que parecia oferecer mais chances de sobrevivência.

Respirou aliviada por um mísero segundo, pois sabia o incêndio estava fora de controle.

— Venham, precisamos sair daqui antes que... — Uma violenta explosão interrompeu Samara no momento em que ela agarrava as mãos de Úrsula para puxá-la para fora da cabine do elevador.

A bola de fogo varreu o 15º andar e invadiu o elevador, engolindo os passageiros. Samara deu um pulo para trás para se proteger e, impotente e frustrada, observou o fogo tomar conta de tudo.

— Samara, socorro! Me ajuda! — As labaredas consumiam as roupas e os cabelos de Úrsula, cujo rosto se retorcia de sofrimento.

Samara observava aquela cena dantesca com os olhos esbugalhados e marejados. Ofegando, não conseguia acreditar no que via, pois era exatamente como imaginava o Inferno: várias pessoas implorando para serem salvas de um buraco onde eram incineradas vivas.

Os freios do elevador cederam e o aparelho, aos trancos, começou a descer. Depois de alguns segundos, uma nova explosão fez com que uma nuvem incandescente subisse pelo poço. Aos poucos, os gritos dos passageiros foram substituídos pelos dos funcionários, que corriam ensandecidos por trás dela, e pelo crepitar das labaredas, que brotavam do chão, das paredes, das escadas, de toda parte.

— O que eu vou fazer?! — Samara se perguntou, engolindo com dificuldade.

* * *

Em todo o Brasil, a comoção era geral. Em pouco mais de 20 minutos, as primeiras viaturas do Corpo de Bombeiros chegaram ao local. Um dos soldados, ao desembarcar do caminhão e olhar para cima, fez o sinal da cruz. O Edifício Joelma queimava como se fosse feito de papel.

Um bombeiro deu um passo à frente e viu, a poucos metros de distância, um corpo explodir no asfalto. A mulher que saltara para a morte estava em chamas, e o cheiro de carne queimada se espalhou pelo ar

Mais tarde, as testemunhas relatariam para emissoras nacionais e internacionais que muita gente se ajoelhou no meio da rua para rezar pelas almas dos pobres coitados cujas vidas estavam sendo ceifadas.

Não havia uma rota específica. As pessoas escapavam por onde dava. Algumas conseguiram descer até o térreo, já outras fugiram em direção ao telhado do edifício para esperar por algum dos 14 helicópteros mobilizados para a operação. Desses, pouquíssimos se salvaram, pois o prédio não tinha heliporto. Incapazes de suportar a altíssima temperatura, alguns se jogaram para a morte e outros pereceram ali mesmo, incinerados pelo ar quente.

Mais de 70 pessoas nem tiveram chance de pisar lá. Morreram presos sob o telhado, queimados ou envenenados pela fumaça tóxica. Horas mais tarde, os cadáveres foram encontrados amontoados ou abraçados, como se buscassem conforto no momento derradeiro.

Os bombeiros travaram uma batalha sem trégua contra o fogo, mesmo com todas as probabilidades contra eles. As escadas Magirus não conseguiam alcançar os andares superiores, e dezenas de caminhões-pipa foram enviados pela prefeitura para abastecer as mangueiras usadas no combate ao incêndio, pois os hidrantes não funcionavam.

Jair conseguira subir até o 17º andar. A fumaça queimara os seus pulmões, o que fazia com que seu peito doesse a cada inspiração. Sua boca estava cheia de fissuras, e seus olhos estavam irritados por causa da fuligem. Ao entrar no banheiro feminino, encontrou um homem caído.

Dirigiu-se até a janela, avistou a escada dos bombeiros e passou a gritar por socorro:

— Me ajuda! Me tira daqui, caralho!

— Fica calmo, vamos tentar emendar duas escadas pra te alcançar! — um bombeiro respondeu pelo megafone, tentado fazer a sua voz se sobressair entre o barulho dos helicópteros e os berros das pessoas que imploravam pelas suas vidas.

— Me ajudem, desgraçados... Meu tio... é o secretário da Fazenda! Vocês todos serão demitidos... Eu juro! — Jair gritava, furioso, engasgando-se com a fumaceira negra.

— Fique calmo, estamos chegando! Espere mais um pouco... — O soldado naturalmente ignorou a ameaça.

Mas ele havia cansado de esperar.

Arrancou a calça, a camisa e o paletó e improvisou uma corda que, obviamente, era curta demais. Determinado, foi até o infeliz que agonizava no chão.

— Desculpa, cara, mas você não vai mais precisar disso — disse e despiu-o sem se importar com o seu olhar débil, que implorava por ajuda.

Juntou as novas peças de roupa às suas e lançou sua corda para o lado de fora, calculando como faria para pular para a escada e se salvar.

— Eu não vou morrer aqui, cambada de incompetentes! Vocês vão ver! Amanhã, estarão todos demitidos, filhos da puta! — Jair resmungava sem parar.

O bombeiro arregalou os olhos. Não conseguia acreditar que Jair tentaria agarrar a Magirus, pois ela já transportava duas mulheres e estava no limite do peso.

— Não faça isso, fique calmo! Volte!

— Eu estou descendo! Sou sobrinho do secretário da...

A corda se rompeu, e Jair caiu como uma pedra, levando consigo o bombeiro e as duas mulheres, que despencaram por 40 metros e se espatifaram no asfalto.

* * *

No 16° andar, Samara corria entre paredes flamejantes e tentava achar pontos do carpete que ainda não estivessem sendo consumidos pelo fogo. Apesar de sua vontade de sair dali, sabia que rumava para um beco sem saída.

Assustada e ferida, alcançou uma janela no canto do prédio, como tantas outras pessoas que gritavam para chamar a atenção dos bombeiros.

Ao encontrar a janela travada, Samara pegou uma cadeira e a atirou contra o vidro. A peça caiu no meio da avenida, quase atingindo um dos soldados do Corpo de Bombeiros. Apoiou, então, uma perna no batente externo e projetou o corpo para o lado de fora. Precisava de ar puro, uma brisa refrescante ou qualquer coisa que lhe trouxesse um pouco de alívio ou esperança.

— Meu Deus, me ajuda... — Samara balbuciou ao compreender que as pessoas no parapeito do seu andar estavam reunindo coragem para se jogar.

Samara estava encharcada de suor e coberta por fuligem e cinzas. O terrível calor que o prédio emanava parecia abraçá-la por inteiro. Em seu olho, uma lágrima minúscula se segurava entre seus cílios, tão indecisa sobre a queda quanto ela.

Quando finalmente desceu por seu rosto, convenceu Samara de que era hora de desistir de lutar. Devia aceitar o seu destino e encerrar aquele capítulo terrível da sua existência. Pensou na mãe, no pai, nos amigos e até mesmo na promoção que nunca chegaria.

No parapeito, preparou-se para o seu *grand finale*. Todos os que assistiam àquele circo de horrores berravam e gesticulavam pedindo para que ela mantivesse a fé e não desistisse, mas ela estava decidida.

Inspirou fundo e tomou impulso para descer em direção ao desconhecido, mas seu salto foi interrompido por uma mão forte e pesada. O cheiro de carne queimada invadiu as suas narinas e fez o seu estômago se revirar, mas foi a voz dele – a mesma que lhe causara tanto medo nas últimas horas – que realmente a encheu de pavor.

Samara lamentou não ter pulado logo.

— Te peguei, sua piranha! — Gabriel esbravejou próximo do ouvido de Samara e arrastou-a para dentro do andar em chamas.

Antes que ela pudesse reagir, aquele demônio em forma de gente bateu a cabeça dela na parede, e milhares de pontos brancos piscaram diante dos seus olhos. Samara perdeu os sentidos e mergulhou no silêncio e na escuridão.

EPÍLOGO

Mesmo desmaiada, Samara era invadida pelas sensações externas, que a atingiam em ondas: o calor infernal, o cheiro da fumaça, os gritos das pessoas, os sons dos helicópteros e a sua boca seca e amarga.

Recobrou a consciência no andar térreo, em meio a brados de perplexidade.

— De onde ela saiu? Quem trouxe essa mulher?! — um oficial gritou, confuso.

— Não sei dizer, senhor. Ela não estava aqui dois minutos atrás! — um soldado respondeu, abismado.

— Ela está viva, mas inalou muita fumaça. Tragam o oxigênio, rápido! — um dos socorristas ordenou.

Samara, desorientada e assustada, abriu os olhos com dificuldade e se deparou com os rostos sujos e suados de três bombeiros. Um deles colocou uma máscara no rosto dela, que Samara arrancou imediatamente.

— Cadê ele?! Onde está o Gabriel?!

— O Gabriel é seu amigo? Podemos tentar encontrá-lo. Onde você o viu pela última vez?

— Não, ele não é meu... Tomem cuidado, ele é perigoso! O Gabriel tentou me matar! Ele vai matar todo o mundo! Não sei por que, mas ele não morre nunca! — Samara gritou, histérica, tropeçando nas palavras como se estivesse drogada, se debatendo, enlouquecida.

— Ela está delirando, segurem-na, rápido! — um deles disse aos demais e pegou uma seringa. — Fique calma, isto aqui vai fazer você se sentir melhor.

— Não! Eu não quero dormir, ele virá atrás de mim! Vocês não entendem! — Samara, desesperada, tentava se soltar.

A agulha entrou pelo braço de Samara, que sentiu uma leve queimação na pele e viu tudo girar ao seu redor. Não só isso: o prédio parecia ter ganhado vida, pois ondulava de uma forma mágica. Seu corpo havia desistido de lutar, mas, em sua mente, ela continuava gritando, pedindo que a soltassem.

A máscara foi recolocada sobre seu rosto e os pulmões de Samara finalmente encheram-se de oxigênio. Com um tubo conectado ao braço, o seu corpo foi erguido e colocado numa maca incrivelmente confortável. Samara percebeu que estava sendo retirada do prédio. Do lado de fora, foi surpreendida pelo barulho ensurdecedor das sirenes, dos helicópteros, da conversa incessante dos curiosos e também pelas gotas de chuva e pela brisa suave e fria, que tocava a sua pele como se tentasse convencê-la de que o pior tinha passado.

Sedada, Samara conseguiu erguer as pálpebras somente o necessário para ser surpreendida pelo que viu: enfileirados, uma centena de corpos jazia na rua cobertos por capas de chuva, jornais e cobertores.

— Jesus... O que foi que eu fiz...? — Samara murmurou uma última vez e, vencida pelo sedativo, adormeceu.

* * *

Os pais de Samara, Maria de Fátima e José Antônio, chegaram assustados e ansiosos ao hospital. A viagem até a capital fora longa e silenciosa, pois nenhum deles encontrava as palavras certas para dizer ao outro.

No átrio, depararam-se com as centenas de pessoas em busca de informações. Muitos dos feridos tinham sido levados para lá, e o desespero dos familiares era expresso pelos gritos com as recepcionistas e pelos semblantes carregados e cansados.

Eles se entreolharam, respiraram fundo e se dirigiram à recepção, onde foram informados sobre o andar ao qual deveriam se dirigir. De mãos dadas, entraram no elevador em silêncio.

* * *

— Samara, você está me escutando?

Ela permaneceu com os olhos fechados, sem vontade de reagir. Já estava acordada há alguns minutos, mas a simples ideia de enfrentar a realidade a apavorava. Samara não fazia ideia de como iria explicar o que acontecera para as autoridades. Se falasse que o incêndio começara por ter tentado se defender de um estuprador fugitivo e imortal, seria certamente internada num sanatório pelo resto da vida.

— Samara, você está bem, minha querida? Sou eu, o Clécio.

Ela abriu os olhos ao reconhecer a voz do amigo. Ao perceber que ele estava bem e sorria para ela, Samara sorriu também e o abraçou com força.

— Chefinho, você está vivo! Pensei que você havia morrido... — Samara o apertou ainda mais forte contra si.

O estado da camisa de Clécio, que estava rasgada e revelava boa parte do seu torso, deixava claro que o acidente com o elevador fora muito violento.

— Ai, minha amiga! Não me aperte tanto. Estou todo dolorido! — Clécio fez uma careta. — Como você se sente?

— Estou bem, acho. Alguém mais sobreviveu? — Samara perguntou, engolindo em seco.

— Ninguém do nosso círculo mais próximo, querida. Os bombeiros, que ainda fazem a contagem dos mortos, estão falando que o número deve ficar perto de duzentos, além de centenas de feridos — comentou com pesar.

Samara se horrorizou, pois o número era muito mais alto do que ela poderia imaginar.

— Clécio, alguém achou o Gabriel? Ele estava lá no prédio, foi ele quem causou tudo isso! Ele é o responsável! — Samara falou, aflita. — E ele pode estar vindo atrás de mim!

— Querida, o Gabriel está morto. Ele foi achado dentro do poço do elevador com vários ossos quebrados e diversas queimaduras pelo corpo. O cadáver está no Instituto Médico Legal. O sujeito pagou caro pelas acusações que você fez contra ele.

Samara arregalou os olhos, respirou fundo e quase desmaiou com a onda de alívio que a invadiu. Retrucou, fechando a cara novamente:

— O Gabriel pagou pelos próprios crimes, isso sim! Toda essa tragédia foi culpa dele! Quero dizer, quase toda... — Samara apertou os lábios ao se lembrar, pela milésima vez, do que acontecera.

— Não, você está enganada, querida. Os bombeiros falaram que foi apenas um curto-circuito no sistema de ar-condicionado. Ninguém teve culpa nessa tragédia. Está em todos os canais de televisão.

— Não foi nada disso! Acredite no que digo: eu e a Úrsula tivemos que nos defender. O Gabriel queria nos matar! Eu joguei a garrafa de solvente nele e o incêndio começou! — Samara não aceitaria que as pessoas não soubessem o que ocorrera. — O Gabriel também matou o Romeu com dezenas de facadas!

— O Romeu morreu no incêndio, Samara. Todo o mundo viu.

Samara encarou Clécio, perplexa. Ela tentava entender o que estava acontecendo, mas não conseguia encontrar nenhuma explicação racional.

— Clécio, o Romeu foi assassinado... Vocês não viram o corpo?

— O Romeu, nosso amigo, morreu queimado no incêndio, e o Gabriel foi encontrado no poço do elevador. Parece que ele caiu lá ontem, durante a fuga, e o incêndio torrou o cadáver. Esse é o fato — Clécio respondeu, muito calmo, sem nenhum sinal de emoção. — Essa é a verdade, Samara, aceite.

— Clécio, que história é essa? — Olhando para todos os lados como se procurasse uma explicação mais plausível, Samara se deparou com a imagem de Santo Antônio, que pendia do pescoço do amigo.

A moça soltou um grito estridente.

* * *

Os pais de Samara caminhavam pelo corredor do andar em que a filha se encontrava. Pareciam ainda mais idosos por causa do imenso estresse das últimas horas.

No balcão, identificaram-se para a enfermeira, que explicou rapidamente os detalhes do resgate da moça e pediu que os dois a acompanhassem. Eles assentiram e a seguiram, de mãos dadas, até o quarto da filha.

— Chegamos, ela está aqui. — E a enfermeira levou a mão à maçaneta.

* * *

— Meus Deus, era você nas fotos! Você é o estuprador comparsa do Gabriel! Você é o pervertido! — Samara arrancou a corrente do pescoço de Clécio, como se precisasse vê-la mais de perto. Movida pelo desespero, afastou-se de forma tão abrupta que caiu no chão, arrancando do braço o acesso venoso. Samara se arrastou até a parede, sentindo-se zonza e com o estômago embrulhado.

— Claro que era eu nas fotos, mas o Gabriel não era exatamente o meu comparsa. — Clécio sorriu com um ar satisfeito. — Na verdade, ele descobriu o meu segredo e eu ameacei matar a mulher e a filha dele se ele abrisse o bico. Você conhecia o velho Gabi, ele não era lá muito corajoso. — Clécio deu a volta na maca, como se tivesse todo o tempo do mundo.

— Não é possível! Ele era o criminoso, eu vi, tenho certeza...!

— Não era, não. O Gabriel era inocente e, sendo bem justo, até tentou me enfrentar e me mandar pra cadeia. Porém, eu provei pra ele que o meu grupo de, digamos, *colegas* era bem grande. Deixei bem claro que, se eu fosse preso, ele e a família iriam ter se entender com os meus parceiros. — Suspirou. — Acho que a ideia de um monte de homens se divertindo com a filha dele o deixou bem assustado. Aí, ele acabou cooperando. — Clécio se divertia ao revelar o monstro que realmente era.

— Você é louco! Socorro, alguém me ajuda! — Samara gritou, desesperada.

— Louco? Eu me considero um gênio, um visionário! Consegui, inclusive, forçar o Gabriel a guardar as minhas fotos! Aí, quando você as descobriu, o coitado acabou levando a culpa! Isso não me parece ser obra de um louco, não é? — Clécio abriu um largo sorriso. — É como te disse: certas histórias são inventadas e todo o mundo acaba acreditando, acostume-se. Lembra?

— Meu bom Jesus, me salve! Alguém me ajude, socorro! — Samara viu-se acuada, sem ter como fugir.

— Não adianta pedir ajuda agora, Samara, o mal já está feito. Você devia ter pensado melhor antes de acusar aquele pobre coitado. É como eu disse: o Gabriel era uma *vítima*. — Clécio parou diante dela, impassível. — Mas tudo bem, você terá muito tempo para se explicar para ele.

— Como assim? Eu não...

— Olá, Samara, sentiu saudade?

Samara se arrepiou toda e sentiu os olhos se encherem de lágrimas. Era Gabriel.

* * *

— Estranho, a porta está trancada. — A enfermeira franziu a testa e forçou a maçaneta mais uma vez. — Isso não deveria acontecer, não sei o que houve.

— Você não tem a chave? — A mãe de Samara ficou ainda mais aflita, pois precisava desesperadamente ver a filha.

— Não está aqui comigo. Vou buscar. Só um instante, por favor. — disse e saiu em passo acelerado pelo corredor.

— Não se preocupe, querida, em um minuto estaremos com a nossa garota, fique tranquila. — José Antônio enlaçou a esposa pelos ombros.

— Espero que sim. — Maria de Fátima encostou a cabeça no ombro do marido, sentindo-se exausta.

* * *

— O que está fazendo aqui?! Você devia estar morto! — Samara gritou, histérica, ao ver Gabriel ao seu lado, surgido sabe-se lá de onde.

— Eu *estou* morto, Samara. Por sua culpa! — Gabriel falou, sorrindo.

— Não! Afaste-se de mim! Vá embora! — Samara se levantou, passou por Clécio e alcançou a porta, que estava trancada.

— Não fuja, Samara, não há para onde ir. Você machucou muita gente e precisa pagar pelos seus erros — disse Clécio, muito direto. — Resistir é inútil.

— Não! Afastem-se de mim, seus malditos! — Samara correu para o banheiro do quarto e bateu a porta com um estrondo. — Deus, me ajuda! Nossa Senhora Aparecida, me protege, por favor... — balbuciou, ofegante, trêmula, com o coração disparado no peito e as mãos apoiadas na porta.

— Sam, você não entende mesmo, né? A culpa é toda sua, e você precisa pagar. É assim que funciona — disse uma voz familiar, amigável e paciente, que veio de trás dela.

Samara arregalou os olhos. Duas lágrimas caíram simultaneamente, e ela se virou devagar.

— Você nos machucou, Sam. Você causou essa tragédia por causa da sua ambição. Tudo o que você queria era o cargo do Gabriel, não teve nada a ver com justiça. Sabe disso, né? — Romeu a encarava, ainda com o rosto retalhado pelos golpes desferidos por Gabriel. — Faz ideia de quantas crianças ficaram órfãs hoje? Você tem que pagar por isso, desculpe.

— Romeu, eu não... Eu sinto muito... — Samara tremia incontrolavelmente.

— Desculpas não adiantam nada. Veja o que você fez.

Romeu moveu-se para o lado, para que ela pudesse ver o que estava atrás dele: uma multidão de pessoas queimadas, desfiguradas, enegrecidas pela fumaça. Centenas de indivíduos dentro do banheiro do quarto do hospital. Inúmeros olhos negros como piche a encaravam com rancor.

Úrsula, Jair, Ariane e Harrison deram um passo à frente.

— Vocês me deixaram pra trás, Samara, olha o que aconteceu comigo. Não sente nem um pouco de remorso? Você começou o incêndio e não teve coragem nem mesmo de me ajudar. — Os cabelos e o rosto de Harrison estavam queimados, e um dos seus olhos não existia mais.

Se Samara não houvesse trabalhado com ele durante anos, não o reconheceria.

— Tudo isso por ambição, Samara. Sinceramente, você acha que valeu a pena? — Úrsula perguntou, tão queimada e deformada quanto Harrison. — Treze seres humanos foram queimados até virarem cinzas. Treze pessoas cujas identidades provavelmente nunca serão descobertas. E a culpa é sua, toda sua!

— Está na hora de arcar com as consequências dos seus atos, Sam. Hora de ir para o Inferno — Romeu disse calmamente. Ao encará-la, seus olhos também tinham se tornado tão negros quanto os dos colegas.

— Por toda a eternidade — disseram duas vozes que vinham de trás dela.

Ao se virar, Samara se deparou com os olhos de piche de Gabriel e Clécio.

O derradeiro grito de Samara ecoou à distância. E continuaria ecoando para sempre, até o final dos tempos, pois essa é a verdadeira essência do inferno: a eterna repetição dos nossos piores pesadelos, quer eles sejam reais ou não.

* * *

— Ela chegou com vida ao hospital, mas não resistiu — a enfermeira explicou aos pais de Samara, diante do cadáver dela, que repousava na maca.

A moça tinha o semblante de quem partira em paz. Maria de Fátima começou a chorar, desengasgando toda a tensão que prendera desde que recebera o telefonema avisando que a filha fora resgatada no Edifício Joelma.

— Que tragédia... Coitada da minha garotinha. — A mãe não conseguia mais conter a imensa dor que sentia.

— Ela não sofreu. Os bombeiros a encontraram desacordada dentro do prédio, asfixiada pela fumaça. Ela já saiu do edifício em coma, não ficou consciente nem um momento sequer.

— Melhor assim, querida, a nossa Sam agora está em paz, no céu. — José Antônio procurava consolar a esposa e a si mesmo.

— Sim, a nossa filha era uma boa pessoa. Já deve estar com Deus. — Maria de Fátima beijou a testa fria de Samara.

— Ela era muito católica, né? Os bombeiros encontraram algo que a sua filha segurava firmemente. Devia ser muito importante pra ela.

Maria de Fátima franziu a testa ao ouvir o comentário da enfermeira.

— Na realidade, ela não era nada religiosa. Nunca conseguimos levá-la à igreja, pois Samara era muito cética. O que foi que eles encontraram?

Sem dizer nada, a enfermeira foi até uma gaveta e depositou nas mãos de dona Maria de Fátima uma bela corrente e uma medalha de Santo Antônio, ambas escurecidas pela fumaça e pela fuligem daquele dia infernal.

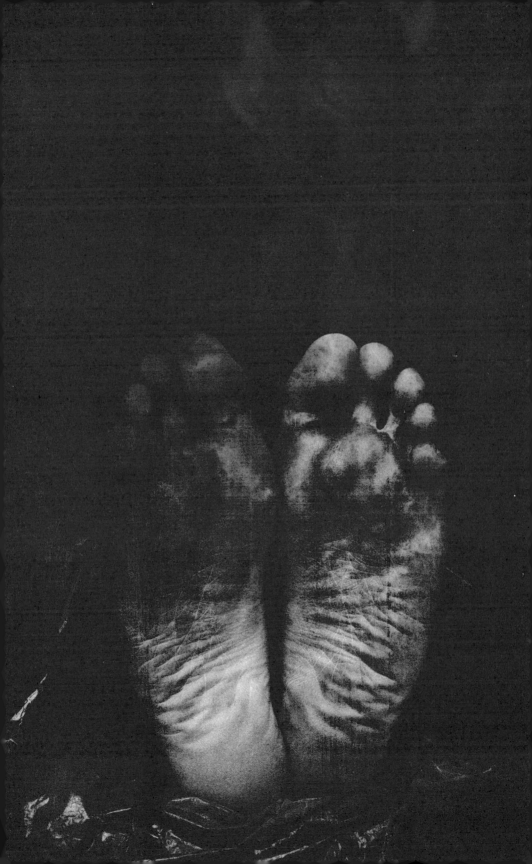

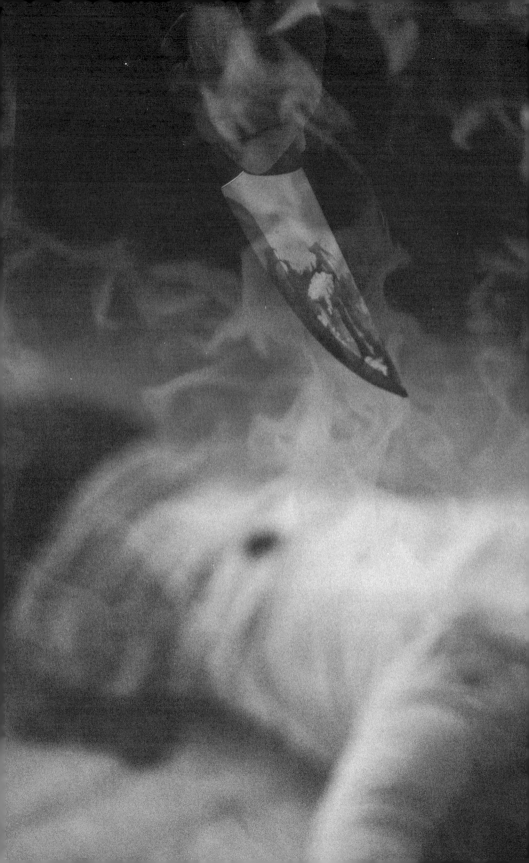

Vi o Sol e a Lua passearem mais de dezesseis mil vezes por nosso céu desde então, mas nunca me esqueci dos sabores e cheiros que me empanturraram naquele glorioso dia. Se me concentrar, minha boca ainda se enche de água e meu paladar leva-me de volta àquele momento que arrebatou meus sentidos.

As profundezas da minha memória não são habitadas por imagens ou sons, mas por impressões do passado, por sentimentos digeridos e por sonhos nunca concretizados. Naquele dia, os rostos e lamentos vieram rápido demais para que eu pudesse separá-los por dono na prateleira de minhas lembranças. Há, sim, alguns mais especiais, estigmatizados em meus pensamentos. Ainda que todos cheguem a mim acreditando serem dignos de cânticos imortais, poucos conquistam esse direito.

Em um tempo muito remoto, lembrado somente nas narrativas primevas, recebi oferendas indescritíveis, tão boas quanto as mencionadas há pouco. Como dito acima, não me recordo de feições, mas sei que suas peles eram negras e que seus olhares eram, em sua maioria, pávidos. Esse amedrontamento chegou nos porões dos navios invasores e invadiu suas terras escondido pelas delicadas mãos dos doutores da lei, estes promulgando sentenças e pavoneando suas armas como juízas.

A ignorância dos forasteiros, e seu pouco caso para com tudo que não eles próprios, conferiu aos nativos a fama de selvagens e canibais. O cheiro da intolerância chegou às minhas narinas antes mesmo que as silhuetas de suas embarcações maculassem o horizonte. O odor era intenso, quase tangível. Pude filá-lo no ar e saborear o aperitivo do banquete que se avizinhava.

Não tardou para a necrópole dos nativos tomar proporções de fogo devorando a floresta estéril durante a estiagem. Inumeráveis covas abriram-se como bocas desdentadas que engoliram os corpos dos mortos, mas não ofereceram descanso às suas almas. Cada sorriso que as lâminas de aço desenhavam nas gargantas pardas enchia minha boca e movimentava os músculos etéreos de minha mandíbula. Eu os saboreava, pois não vieram de uma só vez. Na verdade, seu martírio perdurou séculos, o que permitiu que eu digerisse cada um de forma a fazer seus espíritos carregarem eternamente as marcas dos meus caninos.

Anos depois, quando a sociedade aboliu sua selvageria mais direta e reconheceu o direito sobre essa nova terra e seus antigos verdadeiros donos – os poucos remanescentes – foram rebaixados à servidão animal, os de pele mais escura continuaram sendo cravados no fundo de sepulturas sem identidade. Seus executores desconheciam as lendas enraizadas no chão tido como amaldiçoado pelos antigos nativos. Nessas terras, nada do que era enterrado permanecia morto, e essa diabólica artimanha do oculto levou os que não o aceitavam como uma realidade a roçarem os pés na beira do abismo da sanidade.

Depois de muitos anos, o nome de um ribeirão – chamado de rio do malefício, do feitiço ou da diabrura pelo povo que ali vivia – passou a designar a área toda, atualmente conhecida como Vale do Anhangabaú.

Lembra-te de quando te disse que um lugar não pode se tornar maldito por si só? Quando aqui despertei, percebi que as folhas das árvores sussurravam e que os galhos retorcidos pareciam entoar dizeres ininteligíveis até para mim. Os nativos, apoiados pelo conhecimento solidificado sobre nada mais que suas imaginações, juravam estarem sob terreno maldito. Não os julgues, sê complacente – eu mesmo, em minha ainda inexperiência, cheguei a duvidar, mas o solo já havia sido tocado por um mal. Um mal mais antigo que eu. Mais antigo que tudo.

Em todo o mundo, muitas pessoas sensíveis foram assombradas em sonhos por um horror mais antigo que o tempo. Assustados, tentaram

moldar essa entidade por meio de palavras, por meio de um nome. Enquanto te confidencio isso, fragmentos de sensações dos tempos em que eu ainda sonhava me vêm de súbito.

Quão singular é esse sentimento...

O ra! Vejo teu semblante novamente coberto pela máscara da dúvida. Aconselho-te a não tentar desvendar os mistérios da minha existência, pois minha essência esconde enigmas sobremaneira intrincados. Não te basta o privilégio deste encontro? Garanto-te que esse tipo de oportunidade é infrequente. Talvez sejas um dos poucos especiais. Será?

Minha identidade é uma incógnita para ti, posso ver. Mas e a tua? Conseguirias pormenorizar tua própria individualidade? Sabes o que és? Podes dizê-lo em voz alta?

Humanos são tumbas ambulantes. Enterram suas verdades e tudo o que lhes causa ódio ou vergonha no mausoléu de suas almas, que coroam com uma pomposa lápide ornamentada com belas flores e um epitáfio enganoso. Em outras palavras, cada indivíduo faz de si uma mentira, interpretada com base nas experiências de quem a observa. Absolutamente ninguém — e me agradeça por revelar-te essa certeza — é aquilo que diz ser.

Se não quiseres reencontrar te tão cedo comigo ou com um de meus subalternos, conhece tua alimentação. Não ingiras refeições cuja procedência tu desconheces. Embora cada alma que devorei tenha perdido seu disfarce tão logo quanto desceu pela minha garganta, asseguro-te que nenhuma revelou sua verdadeira face até libertar o último suspiro. Identifico em teus olhos a farsa que compele o outro a acreditar na quimera de teus eus. Como vós mesmos dizeis, sou macaco velho.

Seja bom, seja mal. Trazidos a mim pela maldade dos seus iguais, todos despertam o meu mais selvagem apetite.

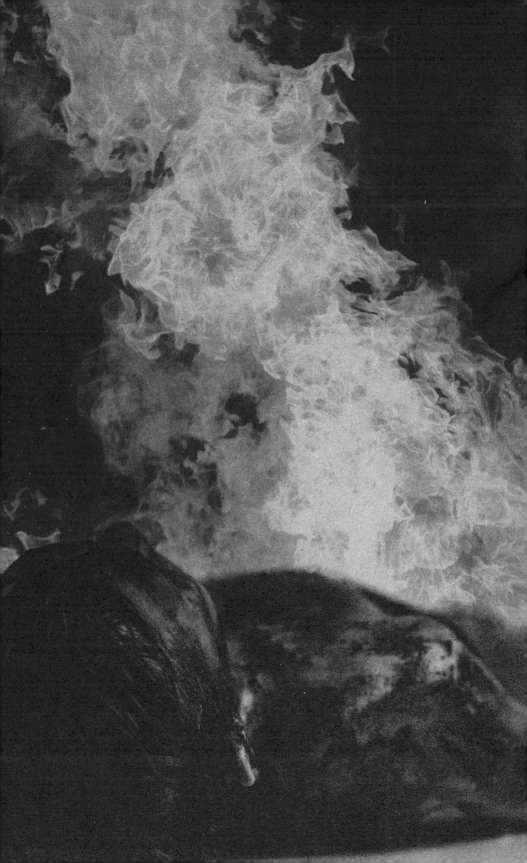

Marcus Barcelos

OS TREZE

De novo para você, Bianca.

"*Um fogo devora um outro fogo.
Uma dor de angústia cura-se com outra.*"
— William Shakespeare.

São Paulo, 1º de fevereiro de 2019

Olha, não sei no que você acredita.
Não sei o seu nome, a sua cor, a sua religião...
Nada.
Não sei nada sobre você e você não sabe nada sobre mim, que fique bem claro.
Os boatos que carregam o meu nome não condizem, nem de perto, com a realidade, mas isso não importa. O que importa é que o que estou prestes a lhe contar vai muito além de tudo o que eu imaginava saber sobre a vida e, agora que me vejo cada vez mais próximo do fim desta, sinto que chegou o momento de compartilhar a minha experiência.
Que fique registrado: faço-o na esperança de que o meu relato deixe os seus olhos mais abertos do que a sua boca ficou quando você ouviu todos aqueles rumores. Mais da metade deles não passa de ladainha.
De qualquer forma, espero que isto possa chegar até você antes que seja tarde demais.
Como quase foi para mim.

— Amilton da Correia

Parte 1
CENTELHAS

"Foi foda contar migalhas nos escombros
Lona preta esticada, as enxada no ombro e
nada vim. Nada, enfim, recria, sozin,
Com a alma cheia de mágoas e as panela vazia.
Sonho imundo.
Só água na geladeira e eu querendo salvar o mundo."
— **Emicida.**

1.

Em primeiro lugar, não sou ninguém importante. Nunca fui, para falar a verdade. Não tenho grandes conquistas pessoais das quais me orgulhar ou uma vida que valesse a pena relatar em um pedaço de papel como este em que escrevo agora, do alto dos meus oitenta anos, surdo de um ouvido e já com um pé na cova. Pelo menos não até aquele dia.

Contudo, dona Guilhermina Aparecida de Amaro da Correia, a minha mãe, que Deus a tenha, me deu educação suficiente para que eu saiba que certas cortesias, como as apresentações, são necessárias. Prometo ser breve.

O meu nome é Amilton de Amaro da Correia. Nasci e cresci em São Paulo, numa casa humilde na Vila Alpina, zona leste da capital, filho de uma empregada doméstica com o seu antigo patrão, um empresário do ramo de construção, divorciado, que perdeu tudo para os jogos de azar e a bebida.

O velho e malandro Jorge da Correia perdeu a empresa, que estava mergulhada em dívidas, mas conseguiu manter a diarista, transformando o pífio contrato de trabalho da minha mãe em um casamento arranjado às pressas. Bom de bilhar e campeão nos botecos da região, garantiu, em uma só tacada, uma esposa dedicada e um teto, herança da família da minha mãe, toda da Itália. A dona Guilhermina, por outro lado, pensava ter arranjado um bom marido. Pobre coitada.

Se dependesse do meu pai, que nada nos deixou além de um sobrenome e os seus antigos credores quando resolveu desaparecer para sempre, nem aqui estaria para contar essa história.

Eu tinha oito anos e mais marcas das surras dele do que comida na geladeira, mas ainda lembro bem. Ele sumiu na calada da noite, levando um punhado de roupas e todas as nossas economias. Desapareceu sem fazer barulho, como um fugitivo, e assumiu de vez o posto de canalha covarde com o qual flertava há anos.

A minha mãe sofreu, é claro. Tinha o coração grande demais. Apegada à religião, sabe? Até o último minuto, acreditou que o seu Jorge mudaria e se tornaria uma boa pessoa. Eu, não; sabia que o sujeito jamais seria alguém decente, quem diria um bom pai, e não nutria por ele sentimento algum que não o medo e o desprezo. Confesso que fiquei bem aliviado quando ele finalmente nos deixou. Do jeito que as coisas andavam em casa, era questão de tempo até acontecer alguma tragédia.

Tomei as rédeas da situação e fiz o que pude para ajudar. Aos nove anos, já conciliava os estudos na escola municipal com os bicos pelo bairro para colaborar com as contas de casa: coisas simples, como entregar as compras dos clientes da mercearia Caprichosa, capinar quintais, e por aí vai. Aos quinze, já era conhecido e requisitado para serviços por quase todos da região e, aos dezoito, deixei de servir o exército porque tinha uma casa para sustentar e uma mãe desempregada, cuja saúde piorava a cada dia.

Eu já vencia uma guerra por dia para sobreviver. Não precisava de uma farda ou uma patente.

2.

Foi bem nessa época que ficou claro para mim. Ao ir embora de casa, o filho da puta do Jorge não levou consigo apenas o nosso dinheiro e os seus trapos sujos, mas também a saúde de minha mãe, que nunca mais foi a mesma: aos 45 anos, aparentava mais de 60.

Magra e debilitada, largou o emprego em uma casa de família e passou a dedicar-se ao crochê para ter uma fonte de renda e permanecer ativa. Contudo, certa noite, deitou-se na cama e nunca mais se levantou. Por dez anos, definhou entre os lençóis, e inúmeras foram as consultas médicas para tentar curá-la do que a acometia. Depressão, foi o que disseram. Comia pouco, não tinha vontade de fazer nada, nem o crochê, e desmaiava todas as vezes que tentava sair da cama. No meu íntimo, eu sabia que aquela estava sendo uma viagem só de ida.

Perto de completar 29 anos, eu fazia todos os bicos possíveis para bancar as despesas com remédios e consultas e quase não sabia o que era diversão. Saía pouco, não tinha amigos e mulheres, apenas as que eu pagava para ter. Naquela época, era ainda mais calado e reservado do que hoje e a única coisa que me dava ânimo era a promessa de mais algum dinheiro.

— Ah, tem o faz-tudo! — Era como costumavam se referir a mim quando pediam indicação para algum trabalho. — Amilton, o nome dele. É aquele ali no canto, está vendo? O de cabeça baixa, meio tristonho. Aquilo ali no copo dele não é pinga, não, é água. O rapaz não bebe. Pode confiar que trabalha bem, mas tem que pagar certinho, senão ele encrenca!

Duas verdades. A primeira: eu realmente não bebia, pois tinha medo de me tornar alguém parecido com o meu pai. A segunda: sim, eu trabalhava bem, mas na exata proporção do que me pagavam. O fato de ter crescido sozinho, me virando da maneira que dava, me tornou um sujeito bastante egoísta. Apesar de não me orgulhar disso, não sentia remorso o suficiente para mudar o meu pensamento, e não ajudava ninguém se não tivesse algo a ganhar. Não por maldade, mas por necessidade.

A vida tinha me tornado insensível para problemas que eu julgava menos importantes que os meus. Fardos mais leves não amoleciam o meu coração. E na verdade, o meu conceito de leveza se tornava cada vez mais abrangente com a evolução da doença da minha mãe.

Certo dia, um senhor me pediu ajuda para realizar uma reforma de emergência em sua casa. Perguntei quanto ele me pagaria antes mesmo de perguntar o seu nome ou qual era o serviço. Quando ele me informou que não teria dinheiro no momento, interrompi o seu monólogo, pedi que me procurasse quando o tivesse, encerrei a conversa e fui embora. Pois bem. Um mês depois, o telhado da casa do velho não aguentou mais a infiltração e despencou, destruindo tudo o que ele tinha e quase matando todos que estavam lá dentro.

Talvez você pense que me senti culpado depois disso. Quisera eu. Só o que pensei foi que ele provavelmente tinha recebido o que merecia, pois devia haver algum motivo para coisas ruins como aquela acontecerem. Eu mesmo vinha procurando explicações há muito tempo para as que aconteciam comigo.

Só eu sabia o que tinha vivido quando criança e o que passava em casa com um pai sumido, uma mãe doente e um monte de contas para pagar. Meu único alívio era imaginar que aquele, certamente, era o fundo do poço.

Então veio a pneumonia.

E veio com tudo.

Dona Guilhermina partiu em uma manhã ensolarada de novembro. O céu não poderia estar mais bonito para recebê-la: poucas nuvens e um azul de doer os olhos, exatamente como ela merecia e o completo oposto do clima que se instalara no meu peito.

Entre os companheiros de bebedeira do meu pai, circulava o boato de que ele tinha se mudado para o Rio de Janeiro, virado mendigo e morrido de cirrose, mas, naquele ano, chorei por apenas um morto.

E se por um lado eu não carregaria mais as despesas e responsabilidades com a minha mãe, por outro, eu não tinha mais ninguém. Ninguém. Um homem de 33 anos sem pais, mulher ou amigos e sem nenhum dinheiro para enterrar a dona Guilhermina.

E é nesse ponto que a minha história cruza com a do seu Ernane e com a do local que me fez repensar tudo o que eu achava que sabia sobre a morte.

3.

Aqui, uma pausa para um pedido de desculpas. Escrevi que seria breve nas apresentações, mas é impossível falar de mim sem falar da minha mãe.

Tudo de bom que havia em mim naquela época devo a ela e, se escrevo este relato para contar o que me aconteceu nos anos 70, que fique também registrado a mulher batalhadora e o exemplo de mãe que ela foi. Posso não ter acumulado grandes riquezas e posso ter sido um grande filho da puta egoísta quando mais novo, mas nunca roubei nem fiz mal a ninguém. Não de caso pensado, pelo menos. Eu era apenas um reflexo do que havia vivido. A personificação da amargura.

Por isso, ao ver o corpo da minha mãe inerte sobre os lençóis, soube que não teria ninguém com quem contar. Só o que eu tinha eram as habilidades acumuladas após anos de trabalho pesado e que jamais me renderam um emprego fixo ou dinheiro suficiente para me dar ao luxo de guardar economias.

O desespero de achar que, pela primeira vez na vida, não poderia contar com o meu suor para ajudá-la bateu forte.

O faz-tudo tornara-se um faz-nada...

Sentei-me ao lado da cama, coloquei as mãos na cabeça e pus o cérebro para funcionar em meio a um redemoinho de desespero e tristeza. Não podia enterrá-la no quintal de casa e não tinha dinheiro nem para o caixão mais simples. Pensei em construir um, já que sabia mexer com carpintaria, mas onde arranjaria madeira?

E se eu roubasse um caixão? Eles deviam ter alguns lá no cemitério... Olhei de esguelha para minha mãe e descartei a ideia. Se eu não a tinha envergonhado em vida, não seria em morte que lhe daria aquele desgosto.

Permaneci o dia todo sentado no piso quente, ao lado do corpo dela, num velório solitário e improvisado. Evitava observá-la e pensava em milhares de maneiras de dar-lhe o enterro digno que merecia. Por vezes, a memória insistia em trazer algum momento do passado, e a saudade batia de um jeito que eu me pegava desejando que ela se levantasse da cama e me perguntasse se eu queria o café puro ou com leite, como costumava fazer antes de adoecer.

Quando o sol se pôs, as sombras que banharam o quarto forçaram-me a tomar uma decisão, mesmo sem saber quais eram as minhas chances.

Não seria um pedido de ajuda, afinal. Seria uma troca.

Levantei-me com dificuldade e caminhei até a dona Guilhermina. Calafrios percorriam o meu corpo, daqueles que a gente sente quando está ficando com febre. Olhei para o seu rosto sereno e abaixei-me para lhe dar um beijo na testa. Meus lábios encontraram sua pele fria como um cubo de gelo.

— Já volto, mãe.

Acariciei os seus cabelos opacos e, durante alguns segundos, confesso que ainda esperei pelo *vai com Deus, filho* que eu sabia que jamais ouviria de novo.

4.

Saí de casa desabalado, bati a porta atrás de mim e evitei, a todo custo, olhar por sobre o ombro.

Andei pelas ruas desligado do mundo, apenas com o destino em mente, que eu sabia ser o mais próximo. Ter deixado o corpo da minha mãe sozinho me incomodava tanto que eu nem raciocinava direito.

Os nossos pensamentos funcionam de maneira incomum em um momento desses. Achamos que as memórias que ficarão para sempre conosco serão as mais importantes e inesquecíveis, no entanto, quando perdemos um ente querido, só o que nos vêm a cabeça são aquelas passagens corriqueiras, a antiga rotina e os dias sem grande relevância, daqueles que sabemos que sentiremos mais falta...

Não sei quanto tempo levei caminhando e só notei que estava descalço quando cheguei ao cemitério. Olhei para os portões de ferro fundido e para além deles. Uma grande área verde e capinada se estendia até onde a claridade alaranjada de fim de tarde alcançava, recortada por lápides de diversos tamanhos. Um lugar que conseguia ser lindo e feio ao mesmo tempo. Uma placa logo acima da entrada informava que aquele era o recém-inaugurado Cemitério São Pedro.

Diziam que ele tinha sido construído porque já quase não cabia mais morto no Cemitério da Quarta Parada, na Mooca, e que aquele ali era um dos maiores da cidade. Hoje eu sei: é o terceiro maior. Naquela época, só o que me interessava saber era se eu conseguiria um espacinho para enterrar minha mãe.

Atravessei os portões, caminhei até a área de velórios e procurei aonde ir ou com quem falar. Ainda que as grades do cemitério fossem vazadas, um incômodo silêncio pairava por entre os jazigos, como se toda a vida tivesse ficado do lado de fora.

— Posso ajudar, amigo? — uma voz interrompeu meus pensamentos e eu me virei com o susto.

Um homem de seus 40 anos, com traje de segurança, cabelo de corte militar e uma expressão desconfiada me encarava. Seus olhos desceram do meu rosto aos meus pés e subiram de novo.

— Ajudar? Pode, acho. — Pigarreei. — O meu nome é Amilton... Amilton da Correia.

— E o que eu posso fazer por você, Amilton da Correia?

— Quero saber se estão precisando de alguém pra trabalhar aqui. Sou o faz-tudo da região; o pessoal me conhece.

O segurança me examinava como se tentasse radiografar o meu rosto.

— Acontece que *eu* não te conheço. E não estou com tempo pra desperdiçar. — Tornou a olhar para os meus pés. — Muito menos com vagabundos.

— Não sou vagabundo, senhor. Sou trabalhador.

— Você está descalço — ele afirmou, como se aquilo resolvesse o assunto.

— A minha mãe morreu.

Ele piscou por alguns instantes, confuso.

— Mas você veio até aqui enterrar a sua mãe ou procurar emprego?

— Enterro. Preciso de um caixão — respondi, sem raciocinar. As palavras e a capacidade de formar frases pareciam ter me abandonado. — E também preciso de um emprego... Pra poder enterrar a minha mãe.

O segurança amarrou a cara.

— Não tem caixão aqui pra você — Ele disse, aumentando o tom de voz, parecendo ter atingido o limite de sua paciência. — Vamos, dê logo o fora! Aqui não é lugar de vagabundo.

— Só quero enterrar a minha mãe! — eu falei, e avancei na direção dele, transtornado.

— Volta! — Ele me empurrou e eu caí sentado no chão de pedra. — Levanta e some da minha frente antes que eu chame a polícia!

— O que está acontecendo aqui, Pereira? — falou outra voz, vinda de trás de mim.

— É só um pé-rapado qualquer, seu Ernane, já estou cuidando dele.

Desnorteado, eu não entendia por que estava agindo como um imbecil e já imaginava que nenhuma conversa convenceria o segurança Pereira, cuja mão já se aninhara sobre o cassetete que trazia preso à cintura. Virei-me para tentar me explicar a quem quer que fosse o seu Ernane, mas tão logo vi quem ele era soube que não adiantaria nem abrir a boca.

— Ah — ele falou, sem emoção. — Você.

— Seu Ernane, sou eu, o faz-tudo. Amilton da Correia.— Eu me ergui do chão e limpei a terra da calça, observando o senhor de cabeça branca e porte físico de quem já foi bem forte um dia. — Preciso enterrar a minha mãe. Vim procurar trabalho pra...

— Você tem dinheiro pra enterrá-la? — ele me interrompeu.

— Não, por isso vim aqui ver se...

— Então você me procura quando tiver.

Seu Ernane virou as costas e eu imaginei que já devia ter esperado por aquilo, tendo usado as mesmas palavras para lhe negar ajuda de maneira tão insensível tempos atrás. Eu mal acreditava no meu azar: de todas as pessoas que eu poderia ter encontrado, foi justamente com o seu Ernane que eu esbarrei.

Mais uma vez a vida me mostrava que as coisas nunca estão tão ruins que não possam piorar.

— Você ouviu o homem. — Pereira me empurrou. — Dê o fora!

Vencido, caminhei até os portões, observando o seu Ernane mancar em direção a uma pequena construção. Encostados perto de uma janela, dois caixões de madeira escura.

Não me restava outra escolha.

5.

Sentei-me no meio-fio e mergulhei novamente em pensamentos conflitantes. No fundo, sabia que devia ter chamado uma ambulância ou ligado para a polícia e pedido informações sobre como proceder, mas o hábito de nunca contar com ninguém acabou falando mais alto. Agora, a minha mãe me aguardava deitada na sua cama, sozinha e sujeita à ação implacável do tempo, uma ideia que fazia o meu coração doer e o meu estômago se revirar.

Voltar para casa sem uma solução para o seu enterro estava fora de cogitação.

Olhei para o cemitério e notei que ele já estava deserto. Era início de noite. Sem pensar nem calcular direito o que eu estava prestes a fazer, levantei-me e fui até as grades para conferir. Só uma imensidão vazia e tenebrosa.

Com a agilidade e o vigor físico trazidos pelos anos de trabalho braçal, pulei o muro sem dificuldades. Hoje em dia eu me pergunto se, em algum momento, cheguei a acreditar a de verdade que aquilo daria certo.

Não havia ninguém por perto. O seu Ernane já devia ter ido embora, e o Pereira talvez estivesse dormindo em algum canto. Não fazia diferença. Agachado, continuei colado a um pequeno muro de pedras brancas e fui na direção do prédio onde avistei os caixões.

E lá estavam.

Abandonando a discrição, ergui o corpo e me aproximei deles com o coração acelerado.

A certeza de que aquela tinha sido uma má ideia ficou clara quando abracei um dos caixões e tentei movê-lo. Além do peso, o seu tamanho e formato impossibilitavam o sigilo da tarefa para uma pessoa só. Com muito esforço consegui dar alguns passos agarrado a ele, mas logo parei ao ouvir um clique bem característico vindo de trás de mim.

— Vejo que já escolheu o seu.

Larguei o caixão, que caiu com um estrondo, e me virei. O seu Ernane apontava uma carabina antiga para o meu rosto. E sorria. Ergui as mãos, incapaz de acreditar que aquilo estivesse acontecendo.

— Me dá um bom motivo pra eu não meter uma bala nessa sua cara egoísta agora mesmo.

6.

— Olha, não quero problemas — falei, atropelando as palavras. — Só quero enterrar a minha mãe.

— Eu entendi da primeira vez e a minha posição não mudou. Sem dinheiro, sem enterro.

— Por favor, senhor. Sou o melhor faz-tudo aqui da Vila Alpina. Trabalho bem, posso ajudar aqui no...

— Sei que trabalha bem, Faz-Tudo — Ele me interrompeu. — mas também sei que você é um puta de um avarento.

Havia muito rancor na voz dele.

— Me desculpe pela sua casa, seu Ernane. Eu não fazia ideia...

— Claro que não fazia, você nem me deixou terminar de falar! — Ele gritou. — Olhe isto aqui! — Então ergueu uma das bocas da calça e me mostrou uma feia prótese de metal de encaixe, que ia até acima de seu joelho. — Perdi a perna quando o teto desabou sobre mim, tudo porque *você* não quis me ajudar!

O seu Ernane continuava apontando a arma para mim, e meu cérebro não conseguia processar nenhum argumento depois daquela revelação.

— Eu poderia ter morrido, seu egoísta.

— Me desculpe.

— É tarde demais pra pedir desculpas.

Seu tom era de quem já estava decidido. Permaneci em silêncio, abaixei a cabeça e aceitei o que quer que o destino me reservasse.

— Mas o sujeito tem que estar bem desesperado pra tentar roubar um caixão de um cemitério desse jeito, no muque — comentou, alguns segundos depois. — E, diferentemente de você, Amilton, eu sei reconhecer quando alguém precisa de ajuda.

Levantei a cabeça e vi que ele já tinha descido a mira.

— O que você pretendia com isso? — Apontou para o caixão quebrado. — Onde pensava em enterrar a sua mãe?

As perguntas do seu Ernane me fizeram perceber, mais uma vez, o quão cheio de falhas tinha sido aquele plano. A ausência da minha resposta deve ter bastado para ele.

— Imaginei... — disse, examinando o meu silêncio e apoiando a carabina no ombro. — Bom, eis o que vai acontecer agora, Amilton Faz-Tudo: vou arranjar um pedaço de terra pra sua mãe, cuidar da papelada e fazer todos os procedimentos pra que ela tenha um enterro decente. Estou certo de que ela não tem culpa de você ser essa criatura egoísta.

— Obrigado, senhor...

— Não me agradeça ainda. Você vai trabalhar aqui no cemitério até quitar todos os custos, e isso inclui o caixão que você acabou de quebrar.

— Tudo bem.

— Você começa imediatamente. Já abriu uma cova alguma vez na vida?

— Não, senhor.

— Então vai aprender hoje como é que se faz. Tem uma que está quase aberta. Vou te mostrar onde ela fica e como você deve fazer, e você me passará o seu endereço pra que eu possa mandar alguém da funerária resolver tudo.

— Tudo bem — repeti com a voz embargada pela dor que voltou mais forte.

O seu Ernane me analisou por alguns instantes.

— Venha, me ajude a pegar as suas ferramentas.

Calados, entramos num pequeno escritório ao lado do prédio da manutenção, e o velho colocou a carabina em um suporte na parede. Em seguida, fomos para sala ao lado, onde ele pegou umas luvas, uma pá, uma picareta, um grande lampião enferrujado e um par de botas. Saímos pouco depois. Eu levava a maior parte dos instrumentos; já o seu Ernane, mancando alguns metros à frente, empunhava apenas uma pá e o lampião já aceso.

— É por aqui. — Indicou o caminho até as lápides. — Mas, antes de qualquer coisa, larga isso aí e escreve o seu endereço aqui.

O seu Ernane pousou as coisas dele no chão, tirou um caderninho e uma caneta do bolso traseiro e os entregou para mim. Com as mãos trêmulas, escrevi o endereço e lhe devolvi.

— Rua Tupinambás, é? — ele perguntou, olhando para a folha. — Ainda tem muito problema com rato por lá?

— Melhorou um pouco. Dedetizei algumas casas das redondezas...

— Entendo. — Recolocou o caderno no bolso. — Tem alguma roupa especial que você queira que sua mãe use?

— Ela gostava muito de um vestido vermelho...

— Como ele é?

— Vermelho. — Eu respondi. — Ela só tem um.

Seu Ernane me encarou por alguns segundos.

— Tudo bem. E a chave?

— Saí de casa com pressa. A porta está aberta.

— Certo. Bom, anda, pega tudo isso aí de novo. Você tem uma longa madrugada de trabalho pela frente.

A caminhada até a cova semiaberta foi escura e silenciosa. Eu estava muito pouco à vontade. O local tinha um ar sinistro naquela escuridão, e uma névoa parecia estender-se pelo gramado como um grande e esvoaçante lençol branco. Minha mente não parava de viajar até o quarto de minha mãe. A ideia de um grupo de estranhos chegando para retirar o seu corpo me ardia no cérebro feito enxaqueca.

7.

Existe um intervalo de pouco mais de um ano entre este momento da minha vida e a tragédia que me fez escrever este relato.

Naquela madrugada em que eu recebia as instruções do seu Ernane sobre como cavar uma cova, o medo que eu sentia pelo cemitério São Pedro ainda era infundado e irracional, apenas o incômodo por saber que eu transitava pela primeira vez na vida em um local recheado de cadáveres... a diferença deste medo para o medo que eu passei a sentir depois de

1974, no entanto, é que no primeiro eu ainda achava que os mortos permaneciam mortos.

— E é assim que se faz — O seu Ernane finalizou a demonstração e secou o suor da testa. — Não é difícil. O importante é usar a picareta pra manter a parede da cova sempre reta, tomando cuidado pra não deixar um lado desmoronar. Depois, tire a terra restante com a pá.

— Certo.

— E você sempre deve estar de botas, luvas e máscara, está me ouvindo?

— Estou.

— Tem coisas nessa terra de cemitério... bactérias e outras coisas, que podem te matar tão rápido quanto a minha carabina. Você está me entendendo?

— Sim, senhor.

Seu Ernane abaixou a máscara e olhou para mim.

— Você não é de falar muito, é?

— Não, senhor.

— Ótimo.

O velho saiu de dentro da cova, com um pouco de dificuldade por conta da perna metálica, e eu levantei a máscara para continuar de onde ele parou.

— Você vai desempenhar todo tipo de função aqui no cemitério, Amilton Faz-Tudo. — ele disse. — Desde abrir covas e preparar os caixões na funerária pros velórios, a limpar as lápides, capinar o terreno e a varrer o chão. Mas por hora concentre-se nessa tarefa.

— Sem problemas. — respondi, já trabalhando com a pá na terra escura e fedorenta.

— Sem problemas, então. — ele repetiu, e puxou o caderninho do bolso. — Vejo você ao amanhecer.

Observei o seu Ernane desaparecer na escuridão e voltei a me concentrar no que fazia.

Até que foi uma coisa boa.

Abrir uma cova é trabalho pesado, e não há nada melhor do que trabalho pesado para distrair nossa cabeça daquilo que não queremos pensar. Eu sabia bem disso havia muitos anos.

Mas quando o sol despontou no céu e eu enfim larguei a pá, lembrei-me de que tinha aberto aquele buraco para que a minha mãe pudesse repousar por toda a eternidade. E, ao sair de dentro dele, com o coração apertado e os olhos voltando a arder, desejei que eu tivesse pelo menos outras dez covas como aquela para abrir.

8.

Tudo correu conforme o seu Ernane dissera.

Por volta das onze da manhã, a minha mãe já estava deitada em seu caixão, o velho vestido vermelho que ela tanto gostava e sua expressão serena trazendo parte da beleza que a depressão havia escondido por tantos anos. Não fosse pelos algodões no nariz e pelo forte cheiro de formol, ela poderia estar dormindo.

Não havia convidados para o velório. Toda a família dela estava na Itália e a família do meu pai nunca aprovou o casamento, de modo que eu me acomodei em uma cadeira ao lado da dona Guilhermina e ali fiquei, cansado, sujo de terra, triste e sozinho.

Então deixei as lembranças me servirem por companhia — fui criança novamente, tomei o café que a minha mãe fazia e comi o frango que só ela sabia cozinhar — enquanto agradecia por ela ter sido o que foi para mim e me desculpava por não ter sido mais para ela.

— Chegou a hora, Amilton — A voz do seu Ernane me trouxe de volta.

Concordei com a cabeça, levantei-me da cadeira, dei um último beijo na testa dela e enxuguei as lágrimas com as costas da mão. Em seguida, eu, ele e mais dois funcionários carregamos o caixão num cortejo silencioso, e antes que eu me desse por mim, minha mãe já descia pelas cordas para dentro da cova, enquanto um padre recitava palavras que eu não consegui ouvir.

— Você gostaria de dizer alguma coisa, Amilton? — o seu Ernane perguntou.

Eu até tentei pensar em alguma coisa, mas nada me ocorreu. Então eu apenas olhei pro caixão que já estava no fundo da sepultura, e balbuciei:

— Obrigado, mãe.

E aquele foi o fim.

A terra escura que eu havia retirado foi recolocada pelos dois homens e, no minuto seguinte, o seu Ernane instalou uma lápide simples, com os dizeres:

MARIA GUILHERMINA DE AMARO DA CORREIA
✴ 1914
† 1972
"Enquanto forem amados pelos que ficam,
os que morrem nunca desaparecem por completo."

O velho senhor Ernane era um homem de coração grande, afinal. Me deu o dia de folga para que eu fosse em casa me lavar e descansar, mas exigiu que eu reassumisse as minhas funções na manhã seguinte. Disse que sabia onde eu morava e que, se eu fosse inteligente, não tentaria fugir da cidade.

Eu não fugi. Claro que não.

Mas isso não fez de mim mais inteligente.

Até por que, se e o seu Ernane soubesse o que me aguardava naquele lugar pouco mais de um ano depois, ele próprio teria me aconselhado a nunca mais voltar.

Parte 2
INCÊNDIO

*"Ergam seus copos por quem vai partir
Longo será o caminho a seguir
Nada será como costuma ser
Nada vai ser fácil para você."*
— **Matanza.**

9.

Foi numa sexta-feira, dia 1º de fevereiro de 1974, que a desgraça aconteceu.

Naquela época eu já estava plenamente integrado à rotina do cemitério e conhecia todos os pormenores do meu ofício. Além disso, apesar de a minha relação com o seu Ernane ter se iniciado de maneira conturbada, o tempo havia se encarregado de transformá-la em algo com os contornos de uma grande amizade.

Mas o velho até que tentou cumprir o prometido. No primeiro mês de trabalho eu não recebi nada. Nem um cruzeiro. Continuei com os bicos pelo bairro para ter o que comer, mas logo no segundo mês seu Ernane já começou a me pagar e até que o salário era um valor razoável, por isso decidi me dedicar unicamente ao cemitério. O lugar estava se mostrando um bom local de trabalho. Pelo menos, até aquela época.

O serviço no São Pedro nem sempre era pesado e o dinheiro fixo me dava certa segurança, tanto que, aconselhado pelo próprio senhor Ernane, eu ainda conseguia poupar uma parte.

O que mais me incomodava, contudo, era preparar os corpos. A pequena funerária integrada ao cemitério tinha seus funcionários, mas às vezes esse serviço sobrava para mim. Como na manhã da tragédia.

Eu vestia uma camisa social no João Carlos, um homem de meia-idade que sofrera um infarto durante a festa de 75 anos da sogra, quando o seu Ernane entrou na sala:

— Estou saindo, Amilton. Preciso estar no Joelma às oito e tenho que resolver outras coisas pelo centro depois. Vou deixar o cemitério sob a sua supervisão.

— Tudo bem, senhor — respondi, parando o que eu estava fazendo e olhando para ele.

O seu Ernane ia ao Joelma pelo menos uma vez por mês. Mas hoje em dia, eu me pergunto se ali ele já imaginava que estava prestes a morrer. O seu olhar, demorado, esquadrinhou cada centímetro da sala com um ar nostálgico que me causou estranhamento.

— Algo errado, seu Ernane?

— Não, não... Estou apenas verificando se as paredes precisam de uma demão de tinta — desconversou. — Ou seja, mais trabalho para você, Faz-Tudo.

— Estou aqui pra isso. — Sorri para ele.

O velho me encarou e então iniciou aquela que seria nossa última conversa.

— Você é um bom rapaz, Amilton.

— Obrigado, seu Ernane.

— Só precisa melhorar essa avareza. Parar de sempre exigir algo em troca quando lhe pedem ajuda.

— Vou tentar, senhor.

— Não tente, homem, consiga! — insistiu. — Às vezes, Amilton, a gente tem que ajudar só por ajudar, sem esperar retorno. Faz bem pra alma da gente.

— Tem razão — concordei, sincero.

Não era vontade minha ser daquele jeito, eu apenas era. Não sabia ser diferente.

— E vê se fala um pouco mais! — Ele riu. — Às vezes você me assusta, calado desse jeito...

— Pode deixar — respondi. — Vou passar a tagarelar mais que a dona Célia da recepção.

—Também não precisa exagerar. — Ele piscou. — Nos vemos mais tarde...

E saiu pela porta.

Só que esse mais tarde nunca chegou.

10.

Ninguém, nem mesmo o filho da mãe mais pessimista do mundo poderia imaginar que aquele prédio, logo o Joelma — chique, imponente, praticamente uma criança perto dos seus irmãos de pedra do centro de São Paulo — seria palco daquele inferno todo.

Pouco antes das nove da manhã, um aparelho de ar-condicionado entrou em curto-circuito no 11º ou 12º andar, eu não lembro agora, e em questão de minutos todo o lugar estava em chamas. Para piorar, as salas e escritórios do Joelma foram construídos com materiais que contribuíram para o alastramento incontrolável das chamas.

O prédio queimou feito um palito de fósforo de 25 andares.

E, para quem estava lá dentro, restou apenas o caos. Muitos conseguiram chegar ao telhado, mas logo os elevadores pararam de funcionar e as escadas foram bloqueadas pelo fogo. Em algumas áreas a temperatura beirou os 900 ºC e, numa temperatura dessas, só o que sobra do corpo da gente é um punhado de cinzas...

Pessoas sem roupa jogaram-se para a morte das janelas, já não suportando mais o calor, enquanto muitas outras foram carbonizadas conforme o pânico e a correria se intensificavam. Não havia espaço suficiente nos poucos locais em que era seguro esperar por socorro, então grande parte das vítimas morreu lutando.

Dizem que mais de 1.000 pessoas estavam no Joelma quando tudo aconteceu, incluindo o seu Ernane, que tinha ido buscar uma documentação com a esposa, funcionária da companhia de limpeza Continental. Apenas dois dos muitos cujos restos mortais perderam-se em meio aos destroços.

E enquanto o Joelma era consumido pelo fogo, eu finalizava os preparativos para o velório do João Carlos. O seu Ernane e sua esposa provavelmente já tinham virado poeira quando eu e mais dois funcionários do São Pedro levamos o caixão para uma das capelas e liberamos a entrada dos familiares.

Naquele tempo, as notícias não se espalhavam tão rápido. Assim, foi só lá pelas onze da manhã que entreouvi duas mulheres conversando na entrada do cemitério:

— Você ficou sabendo do que aconteceu naquele prédio grande lá na Praça da Bandeira? — uma delas perguntou. — O meu irmão veio do centro agora, disse que está um caos.

— Aquele que tem nome de mulher?

— Esse mesmo. Joelma, o nome. Pegou fogo, menina, incêndio grande mesmo — contou. — Tinha polícia e bombeiro pra tudo quanto é lado...

— Meu Deus...

— Pois é. Fernando me disse que viu gente se jogando lá de cima e tudo.

— Minha nossa Senhora... — A outra mulher levou as mãos à boca. — Não brinca...

— Juro. Vai dar na televisão, você vai ver. Isso se já não estiver passando agora mesmo no plantão do noticiário...

Não precisei ouvir mais.

Com a pulsação acelerada, corri para o escritório do seu Ernane e liguei o minúsculo televisor, que ainda levou alguns segundos para esquentar e sintonizar. Quando a imagem apareceu, não deu outra: lá estava o colosso de cimento envolto em chamas.

O repórter falava sobre a tragédia e entrevistava um bombeiro, mas meus ouvidos estavam abafados. Como aquilo era possível? Na tela, uma pessoa em desespero despencou prédio abaixo, o corpo em chamas. Na minha cabeça, a preocupação com o que teria acontecido ao seu Ernane e o medo de precisar enterrar outra pessoa próxima.

O velho supervisor do cemitério havia ocupado um lugar em minha vida que eu jamais imaginara existir. Por algum tempo, graças a nossa amizade, cheguei até a acreditar que as coisas melhorariam, que eu conseguiria ter uma vida mais normal, outros amigos... quem sabe uma esposa.

Ainda paralisado, encarando o televisor sem enxergá-lo de verdade, lembrei-me sem querer das palavras do meu pai depois de uma surra, poucos dias antes de ele sumir:

— Sim, não! SIM, SENHOR! *Senhor*, ouviu?— bêbado, ele gritava, e eu me encolhia cada vez mais no canto da parede. — Seu ingrato! Você é o culpado por nossa vida ser essa merda! VOCÊ! Você é um parasita, moleque, você e a sua mãe! Dois ingratos! Ninguém nunca vai gostar de vocês. Se eu sumir, vocês nunca mais terão ninguém na vida!

Pois é. A praga do seu Jorge da Correia tinha sido bem rogada.

Passei quase 30 anos sem amigos. Por mais que eu não demonstrasse, é claro que eu sentia falta. Mas jamais permiti uma aproximação real. Por isso, quando a minha mãe se foi, achei que o meu destino fosse mesmo morrer sozinho. Então o seu Ernane surgiu como um raio de esperança.

Agora eu sentia em meu íntimo que tinha sido apenas um alarme falso...

A porta do escritório se abriu de uma vez. A Joana, que tinha 23 anos e era uma das funcionárias mais recentes do cemitério, parecia ter vindo correndo do setor administrativo. Encostada ao batente, ela me olhava, muito pálida.

— Amilton! — Ela estava apavorada. — Ficou sabendo do que aconteceu no centro?

Mas eu não respondi. Ainda estava em choque.

Ela, receosa, aproximou-se de mim e olhou para a TV.

— O seu Ernane foi lá hoje, não foi?

— Foi... — falei com a voz mais grave que o normal.

E não voltou mais.

Nem para ser enterrado.

11.

Muitas histórias, mortes e boatos envolvendo o Joelma ficaram famosos.

Uma mulher jogou-se para a morte do décimo quinto andar, com a filha de um ano e meio no colo. Por um milagre, a criança saiu ilesa, mas a mãe não resistiu à queda. Um rapaz que tentava descer por uma corda improvisada, despencou por cima da escada dos bombeiros e derrubou na queda outras três pessoas que equilibravam-se sobre um patamar, e um bombeiro que auxiliava no resgate. Todos morreram.

O incêndio no Joelma matou quase 200 pessoas, feriu mais de 300 e produziu dezenas de histórias impressionantes como essas. Até quem não presenciou o desastre ao vivo ou perdeu alguém compartilhou o mesmo estarrecimento.

Contudo, existe um episódio em particular, um dos mais misteriosos e assustadores envolvendo essa tragédia, que marcou a minha vida mais até do que a morte do seu Ernane e é o motivo pelo qual hoje conto minha história.

Algo que começou a acontecer por volta das 19 horas desse mesmo dia.

12.

Após o enterro do João Carlos, outros dois velórios ocorreram, mas ninguém consegue trabalhar direito. Como todos os funcionários já sabiam que o seu Ernane e a dona Lúcia estavam no Edifício Joelma na hora do incêndio, a falta de notícias sobre o paradeiro deles apenas tornava a situação pior.

Já anoitecia quando o Pereira, o segurança que um dia me colocou para correr do São Pedro, veio na minha direção.

— A dona Célia está tentando falar com a administração do cemitério. Perguntar se eles têm qualquer notícia do velho. — Puxou um cigarro do bolso e o colocou na boca. — O seu Ernane disse a que hora voltava?

— Não — respondi, varrendo o chão sem muito cuidado. — Só falou que tinha outras coisas pra resolver no centro.

— Então pode ser que ele esteja vivo, não pode? Vai ver estava fora do prédio quando aconteceu. — Ele disse e olhou para o relógio. — São quase sete horas. Ele costuma voltar perto desse horário, não costuma?

O tom de voz do Pereira indicava que nem ele acreditava no que falava.

— Talvez.

— E o velho é esperto, Amilton, você o conhece. Se estava dentro do Joelma durante o incêndio, aposto que conseguiu escapar. Ele e a dona Lúcia são duros na queda. Sempre foram.

Antes que eu pudesse responder, uma zoeira de sirenes cortou o silêncio, dando uma forma física aos nossos piores receios.

Os olhos dos funcionários acompanharam o carro da polícia, que entrou pelos portões abrindo caminho para um rabecão, o caminhão de transporte de cadáveres do Instituto Médico Legal.

Se naquele momento alguém me pedisse para apostar em quem estava dentro dele, eu colocaria todas as minhas economias no seu Ernane e na dona Lúcia. Sem pensar duas vezes.

Um policial e um bombeiro desceram de seus veículos e caminharam em nossa direção. Seus olhares diziam muito mais do que qualquer palavra que pudesse sair de suas bocas.

Pelo visto, minha primeira vitória seria em uma aposta que eu não fazia a menor questão de ganhar...

13.

O resgate das vítimas do Edifício Joelma durou até cerca de 15 horas daquela tarde. Depois desse horário, só o que restava eram corpos, cinzas e desespero.

Em meio ao clima de profundo pesar, um padre subiu à cobertura do edifício e administrou a extrema-unção enquanto os bombeiros, policiais e médicos removiam e tentavam identificar os cadáveres, muitos dos quais tão carbonizados que impossibilitavam a tarefa. Outros, por sua vez, foram simplesmente reduzidos a cinzas.

— Boa noite. — disse o policial, a aparência cansada e os botões da camisa lutando para conter o sobrepeso. — Quem é o responsável pelo cemitério?

Nós nos entreolhamos e, em seguida, os funcionários procuraram uma resposta em meu rosto.

— Eu. — falei.
— E qual o seu nome?
— Amilton. Amilton da Correia.
— Boa noite, Amilton. — Ele estendeu a mão para me cumprimentar e se apresentou. — Sou o inspetor Barbosa, da Polícia Civil. Vocês já estão cientes do que aconteceu hoje no Edifício Joelma, na Praça da Bandeira?

— Sim, senhor. — respondi.

Todos encaravam o inspetor Barbosa num silêncio rígido e carregado de tensão.

— Pois bem. Infelizmente, não trago boas notícias. — Ele avaliou a multidão que começava a se formar ao nosso redor. — Tem algum lugar em que a gente possa conversar?

Fiz que sim com a cabeça e caminhei, com pernas bambas e a cabeça latejando, até o escritório do seu Ernane. O inspetor Barbosa e o bombeiro me acompanhavam de perto.

Quando chegamos, apontei um tanto desnorteado para duas cadeiras que haviam de frente para a escrivaninha.

— Obrigado. — o inspetor Barbosa agradeceu e largou-se pesadamente sobre uma delas.

O bombeiro, mais novo e mais magro que o policial, sentou-se na outra. Ambos pareciam muito abalados.

Permaneci de pé, olhando para eles como se aguardasse instruções.

— Você trabalha aqui há quanto tempo, Amilton? — o inspetor quis saber.

— Cerca de um ano e meio.

— E este cemitério é propriedade do município, correto?

— Sim, senhor.

— E, se eu entendi direito, você é o supervisor daqui. Estou certo?

— Sim, senhor. — então percebi que havia me equivocado. — Quero dizer, não, senhor. Na verdade o supervisor é o seu Ernane.

O inspetor pareceu ainda mais cansado.

— Pensei ter ouvido você dizer que era o responsável pelo cemitério, Amilton.

— Estou responsável apenas durante a ausência do seu Ernane.

— E onde está este seu Ernane, então? — ele perguntou. — Preciso falar com ele.

— Eu... Bom... — minha boca estava seca. — Achei que vocês teriam essa resposta.

Silêncio.

Barbosa e o bombeiro trocaram olhares cheios de significado. Então o primeiro virou o rosto para mim.

— Ele estava no Joelma durante o incêndio?
— Estava. — respondi. — Ele e a esposa. São os corpos deles no caminhão?

Silêncio outra vez. Era incrível quanta informação cabia na ausência delas...

— Olha, Amilton... — percebi que ele se esforçava para encontrar as palavras certas. — Em alguns andares do edifício, o fogo foi intenso demais. Fizemos buscas durante horas, equipes e mais equipes de bombeiros... Infelizmente o incêndio consumiu o prédio de um jeito que nunca havíamos visto antes e, bem, em muitas vítimas sobrou pouco pra ser identificado...

— Entendo. — respondi de maneira automática, sentindo a garganta apertar.

— Eles tinham filhos?
— Uma filha. Patrícia. Mora fora do Brasil com o marido.
— E nem o seu Ernane nem a esposa entraram em contato até agora?
— Não, senhor. — pigarreei. — A administração tentou falar com a empresa que a dona Lúcia trabalha, eu acho. O dia inteiro. Mas ninguém sabe de nada.

E então, pela terceira vez, o silêncio. Não que fosse preciso dizer muita coisa.

O inspetor Barbosa respirou fundo e se ajeitou na cadeira.

— Vou pedir pra checarem mais uma vez a lista de sobreviventes, mas... talvez seja melhor alguém já ir entrando em contato com a filha deles.

Concordei com a cabeça e baixei os olhos. Era toda a dor da perda de minha mãe de novo, chegando sorrateira.

— Meus sentimentos, Amilton... — ele finalizou, com pesar, e então eu percebi que ele compartilhava da mesma certeza que me invadira.

O seu Ernane estava morto. Essa era a verdade. Eles poderiam checar a lista o quanto quisessem, mas eu sentia que o nome do velho supervisor não constaria nela.

E, pelo visto, não haveria nem o que enterrar.

14.

O relógio de parede informava que já passava das oito da noite. Em um dia normal, eu me despediria do seu Ernane e dos outros funcionários lá pelas sete e chegaria em casa em 30 trinta minutos ou menos, caso resolvesse pegar o ônibus, o que raramente acontecia. Lá, tomaria um banho, prepararia ou requentaria alguma coisa para comer, escolheria um livro e iria para perto do rádio, presente do seu Ernane no meu último aniversário, para ler um pouco até adormecer.

Naquela sexta-feira, no entanto, eu ainda estava no escritório, com duas pessoas que nunca tinha visto na vida, cada vez mais convencido da morte do seu Ernane e de sua esposa e prestes a ser informado de algo que marcaria o início de tudo.

— Sinto muito participar os fatos dessa forma, Amilton. — o inspetor falou. — Foi uma grande tragédia, muitos mortos... Você deve ter visto no noticiário. Em todos os meus anos na polícia... enfim. Temos outro assunto delicado pra tratar com você. O motivo de estarmos aqui depois desse dia terrível.

Permaneci em silêncio, imaginando o que poderia ser mais delicado que insinuar que o seu único amigo talvez tivesse sido reduzido a pó.

— Este é o sargento Henrique, do Corpo de Bombeiros. Ele liderou parte da operação de resgate e encontrou as vítimas que trouxemos hoje.

Vítimas. O plural fez minhas veias palpitarem.

— Boa noite, Amilton. — o bombeiro, calado até então, era negro, careca e também trazia no rosto as feições marcadas por aquele que devia ter sido um dia muito difícil. — Como o inspetor Barbosa falou, liderei algumas missões durante o resgate no Joelma. Infelizmente, salvamos menos pessoas do que gostaríamos e algumas das incursões foram apenas para retirada de corpos.

Tentando não imaginar os cadáveres espalhados pelos corredores do prédio, balancei a cabeça e permaneci em silêncio. Ele deve ter entendido que era para continuar.

— Uma dessas missões, pra mim a pior de todas, aconteceu em um dos elevadores. Treze pessoas entraram nele, acreditamos que na tentativa de fugir do edifício o mais rápido possível, mas o fogo já estava tão forte que arrebentou o cabo de aço e travou o elevador dois andares abaixo.

Treze pessoas, ele disse. *Treze.*

— Quando abrimos as portas, bem... — ele respirou fundo. — Vi algo que preferia jamais ter visto. As chamas e o calor transformaram o elevador em uma espécie de forno e as vítimas... elas... ficaram irreconhecíveis. Nunca tinha visto algo assim. Pessoas fundidas umas às outras...

De imediato visualizei uma massa escura e disforme, no qual alguém talhara braços, pernas e cabeças de maneira tão tosca que era difícil entender onde uma pessoa começava e outra terminava. O desespero que aqueles seres humanos deviam ter sentido, agarrando-se uns aos outros, encurralados... O calor insuportável queimando-os por dentro e por fora... A sensação de ter a pele derretida...

Minha respiração falhou. Foi quase como se eu pudesse sentir o sofrimento daquelas pessoas. Encarando o vazio, passei as mãos pela cabeça.

— Está tudo bem, Amilton? — o Barbosa perguntou.

— Sim, está, eu... — gaguejei e engoli um pouco de saliva para tentar amenizar o enjoo que veio forte e sem aviso. — Desculpe, não estou me sentindo muito bem hoje.

— Entendemos perfeitamente — o inspetor falou. — Não se preocupe.

Sequei o suor frio que havia se formado em minhas têmporas e tentei me recompor.

— Desculpe, senhor. Continue.

— Bom, fizemos o nosso melhor pra... — O Henrique pigarreou. — Separá-los, sabe? Contamos os pares de membros e outras partes que pudemos identificar e concluímos que tratavam-se de treze vítimas. Mas foi só o que conseguimos afirmar. Não fomos capazes de distinguir sexo, idade, mais nada. Nem as pessoas que estiveram hoje no IML à procura de familiares os reconheceram, então decidimos que o mais digno seria enterrar todos juntos, lado a lado. — ele respirou fundo. — Os repórteres já estão em cima da gente e não vai demorar pra que descubram para onde os trouxemos. Mas acho que só o que essas pobres almas precisam agora é de um lugar pra descansar em paz...

Paz.

Haveria paz depois de uma morte horrível como aquela?

15.

Quando os treze chegaram no cemitério São Pedro, na noite do dia 1º de fevereiro de 1974, eu tinha 33 anos.

Grande parte dessa idade eu passei sem me importar com o próximo, vivendo uma vida egoísta que era resumida em ganhar o *meu* pão, pois os meus fardos, eu tinha certeza, eram bem mais pesados que os de todo o mundo.

Contudo, conforme o Bruno, o Juca e eu separávamos caixões de todos os tamanhos no estoque para comportar a dezena de desconhecidos que aguardava dentro do rabecão, eu não conseguia tirar da cabeça a descrição vívida de Henrique. Meu coração parecia comprimido de sofrimento, saturado com o acúmulo de pesares. Primeiro minha mãe, depois seu Ernane, e agora essas pessoas.

O que elas poderiam ter feito para merecerem aquilo?

Como sempre, repetia para mim mesmo que o problema não era meu, que devia haver uma explicação e que eles, provavelmente, sabiam qual era. Só que dessa vez, esse raciocínio não estava funcionando...

— Chamei alguns companheiros, Amilton — o sargento Henrique comentou, quando colocamos o último dos treze caixões na área de velórios. — Eles acompanharam o resgate e se prontificaram a nos ajudar.

Olhei para o sargento e vi outros seis bombeiros ao seu redor, todos com expressões tristes e olhares cansados. Alguns acenaram de maneira singela quando os encarei, outros simplesmente balançaram a cabeça. Devolvi o cumprimento e observei a entrada do cemitério. A presença de duas viaturas da polícia guardando os portões fechados não afugentou os curiosos, que já espichavam os pescoços por entre as grades, tentando entender o que se passava além delas.

E o que se passava era um grande e solene mutirão onde os corpos, ou o que havia sobrado deles, foram acomodados nos caixões. Pareciam treze estátuas esculpidas em madeira carbonizada por alguém que não faz muita ideia da aparência que um corpo humano tem.

O cheiro ainda intenso de carne queimada atravessou a máscara que eu usava e me embrulhou o estômago. E apesar das grossas luvas, pude jurar que ao manuseá-los, um calor latente subiu pelas minhas mãos e se espalhou por dentro de mim...

É curioso como notamos as coisas mais estranhas nos momentos mais terríveis. Como reparei nos braços de um dos cadáveres, que terminava logo abaixo do tórax, dobrados de tal forma que parecia nos *dar uma banana* enquanto o acomodávamos dentro de um dos caixões. Ou como também reparei em outro deles, que não tinha cabeça, mas tinha os pés esticados e as pernas flexionadas de um jeito que lembrava algum passo complicado de dança.

Quando fechamos a tampa do último deles, concluí que jamais conseguiria tirar aquelas imagens da minha cabeça. E até hoje, de fato, lembro-me de cada um dos corpos com a nitidez desses novos televisores...

* * *

Para as covas, tudo foi acertado entre a coordenação do cemitério, a prefeitura e o corpo de bombeiros. Só me passaram o local; reservado e espaçoso o suficiente para que os treze fossem enterrados lado a lado. E então pegamos nas pás e picaretas.

Com mais de dez pessoas trabalhando ao mesmo tempo para abrir as sepulturas, o trabalho não durou mais que duas horas. Não estava primoroso, é claro. Seu Ernane talvez torcesse o nariz para o alinhamento... mas estava digno.

Pouco menos de uma hora depois, os caixões foram baixados e cobertos de terra. Não houve velório ou padre para falar palavras bonitas. Na verdade, quando paramos para observar a terra mexida e o trabalho enfim concluído, nenhum de nós falava muito.

Reunidos ao redor das treze covas, funcionários do cemitério, bombeiros e policiais, alguns segurando lampiões, outros enxugando lágrimas silenciosas. Todos compartilhando um luto em comum e unidos por causa da tragédia.

Joana aproximou-se de nós e olhou para mim. Fiz um sinal positivo com a cabeça e ela fincou, entre as covas, o letreiro improvisado que trazia nas mãos.

A mensagem que ela escolheu, e que permanece até hoje no local, eternizada em uma placa de bronze sobre uma lápide de pedra, dizia:

AS TREZE ALMAS
Somente Deus conhece seus nomes
Descansem em paz
† 2 de fevereiro de 1974
Incêndio do Edifício Joelma

Fiquei parado olhando para o letreiro enquanto os demais começavam a despedir-se com sussurros cansados. Por um momento, achei que sentia a dor das vítimas apenas pela forma como tudo havia acontecido: as covas abertas tarde da noite e o clima de pesar pela certeza da morte de seu Ernane se assemelhavam muito aos acontecimentos do dia em que perdi a minha mãe. Pareceu natural associar o mal-estar trazido pelas treze almas desconhecidas com a saudade da dona Guilhermina.

Ainda que aquilo não me convencesse de todo.

Fui embora com a madrugada bem avançada. O inspetor Barbosa me deu uma carona e um papel com dois números de telefone: o da sua mesa na delegacia e o da sua casa. Aproveitou para me aconselhar a ligar para ele caso eu tivesse problemas com a imprensa e a não comentar o caso com ninguém. Nem com conhecidos.

Eu nem pensava em nada disso. Estava esgotado. Só queria chegar em casa, tomar um banho, comer alguma coisa e descansar. Tentar fazer as fichas que tinham que cair, caírem.

Cruzei a soleira e olhei em volta. Cada canto da casa me trazia lembranças antigas. Forcei-me a engolir um prato de macarrão com uns restos de galeto do jantar da véspera e deitei na cama, com a cabeça ainda latejando. Quantos dias como aqueles alguém seria capaz de aguentar até pifar de vez?

Suspeitando que muito em breve eu teria a resposta, fechei os olhos na esperança de dormir e acordar no dia seguinte pronto para seguir com a minha vida. E preparado para começar a aceitar que não havia mais nada a fazer pelo velho supervisor. Nem pelas treze pessoas que enterramos.

Pelo menos, era o que eu achava.

Parte 3
CINZAS

*"Devia ter amado mais
Ter chorado mais
Ter visto o sol nascer"*

— **Titãs.**

16.

Abri os olhos e me vi em meio ao caos. Alguma coisa estava errada ali.

Pessoas corriam por todos os lados, gritando. Um calor de queimar os pulmões nos engolfava.

— Está pegando fogo! — alguém berrou.

Uma janela explodiu em algum lugar.

— O prédio está pegando fogo!

Acotovelando-me contra a multidão que tentava escapar pela única porta existente, senti um desespero crescer no meu coração. Eu precisava sair dali e voltar para casa. Precisava entregar os remédios da minha mãe.

Olhei para o buraco onde antes havia uma janela e vi um corpo em chamas despencar para a morte. Ao meu redor, todos os cubículos já estavam pegando fogo. Gritando para que me deixassem passar, consegui me esgueirar entre as pessoas e finalmente cheguei ao hall.

Meus olhos ardiam por causa da temperatura e da fumaça. Olhei ao meu redor. O incêndio parecia já ter tomado quase todo o lugar e a única escada que podia ser usada para descer estava congestionada. Quando dei o primeiro passo em direção a ela, tudo explodiu em labaredas e eu fui arremessado para trás.

— Aqui! — ouvi gritarem. — Por aqui!

Virei o rosto, tossindo, e vi algumas pessoas abrigadas dentro de um elevador. Uma delas segurava a porta para que eu entrasse.

Levantei-me, ciente de que aquela seria a última chance de chegar até a minha mãe, e corri o mais rápido que pude, sentindo o calor intenso me acompanhando. Um garoto que não devia ter mais de vinte anos me puxou para dentro e começou a apertar freneticamente o botão do térreo. As portas se fecharam, ouvimos um som de metal triturado acima de nós e, no instante seguinte, despencamos.

A queda durou pouco. Com o impacto, caímos uns sobre os outros, mas antes que pudéssemos nos recompor, o inferno veio com tudo. Era como se estivéssemos em um grande forno. O calor atingia o ápice e era impossível manter os olhos abertos. Nós gritávamos. Cada célula do meu corpo protestava enquanto eu me debatia na tentativa de fugir daquele tormento, mas eu estava encurralado. Minha pele derretia. A morte se aproximava, e eu sabia disso. Tentei abrir os olhos e senti um líquido escorrer pelas minhas bochechas. Depois, só escuridão. Braços acertavam o meu rosto, e a dor era tanta que o meu corpo se recusou a continuar funcionando.

As vozes ainda pediam misericórdia quando um barulho alto de algo quebrando na cozinha me trouxe de volta à realidade.

Ratos malditos foi o meu primeiro pensamento ao acordar emplastrado de suor, ouvindo o galope feroz do meu coração e mirando o teto descascado. O segundo, que surgiu ao erguer o corpo e passar as mãos pelo rosto, foi: *ainda bem que era só um pesadelo...*

O sol nascia tímido por entre as grossas nuvens cinzentas. Pelo visto, eu não tinha dormido quase nada. Esfreguei as pálpebras, lembrando do sonho assustador e estranhamente vívido, e pensei no dia que tinha pela frente.

Antes da noite anterior, não era preciso muito para me fazer levantar da cama. Naquele dia, no entanto, eu pensava que não faria diferença alguma se eu ficasse ali. Minha mãe continuava morta, o seu Ernane dificilmente apareceria para nos dizer que estava vivo, e eu sabia que dali em diante teria péssimas noites de sono, perseguido por pesadelos como aquele...

E era sábado. Aos sábados, o seu Ernane costumava me liberar mais cedo e, às vezes, requisitava a minha companhia para ir ao Boteco do Miranda, onde ele bebia uma cerveja e eu o acompanhava com um refrigerante. Nessas ocasiões, ele gostava de saber se eu continuava poupando, orgulhoso por ter sido uma boa influência na minha vida.

Não haveria mais aquilo, como também nunca mais houve o café preto da dona Guilhermina. Para que sair da cama, então?

Pra trabalhar, eu pensei, ao levantar e caminhar até a porta para ver que estrago os ratos tinham feito na cozinha dessa vez. *Trabalhar é só o que ainda me mantém aqui. Trabalhar. Sobreviver...*

Ao passar pelo espelho do corredor, meu coração parou por alguns segundos. De relance, vi uma figura negra, como um dos corpos carbonizados que havíamos enterrado. Num salto, voltei até o espelho, mas a única coisa que me encarava de volta eram as minhas feições abatidas. Sacudi a cabeça, em negação.

Ficar maluco era só o que me faltava.

Eu não tinha tempo nem dinheiro para ficar maluco.

Na cozinha, um vaso de cerâmica comprado pela minha mãe para guardar as nossas economias — em um passado que parecia cada vez mais distante — jazia em pedaços no chão. As economias haviam mudado de endereço um anos antes, para a conta que seu Ernane me ajudou a abrir no banco, mas aparentemente os ratos tinham voltado a ser meus inquilinos. Havia arroz cru por todos os lados. Claro. Arroz. Ratos adoram arroz...

Irritado, mas agradecido por ter com o que me distrair, catei a vassoura e a pá, imaginando que talvez fosse hora de dedetizar a casa novamente.

17.

A aparição no espelho ainda rondava os meus pensamentos quando cheguei ao Cemitério São Pedro algumas horas depois.

O lugar estava bem mais cheio que o normal pois uma equipe de reportagem gravava uma matéria em frente ao portão principal. Aproveitando que estavam distraídos, tentei passar despercebido. Sem sucesso.

— Senhor! — a repórter chamou. — Um minuto, senhor!

Minha educação traiu a minha vontade, e me vi parando para falar com ela.

— Senhor, somos da TV Gazeta e ficamos sabendo que algumas das vítimas do incêndio foram sepultadas aqui ontem à noite numa espécie de enterro secreto. É verdade?
— Se fosse secreto — o Álvaro, o segurança diurno, gritou de dentro do portão — vocês não saberiam!
— Olha... — comecei.
— É verdade que o supervisor do cemitério estava no prédio? Ele também foi enterrado ontem?
O latejar constante em minha cabeça e o aperto que senti na garganta me fizeram entender que aquele não era um momento para ser educado.
— Não há mais nada pra comentar além do que vocês já sabem — falei, firme, e me afastei.
Álvaro abriu o portão para que eu entrasse e trancou-o novamente.
— Ordens da secretaria, Amilton. Nada de imprensa aqui dentro hoje.
— Entendido. Alguma notícia do seu Ernane?
— Nenhuma...
Neste momento, Bruno veio caminhando na minha direção e me cumprimentou:
— Bom dia, Amilton. Escuta, você... Você dormiu bem? — ele perguntou, com cautela na voz.
— Mais ou menos — respondi. — E você?
— Não consegui pregar o olho. Escutei um monte de coisa estranha em casa. A minha esposa acha que estou ficando doido.
— Vai passar — eu disse, tentando convencer a ele e a mim. — É tudo muito recente.
— Não sei... O Juca preferiu passar a noite aqui, porque já era muito tarde. Depois conversa com ele. Ele me contou umas histórias bem estranhas...
— Pode deixar.
Só que eu não conversaria. Seria perda de tempo. E eu tinha coisas mais importantes a fazer, como tentar descobrir o que afinal teria acontecido ao seu Ernane. Mas o dia mostrou-se muito mais cheio do que eu imaginava e acabei trabalhando sem parar até quase dez da noite.
Além dos cinco velórios programados, os curiosos entravam e saíam do cemitério sem parar. Não contentes em visitar os túmulos e tirar fotos,

eles ainda forneciam informações às inúmeras equipes da imprensa que permaneciam acampadas em frente aos portões.

No final daquele sábado, o Brasil já sabia de todos os detalhes. Desde à localização exata das treze covas dentro do cemitério, até o que o epitáfio gravado na lápide das vítimas misteriosas dizia. Palavra por palavra.

Sentei-me na cadeira do escritório e estiquei as pernas, esgotado. Pensei que talvez fosse uma boa hora para parar de fingir que seu Ernane entraria mancando pela porta a qualquer momento. Ele estava morto. Fim de papo.

Mas..., dizia minha consciência, insistente. *E se não estiver?*

Angustiado e sem a menor vontade de falar com ninguém, resolvi ir logo para casa. Já era tarde, o cemitério estava vazio e a imprensa finalmente tinha dado uma trégua. Se fosse para ir embora, aquele era o momento. Reuni a energia que ainda me restava e levantei.

Não foi uma caminhada agradável. Mesmo trabalhando ali há mais de um ano, a paisagem de túmulos e jazigos em meio à névoa e à escuridão ainda me causava arrepios. Olhei sutilmente pro local onde as treze vítimas haviam sido enterradas.

Foi então que as ouvi pela primeira vez.

Até hoje me apavoro...

Era como um lamento, bem distante. Várias vozes que sofriam e pediam socorro. Estaquei no lugar, encarando as sepulturas, de onde o som parecia vir. Mas não era possível. Olhei ao redor e sacudi a cabeça.

O som continuou. O que diabos era aquilo?

Meu coração entrou em descompasso.

Não havia ninguém à vista.

Então veio o calor. E mesmo com a baixa temperatura daquela noite comecei a suar. Um vapor estranho soprava o meu cabelo.

Minha respiração vacilou. Os lamentos estavam cada vez mais altos.

Até que viraram gritos.

Não sei quanto tempo fiquei ali, parado, naquela espécie de transe de horror. Quando senti uma mão tocar o meu ombro, o vozerio cessou, os meus joelhos cederam e eu quase caí no chão com o susto. Virei o rosto e vi a Joana olhando para mim assustada. Sua pergunta veio num fio de voz. Quase um sussurro.

— Você também ouviu?

18.

Na recepção, peguei um copo de água com açúcar. As minhas mãos ainda tremiam um pouco, mas a Joana estava bem mais abalada.

— Aqui, bebe isso. — Ofereci o copo a ela. — Vai te fazer bem.

Ela agradeceu e tomou de um gole só. As lágrimas ainda escorriam pelo seu rosto.

— O que está fazendo aqui a uma hora dessas, Joana?

— Eu estava... — Ela me encarou com um olhar culpado. — Prefiro não falar nisso.

— Tudo bem.

Percebi que não adiantaria insistir.

— O que era aquilo, Amilton? Tive tanto medo...

— Não sei. — respondi. — Talvez seja a ideia que alguém tem de uma brincadeira.

— Brincadeira?

— O cemitério ficou cheio hoje, você não viu?

— Vi, mas o que isso tem a ver com... Com aquele som?

— Muita gente veio ver as sepulturas, e os boatos já começaram. Talvez alguém tenha achado que seria uma boa piada dar uns sustos nos funcionários daqui.

— Não parecia brincadeira.— Ela torcia as mãos, nervosa. — Ah, não sei...

Eu também não sabia, mas preferi não confidenciar isso a ela.

Por volta de meia-noite, deixamos o cemitério. A Joana conseguiu um táxi e me deu uma carona. No caminho, mal conversamos, mas notei que ela me olhava furtivamente de vez em quando.

Cheguei em casa carregando um misto de luto, medo e uma sensação de estar sendo observado. Mas eu achava que o cansaço me ajudaria a dormir melhor, então tomei um banho, comi ovos mexidos e fui direto para o quarto.

* * *

O cômodo estava bastante abafado. Abri a janela e respirei o ar gelado lá de fora.

Eu não me sentia mais confortável em casa. Nem seguro. Desde os tempos em que o meu pai morava com a gente que eu não me sentia daquele jeito.

Tudo o que eu queria era uma boa noite de sono...

19.

Abri os olhos.

Havia fogo por todos os lados.

Eu estava encurralado.

Corpos em chamas passavam correndo, e uma gritaria desesperadora me ensurdecia. Eu tinha que sair dali. Precisava chegar até o seu Ernane, eu sabia que ele estava em perigo.

Disparei por um longo corredor que ainda não tinha sido afetado pelo incêndio, mas os meus movimentos eram lentos demais. Num piscar de olhos, uma porta. Entrei por ela.

O seu Ernane e a esposa tentavam correr por entre uma multidão descontrolada. Alguém o empurrou. Ele caiu no chão, e a sua perna de metal foi sendo chutada até desaparecer no meio da confusão. A dona Lúcia tentava ajudar o marido a levantar.

Corri até eles e estendi a mão para o seu Ernane. O velho me olhou e disse, sem emoção:

— Ah... você.

— Segura a minha mão, seu Ernane! — eu gritei. — Vou tirar vocês daqui!

— Não, você não vai, não — ele retrucou, magoado. — Não tenho dinheiro para te dar, Amilton.

— Dinheiro? Não precisa de...

— Vou morrer aqui.

— Não vai! Eu vou te...

Uma explosão consumiu minhas palavras, juntamente com o seu Ernane e a dona Lúcia.

As portas de um elevador se abriram bem à minha frente. Um cheiro intenso de carne queimada invadiu as minhas narinas e, amontoados pelo chão, jaziam corpos carbonizados e disformes.

Quando tentei gritar, os meu olhos se abriram. Mas o meu corpo não se mexeu.

Paralisado, eu mirava o teto do quarto, por onde dançavam sombras difusas. Meu coração batia com força. Apurei os ouvidos em meio ao silêncio e à escuridão e ouvi passos no corredor. Havia alguém lá fora.

Assustado, tentei falar, gritar, mexer os braços; mas nada aconteceu. Então, vários vultos negros e deformados apareceram acima de mim. O calor e o odor acre de carne queimada que senti foram instantâneos.

Eles choravam e se lamentavam, alguns sem cabeça, outros com quase metade do corpo faltando. Um deles, o mais próximo, tocou a minha testa com a sua mão carbonizada, provocando uma horrível sensação de queimadura. Mais uma vez, tentei gritar.

— Ajuda... — a figura falou com uma voz rouca e rascante.

O ruído de uma porta batendo fez com que as criaturas desaparecessem. Recuperei os meus movimentos e saí da cama num pulo, sugando o ar como se estivesse me recuperando de um afogamento.

Confuso e com o coração parecendo um tambor, olhei ao redor procurando entender o que acontecera. O quarto permanecia escuro, frio e vazio. Lembrei-me dos passos que tinha ouvido do lado de fora e, com cautela, fui até a porta e nela colei o ouvido.

Silêncio.

Saí para o corredor apreensivo com o que poderia encontrar, mas tudo estava do jeito que eu havia deixado.

É claro que estava.

O que não estava mais do mesmo jeito era a minha cabeça.

20.

Eu demorei a aceitar que havia algo errado, mas também não tive muito tempo para duvidar.

Nos dois primeiros dias, esforcei-me para acreditar que o problema era comigo e que talvez a minha saúde mental estivesse enfim jogando a toalha, depois de mais de 30 anos daquela vida que eu vinha levando. Contudo, eu não podia descartar o fato de não ser o único a estar passando por aquilo. Isso que me intrigava...

Era domingo, e em alguns domingos eu tinha folga. Mas nunca gostei muito delas, para falar a verdade. Preferia trabalhar e garantir algumas horas extras, e naquele domingo chuvoso não fugi da minha rotina. Qualquer coisa seria melhor que ficar em casa.

Enquanto caminhava até o cemitério, ignorando o fato de que o guarda-chuva não estava sendo muito eficaz, decidi que já era hora de dar um descanso para a memória de seu Ernane e dona Lúcia. Não fazia sentido continuar a alimentar esperanças. Até a filha deles já havia voltado para o Brasil.

Se eu soubesse que aquela conversa de sexta-feira teria sido nossa última...

— Amilton, posso dar uma palavrinha com você? — Juca interrompeu meus devaneios e eu notei que já havia chegado ao cemitério.

— Diga.

— O Bruno falou com você?

— Sobre o quê?

— Sobre o que ouvi aqui no cemitério na madrugada passada...

— Olha, Juca... — Parei de andar e o encarei sob a chuva gelada.

— Sei que você vai falar que é coisa da minha cabeça, Amilton, mas não fui o único a ouvir. Tem coisas estranhas acontecendo aqui desde que os treze corpos chegaram. Hoje cedo vi um homem muito estranho parado entre as covas deles. Era feio, cabeludo e estava vestindo uns trapos. A pele era meio esverdeada. Ele apareceu e desapareceu do nada...

— Não acha que pode ter sido só mais um curioso?

— Bicho, não sei... — ele respondeu, nervoso. — O Jesus, aquele mexicano da limpeza, confirmou que essa descrição casa com um tal de

El Cucuy, El Cucuia, El Cocô... Não lembro direito, mas é um monstro lá da terra dele, uma espécie de bicho-papão que se alimenta de tragédias, desespero e coisas assim.

— E o que um monstro do México estaria fazendo em São Paulo, Juca?

— Não sei...

— Olha, todos ficamos muito abalados com o que houve — Eu tentei argumentar. — Também tenho visto e ouvido coisas esquisitas, mas tenho certeza de que vai passar.

— Espero que sim. Só sei que não fico mais no cemitério sozinho de madrugada.

— Da próxima vez que o avistar... — Dei uma risada que soou falsa e um tapa de leve no peito dele. — Chama o Pereira e peça que enxote o sujeito do mesmo jeito que fez comigo um tempo atrás.

O Juca não parecia muito convencido, mas retomei a minha caminhada. Na verdade, nem eu estava. Eu ficava mais confuso e apreensivo a cada minuto. De relance, olhei para o local onde jaziam as treze vítimas do Joelma.

Lembro-me de sentir um calafrio e pensar comigo mesmo: *O que vocês querem da gente?*

Faltava pouco para eu descobrir.

21.

A chuva caía sem pressa do lado de fora do escritório. Como eu havia assumido interinamente o cargo do seu Ernane, acabei ficando responsável também pelos relatórios e obrigações burocráticas. Um trabalho quase tão desgastante quanto enterrar cadáveres.

Estiquei as costas e consultei o relógio na parede em meio a um bocejo. Eram quase nove da noite e eu ainda não tinha terminado os memorandos necessários.

Nos últimos dias eu vinha trabalhando demais e dormindo de menos, então o meu corpo começava a cobrar a conta. Fechei os olhos. Recostado na cadeira, ouvia os pingos de chuva e pensava no ponto a que tínhamos chegado. Bicho-papão mexicano já era demais...

O bocejo seguinte me mostrou que talvez fosse melhor ir logo para casa, mas o sono veio sem que eu me desse conta. Não tive nem tempo de embarcar no próximo pesadelo: um barulho de terra mexida me assustou e me trouxe de volta num piscar de olhos.

Apesar de julgar ter cochilado por apenas alguns minutos, no entanto, o relógio confirmava que já eram duas da manhã. Sequei a baba do queixo e apurei os ouvidos.

Havia alguma coisa acontecendo lá fora.

Fui até a janela, mas a escuridão e o ângulo do escritório não me deixaram ver nem um metro à frente.

Ouvi novamente.

Era como se alguém estivesse cavando um cova ou algo do tipo. Mas... num horário daqueles? Com o coração dando sinais de que iria acelerar, peguei a carabina do seu Ernane e sai num passo apressado.

O lugar estava escuro, deserto e com a atmosfera mais assustadora do que nunca. Olhei ao redor mas não precisei procurar muito para encontrar a fonte do ruído.

Difícil foi me manter de pé.

Corpos carbonizados saíam dos túmulos das treze vítimas, e conforme eles arrastavam-se para fora das covas, deles soprava um vapor quente que desafiava a lógica daquela madrugada chuvosa.

A gritaria começou num crescendo de choros e lamentos que arrepiaram todos os pelos do meu corpo. Paralisado, continuei segurando uma arma que eu sabia que seria inútil contra o que quer que fossem aquelas coisas.

A chuva caía, e os treze começaram a vir na minha direção.

— Ajuda... — Era só o que eu conseguia discernir entre os gritos de desespero. — Ajuda...

Um deles apontou para mim.

— Ajuda...

— O que vocês querem de mim?! —gritei, carreguei uma bala na carabina e, tremendo, mirei nele.

Os outros também começaram a gesticular como se quisessem que eu notasse algo atrás de mim. Virei o corpo e me deparei com uma figura encapuzada perto do muro do cemitério. A luz do poste refulgiu um leve brilho esverdeado sobre o seu rosto. Por instinto, voltei a empunhar a arma.

— Quem é você?! — berrei para o vulto desconhecido.

Uma mão queimada encostou no meu ombro e, com o susto, atirei. O disparo varou o silêncio e o coice da arma me jogou no chão.

Levantei-me apressado e mirei a carabina a esmo, aterrorizado. Mas os treze e o vulto desconhecido haviam desaparecido e o cemitério estava deserto outra vez.

Cachorros latiam, Pereira vinha correndo na minha direção e, dentro do meu peito, uma fera parecia querer romper a caixa torácica.

Foi naquele instante que eu admiti.

Os treze queriam alguma coisa.

22.

Sentindo-se mal por ter cochilado, Pereira desculpava-se sem parar entre perguntas sobre o que diabos tinha acontecido, uma vez que ele disse ter sido acordado por uma *choradeira*, como o próprio definiu, e logo em seguida ouvido o disparo.

Suspirei e pensei se haveria alguma forma de contar o ocorrido sem parecer maluco. Obviamente não encontrei nenhuma. Por fim, apenas pedi para que ele ficasse de olhos abertos, pois tinha quase certeza que havia alguém tentando invadir o cemitério.

Fui para casa em estado de alerta, de mãos dadas com um medo e uma insegurança que nunca antes estiveram tão fortes. Chegando, tomei um banho rápido para tirar a catinga de cemitério e me forcei a comer algo.

Eu sabia que não conseguiria dormir e até temia pegar no sono, por isso preferi ir para sala ao invés do quarto. Sentado no sofá, encarando a parede, eu quebrava a cabeça pensando no que fazer. A velha mania de não contar com ninguém. No entanto, depois de horas procurando por respostas para as dezenas de perguntas que agora habitavam minha mente, tive que admitir que o Amilton Faz-Tudo nem sempre tinha todas elas.

O sol já estava nascendo quando olhei para a mesa de centro e notei o papel com o telefone do inspetor Barbosa, os números escritos às pressas destacados por uma nesga de luz que entrava pela janela. Apesar de não ser um problema com a imprensa, ainda era um problema. Talvez valesse a pena tentar.

A questão era: ele me levaria a sério?

Catei algumas fichas na gaveta da cozinha e saí de casa decidido, rumando diretamente para o orelhão que ficava na esquina. A manhã estava fria, calma e silenciosa. Dentro da minha mente, um completo caos.

— Barbosa — disse a voz do outro lado da linha, sonolenta..

— Bom dia, inspetor Barbosa. Quem fala aqui é o Amilton.

— Amilton...?

— Amilton da Correia, senhor, do Cemitério São Pedro — eu me identifiquei. Minha cabeça latejava.

— Ah, oi, Amilton! Como vai? Está tudo bem? Por que está ligando tão cedo assim?

— Desculpe o horário, senhor. Estamos com um problema no cemitério...

E então contei para o inspetor Barbosa tudo o que vinha acontecendo desde o enterro das treze almas. Todas as coisas que estávamos ouvindo e, no meu caso, vendo, incluindo a suspeita de que haveria alguém ou alguma coisa tentando invadir o local. Ele me ouviu sem fazer interrupções e quando eu terminei, ele respirou fundo.

— Bom... — Fiquei em silêncio, e ele continuou. — Não acredito nessas coisas de assombração, Amilton. Pra mim, e como você mesmo sugeriu, isso pode ser brincadeira de alguém. E tem mais, todos ficamos muito abalados. Eu mesmo venho dormindo mal desde o acontecido no Joelma. Talvez o clima do cemitério esteja piorando a situação.

Eu sabia...

— Contudo — Barbosa fez uma pausa —, o tal invasor pode ser mesmo uma complicação. Você conseguiu ver o rosto dele?

— Não, senhor. Estava coberto. Só vi que era meio esverdeado.

— Esverdeado, você disse? — ele perguntou, surpreso. — Entendo. Vou fazer um informe sobre o que você me contou. Enquanto isso, diga para os seguranças redobrarem a atenção.

— Obrigado, senhor.

— E, Amilton... vê se descansa. A sua voz está péssima. Talvez com um pouco de sono você até pare de ver essas coisas.

— Vou tentar — respondi entredentes.

Desliguei o telefone com mais força do que deveria e a impressão de que a ligação não surtira efeito algum.

23.

Aquele tinha sido, de longe, o pior final de semana da minha vida. Desde a morte da minha mãe eu não me sentia tão miserável.

De volta em casa, fui até o banheiro, lavei o rosto para tentar amenizar o cansaço e avaliei o meu reflexo. As linhas de expressão marcavam os meus olhos: era como se eu tivesse envelhecido dez anos em dois dias.

Tudo o que eu achava saber sobre vida e morte caía por terra. Episódios que desafiavam a minha compreensão, a crescente sensação de ameaça diante de inimigos desconhecidos... minha mente talvez até estivesse, mesmo, me pregando uma peça, fazendo com que eu acreditasse em almas vingativas e bichos-papões. Mas era difícil não confiar no que o meu coração dizia.

O terror era real.

E por algum motivo, eu estava em perigo. Por isso, resolvi buscar as respostas da única maneira que eu conhecia.

Sozinho.

24.

Cheguei ao São Pedro por volta das dez da manhã. O dia estava frio e escuro, como se o sol tivesse desistido de trabalhar. A minha cabeça fervilhava com suposições. Examinei os meus pés quando cruzei os portões do cemitério. Apesar de ter saído de casa tão desnorteado quanto no dia em que a minha mãe morreu, dessa vez eu pelo menos havia lembrado de colocar os sapatos.

No olhar de todos os funcionários, o sentimento era o mesmo: ninguém parecia bem — ombros caídos, andares desanimados. A atmosfera em um cemitério nunca é das melhores, mas, naquela segunda-feira fatídica, dia 4 de fevereiro de 1974, o ar estava ainda mais pesado. Uma sombra diferente pairava por entre os jazicos, como se os mortos estivessem incomodados e quisessem nos contar algum segredo.

Jesus voltava para a sala de limpeza após encher uma pequena garrafa com água no bebedouro. Fui até ele.

— Oi, Amilton — ele me cumprimentou quando me aproximei. — Nossa, você está com uma cara horrível.

— Obrigado. Escuta, Jesus, o Juca falou comigo sobre uma coisa que ele viu no cemitério duas madrugadas atrás... Disse que falou com você também.

— El Cucuy... — Sua expressão mudou, e ele se benzeu fazendo o sinal da cruz. — Não sei o que está acontecendo aqui, Amilton, mas parece que todo o mundo está ficando doido. Todos têm ouvido coisas. E eu ainda não o vi, mas Juca e alguns outros já e, se não estiverem mentindo, acho que o que eles viram foi o El Cucuy.

— E o que é isso? — perguntei, ciente do imenso absurdo que era discutir algo como aquilo. — Você acredita mesmo nessa história?

— Se eu acredito? Cresci tendo pavor desse troço, Amilton. Você precisava ouvir as histórias que a minha mãe contava: *se você não se comportar, El Cucuy virá te buscar...* Perdi as contas das vezes que molhei a calça achando que o tinha visto.

— Jesus, isso é coisa que contam pra assustar criancinhas...

— Não, não... Lá no México, muita gente acredita de verdade!

— Mas o que ele tem a ver com os treze corpos?

— Reza a lenda que El Cucuy se alimenta de desespero e sofrimento — explicou num tom soturno. — Por isso, ele é sempre visto em cemitérios ou em locais com uma grande carga negativa, em que coisas ruins aconteceram. Ele é mau, sabe, devora carne humana e coisas desse tipo. Mas que gosta mesmo é de crianças, ele...

Quanto mais Jesus explicava sobre a criatura, mais difícil era engolir, mesmo com a minha mente estando plenamente aberta a explicações naquela altura do campeonato. Mas quais outras opções me restavam?

— Eu também quero crer que ele não existe, Amilton — Ele finalizou, recuperando o fôlego. — só que tem tanta coisa acontecendo por aqui... e eu nunca fui muito corajoso.

— Entendo.

— De qualquer forma, você que sempre costuma ficar até mais tarde, toma cuidado.

— Deixa comigo.

Jesus voltou ao que estava fazendo e eu fiquei ali, com o cérebro ainda mais cheio de dúvidas do que quando cheguei ao cemitério. E o que era pior, cada vez mais inclinado a acreditar em algo daquela natureza.

Senti um vapor aquecer minha nuca e virei o corpo de uma só vez. Não havia nada ali.

Ainda não.

25.

A dor de cabeça me acompanhou o dia inteiro.

Cumpri com as minhas funções de modo automático, como uma máquina programada para trabalhar. Só conseguia pensar no que os treze queriam dizer com *ajuda* e no que o invasor teria a ver com essa história toda.

Naquela segunda-feira, quatro novos moradores chegaram ao Cemitério São Pedro, dois deles vítimas de um mesmo acidente na avenida Dr. Francisco Mesquita: um pai e o seu filho, um garoto de dezessete anos. Velórios cheios e transbordando sofrimento. Era até difícil ficar por perto.

Me peguei imaginando que se o monstro mexicano fosse real, haveria ali um banquete...

As horas se arrastaram até o final da tarde, e o nervosismo voltou a me assolar. Mesmo não sabendo se seria uma boa ideia ficar no cemitério durante a madrugada, tinha certeza que não aguentaria outras noites insones recheadas de pesadelos. Eu precisava tomar uma atitude.

Quando o relógio marcou seis horas, fui procurar o Pereira.

— Preciso falar contigo — disse, assim que o encontrei na guarita.

— Que foi, Amilton? — Ele olhou para o meu rosto e franziu as sobrancelhas.

Sem rodeios, expliquei para ele o que pretendia tentar. Sua reação foi pior do que eu esperava. O segurança não só se mostrou inteiramente contra, como também afirmou com todas as letras que eu estava ficando doido.

— E tem mais, essas coisas não existem! — ele exclamou por fim, de forma pouco convincente.

— Você não tem ouvido os gritos de madrugada?

— Sim, mas...

— Então tem algo acontecendo — eu o interrompi.— E eu vou tirar essa história a limpo. Se tudo isso for alguma brincadeira de mau gosto, ela acaba hoje.

— Amilton...

— Só preciso que você fique de olho. E me avise se vir o tal Cucuia... Eu não fazia nem ideia do nome certo.

— Se eu vir quem?

— Um homem. — Corrigi. — Um invasor. Alguém que não deveria estar aqui.

Pereira jurou que montaria guarda, mas eu não senti muita firmeza em sua promessa. Não importava.

Eu já estava preparado para não contar com a ajuda de ninguém.

26.

O cemitério esvaziou-se com o pôr do sol. Caminhei sozinho até o escritório do seu Ernane, minha pulsação dando sinais de que sabia mais do que eu sobre o que me aguardava mais tarde. Pensamentos e lembranças em desordem anuviavam meus sentidos.

Demorei alguns segundos para notar que Joana me chamava do meio do caminho de pedras que levava ao prédio administrativo.

— Amilton! — ela exclamou outra vez, e eu virei o rosto.

Joana caminhou em minha direção com um sorriso singelo. Pela primeira vez não lembrei de apreciar o jeito bonito com o que ela sorria.

— Oi, Joana.
— Vai ficar até tarde de novo?
— Talvez. Tenho uns... assuntos pra resolver.
— Entendi...
— Por quê? Precisa de mim pra alguma coisa?
— Não... É só que... — ela disse, com um tom vacilante.
— Só que o quê?
— Eu queria saber se você... Um dia desses, não sei... Quero dizer, sei que você não bebe, o seu Ernane me contou há um tempo... Mas eu pensei que talvez...
— O que você precisa, Joana?

Ela olhou para mim e eu reparei que ela estava vermelha feito um tomate.

— Pensei que a gente poderia tomar um suco qualquer dia desses... Tem a lanchonete da dona Silvana, bem aqui perto.

Pisquei, um tanto atordoado. O pedido inesperado me pegou de surpresa. Primeiro porque eu nunca havia sido convidado para nada por mulher nenhuma e, segundo, diante de tudo o que vinha acontecendo, não sabia nem que resposta dar a ela.

— Um suco? — perguntei, confuso. — Comigo?
— Sim, mas é só uma ideia, não sei, algum dia em que o tempo estiver bom.
— Bem, eu... — Comecei, mas ela olhou para o seu relógio de pulso.
— Ih, eu preciso ir — Ela me interrompeu. — Lembrei que marquei de me encontrar com a minha mãe. A gente se vê, Amilton.

Então retirou-se à passos rápidos. E eu continuei em pé, observando-a se afastar e me sentindo um completo idiota.

Pouco depois, dentro do escritório do seu Ernane, eu ainda pensava na conversa com a Joana enquanto carregava a carabina com a munição que peguei na gaveta da escrivaninha. E já não entendia mais nada. Será que o mundo tinha virado de cabeça para baixo e eu não havia percebido?

Pelo visto, nessa nova versão, assombrações existiam e garotas me chamavam para tomar suco...

E o que uma mulher como a Joana iria querer com um coveiro pé-rapado feito eu?

Balancei a cabeça em uma negativa e respirei fundo. A privação de sono e a sensação de perigo iminente já eram o suficiente para uma noite só.

27.

Foram dias escuros e assustadores aqueles após o incêndio no Joelma e o enterro dos treze corpos.

Para alguém acostumado a ter os dois pés fincados no chão e a solução para todas as intempéries da vida na ponta de um martelo, a falta de controle pesou bastante. E eu estava prestes a descobrir que o universo ia muito além do meu egoísmo e das minhas habilidades de faz-tudo. E que a vida e a morte entrelaçavam-se feito o crochê de dona Guilhermina...

Olhei para o relógio de parede amarelado pelo tempo que ele próprio vinha contando em seus ponteiros, e vi quando o menor deles enfim marcou meia-noite. Um arrepio eriçou todos os pelos do meu corpo. Levantei da cadeira que um dia pertenceu a seu Ernane e fui até o lado de fora, com a carabina apoiada no ombro.

O cemitério estava deserto. Respirei o ar frio e úmido da madrugada chuvosa e apurei os ouvidos. Observei cada centímetro do espaço sombrio, atento ao menor sinal de movimento, e me posicionei em um canto discreto para que eu pudesse ver antes de ser visto. Se alguma coisa acontecesse, eu estaria preparado.

O tempo foi passando.

Uma hora.

Duas.

Meu corpo protestava. A falta de sono me deixava zonzo e estressado. Sentei no chão e me recostei na parede. Nenhum choro vinha das treze covas. E nada de invasor de pele verde.

Que grande perda de tempo...

Fininha, a chuva voltou a cair. Fechei os olhos quando uma lufada gostosa de vento varreu o meu rosto e consegui relaxar pela primeira vez desde a última sexta-feira. A ideia da brincadeira fazia sentido, pensei, cheio de sono. E talvez ela já tivesse perdido a graça.

Bocejei e aninhei a carabina no meu colo. O vento estava tão bom...

28.

Abri os olhos quando um vapor esquentou o meu rosto. Alguém gritou alguma coisa sobre um incêndio. Confuso, olhei para o fundo da grande sala de escritórios e só então entendi: o andar estava em chamas.

Levantei-me assustado e segui a ensandecida multidão que buscava se salvar. As labaredas consumiam tudo e investiam na nossa direção feito uma manada de búfalos. Mas o verdadeiro perigo ainda não havia chegado. Uma figura alta e envolta em trapos escuros se aproximava sem pressa. A segurança nos seus passos confirmava que era ela quem trazia consigo aquele inferno e destruía tudo em seu caminho.

E eu tinha que impedir que ele chegasse até a mim.

De alguma forma, eu sabia que uns poucos lances de escada me separavam do telhado, e que lá era o único local seguro. O fogo e o homem estavam tão perto, que pude ver um sorriso se anunciando em parte do seu rosto verde e ferido. Algumas pessoas já haviam sucumbido; outras gritavam e sofriam com a devastação que a temperatura extrema impunha sobre suas peles.

Horrorizado, continuei avançando e só depois de muito esforço consegui sair pela porta de metal. Mas o que vi do lado de fora não estava certo.

O céu também pegava fogo. E por toda parte do grande telhado, pessoas em chamas jogavam-se dos parapeitos. Dezenas. Centenas delas.

As labaredas trazidas pelos pés daquele homem alastraram-se na minha direção e me encurralaram. O calor e o medo dificultavam a minha respiração.

Bolhas surgiram sobre a minha pele.

Eu estava queimando.

Desesperado, virei o corpo e notei que as escadas haviam sido substituídas pelas portas de um elevador. Ignorando a dor, estendi minha mão em carne viva e apertei o botão freneticamente. Senti a presença do homem a poucos metros de mim. Tornei a encará-lo, mas logo um sino chamou a minha atenção.

O elevador tinha chegado.

O homem estendeu o braço na minha direção. Ele ia me alcançar.

No entanto, quando as portas do elevador se abriram, mãos carbonizadas, quentes e pegajosas brotaram de dentro dele e envolveram meu peito, puxando-me para junto delas no exato instante em que ele investiu contra mim. Meu corpo e meus lamentos se fundiram aos dos outros treze passageiros que agora impediam a passagem do invasor.

A temperatura era insuportável.

Num transe de agonia e horror, ouvi uma voz rouca sussurrar no meu ouvido:

— Acorda... Ajuda...

Incapaz de me desvencilhar das mãos negras, gritei e debati o corpo em agonia enquanto meu mundo era consumido pelo fogo.

— ACORDA!!! — a voz rouca explodiu.

Despertei respirando muito rápido e com o coração batendo quase na garganta. Ao abrir os olhos, a parca luz de um dos postes do cemitério deu contornos e volume a uma figura que me observava.

Será que eu ainda estava sonhando?

Aturdido, forcei-me a encarar os olhos do homem diante de mim, e minhas mãos trêmulas tatearam o meu colo em busca da carabina. Que não estava mais ali.

— Procurando por isto? — o desconhecido perguntou, com uma voz grave e familiar, e ergueu a arma.

Não demorei mais do que dois segundos para reconhecer o monstro diante de mim.

E ele era muito pior do que aquele que me perseguia nos pesadelos.

29.

— Levanta — ele ordenou. — Devagar.

Obedeci e me pus de pé, com as costas arrastando na parede de tijolos.

Não era possível. Aquilo não estava mesmo acontecendo.

Ele estava morto.

— Resolveu montar guarda, foi? — o monstro soltou uma risada de deboche. — Você continua imprestável, não é mesmo, Amilton? Não mudou nada.

Jorge da Correia baixou o capuz e eu encarei o rosto do meu pai pela primeira vez em mais de 20 anos. Foi como se um soco me atingisse no estômago. Velho e acabado, tinha a pele macilenta, ferida e esverdeada. Ele sustentou o meu olhar, e um calafrio se espalhou pelo meu corpo.

Não era bicho-papão mexicano algum.

Era o homem que eu temi e odiei durante toda a minha infância, o responsável por me fazer crescer antes da hora, por levar a saúde da minha mãe embora e por eu me tornar a pessoa que era.

O passado voltou com a brutalidade do incêndio que habitava os meus pesadelos e reacendeu todas as más lembranças que haviam dentro de mim.

Todas as surras.

Todo o terror que vivi quando menino.

Tudo o que a minha mãe sofreu durante aqueles anos...

— Você estava morto. — Eu disse, tremendo da cabeça aos pés.

— Ainda não. — As esferas amareladas dos seus olhos faiscavam e me mantinham sob a mira da carabina.

— O que você quer aqui?

— Só o que você me deve, seu ingrato de merda. A vida que levo é culpa sua. Sua e da sua mãe!

— Nossa culpa?! — falei alto. O meu sangue fervia. — Nossa culpa?! Você sumiu e levou todo o nosso dinheiro!

— Aquela micharia? Não durou uma semana!

Cerrei os punhos. Faltava muito pouco para eu esquecer que ele estava armado e partir para cima dele.

— Foi você que eu ouvi em casa... — afirmei, finalmente compreendendo a situação. — Você quebrou o vaso na cozinha.

— E você não suspeitou de nada, não é? Burro como sempre! Eu estava atrás do que é meu por direito, moleque. Você me deve.

— EU NÃO TE DEVO PORRA NENHUMA!

— DEVE SIM! E fica aí! — Ele recuou quando eu avancei um passo.— Não se mexe! — Ajeitou a mira. — Deve sim, Amilton. E você vai me pagar hoje! Se ainda guardasse o dinheiro no mesmo lugar que aquela piranha, eu continuaria morto pra você, mas você quis bancar o espertinho.

A chuva recomeçou com força.

A raiva latejava nas minhas veias.

— Não tenho dinheiro guardado.

— Ah, tem sim. Ouvi você conversando com um velho no botequim um tempo atrás. — O meu pai abriu um sorriso sarcástico, feio e sem dentes. — Agora você vai me mostrar onde a grana está e, quem sabe, eu te deixo vivo. Quem sabe... — Gesticulou com a carabina para que eu me movesse. — Anda.

30.

Caminhar pelo cemitério deserto motivado pela mira de uma carabina me ensinou que, às vezes, os mortos não continuavam mortos. E o pior: eles nunca tem nada a perder.

Na minha cabeça eu repassava os acontecimentos das noites anteriores, que começaram a fazer sentido. Na madrugada de sábado, o enterro dos treze corpos tinha me deixado tão desnorteado que eu esqueci de trancar a porta quando cheguei em casa. Eu sempre esquecia a porta aberta.

No dia seguinte, foi a janela. Dormi com ela escancarada, com certeza ele entrou por lá. Como pude ser tão idiota? Como não notei que a sensação de ameaça que eu vinha experimentando era exatamente a mesma da minha infância?

Eu me via em uma cova cada vez mais funda conforme caminhava em direção à área de velórios. Algo no meu íntimo me impedia de agir, por mais que eu quisesse desarmá-lo e achasse que tinha boas chances. Eu estava bloqueado. Da mesma forma que ficava aos 8 anos de idade.

Contudo, o ódio pelo homem atrás de mim, maturado durante todo aquele tempo, chegava a arder. Foi quando eu reunia forças e coragem para virar e atacá-lo que vi o Pereira correndo em nossa direção.

— Você! — Ele gritou, puxando o cassetete da cintura. — Abaixa essa arma!

Mas não houve conversa nem tempo suficiente para entender o que tinha acontecido. Por cima do meu ombro esquerdo, uma explosão me fez levar as mãos à cabeça. O mundo girou e a minha consciência foi reduzida a um zunido.

Caí de joelhos, surdo, e abri os olhos bem a tempo de ver o Pereira desmontando feito um boneco, seu sangue misturando-se às gostas de chuva e salpicando as pedras de vermelho. Parecia que eu via tudo em câmera lenta.

Com a audição comprometida, senti meu pai me erguer pelo braço e me empurrar para que eu continuasse andando. Eu sabia que ele falava alguma coisa, mas era como se eu estivesse ouvindo debaixo d'água. Impossível de entender.

Pereira estava morto. Meu cérebro tentava computar a nova informação enquanto eu caminhava aos tropeços, sentindo o cano quente da arma em minha nuca. Alguém tinha que ter ouvido aquilo. Alguém tinha que aparecer. Eu sabia que era uma questão de tempo...

Ninguém apareceu, mas meu ouvido direito voltou a funcionar.

— ... e a sua mãe, aquela puta! Não tive a felicidade de poder acabar com ela, mas você ainda está aqui e vai ser o próximo se não se mexer! — Ele me empurrou com a carabina. — Anda!

Foi então que eu cheguei no meu limite. Virei-me para trás e o encarei.

— O que você acha que está fazendo?! — ele gritou, mirando no meu rosto. — Volta a andar!

— Não. — respondi, entredentes, zonzo de ódio.

— O que você disse?!

— Não, *senhor*.

Sublinhei as últimas palavras e parti para cima dele sem medir as consequências. Foi por pouco. Acertei-o em cheio no nariz, mas o meu soco fez com que ele virasse a arma e acertasse a coronha com violência na minha cabeça. Luzes dançaram diante dos meus olhos quando eu tombei de costas. O mundo girou ainda mais rápido.

Sentindo gosto de sangue na boca e gotas de chuva em meu rosto, abri os olhos e vi que meu pai já havia se aprumado. O cano da arma apontava novamente para a minha testa.

Suas feições esverdeadas, manchadas pelo sangue que escorria de seu nariz torto, contorciam-se de ódio.

— Seu filho da puta! — Ele berrou. — Vou te matar, seu desgraçado!
— Já devia ter feito isso há muito tempo. — Eu falei, rindo.

Pouco me importava o que aconteceria depois. Fechei os olhos, ainda gargalhando, e esperei alguns instantes pelo disparo que encerraria minha vida. Mas ele não aconteceu.

Ao invés disso, um som de terra mexida entrou pelo meu único ouvido que ainda funcionava e se sobrepôs ao barulho da chuva. Abri os olhos e vi que meu pai olhava para frente. Percebi o desespero que surgia na sua expressão.

— Que merda é essa? — gritou, ainda apontando a arma para mim.

Um calor incômodo me engolfou, seguido pelos gritos de desespero e os clamores por ajuda. Só que dessa vez, e pela primeira vez, não tive medo.

Finalmente compreendi o que tudo aquilo significava.

— Que merda é essa?! — o meu pai berrou. As suas mãos vacilaram.

Ouvi quando os treze saíram das suas sepulturas e se arrastaram na direção do Jorge. E quando ele levantou sua arma e atirou, inutilmente, contra os corpos carbonizados que estendiam braços negros, eu me joguei sobre as suas pernas.

Desequilibrado, ele ainda deu um último tiro para o céu antes que a arma escorregasse das suas mãos e caísse quase um metro para trás. Cego pelo fúria acumulado, pulei em cima dele e soquei seu rosto como toda a força que havia em mim.

Uma vez.
Duas vezes.
Três.

Quatro.
Os ossos da sua face partiam-se contra os nós dos meus dedos.
Cinco.
Seis.
Sete.
A pele da minha mão já estava ferida, e eu provavelmente tinha quebrado algum dedo, mas mesmo assim continuei.
Oito.
Nove.
O rosto de Jorge da Correia já estava irreconhecível.
Dez.
Onze.
Doze.
Nem percebi que o som de sirenes invadia a madrugada.
Treze...

As minhas forças se esvaíam, mas eu não queria parar de socá-lo.
Dois pares de braços interromperam minha catarse e me arrastaram para longe do meu pai. Eu ainda gritava quando um policial me algemou e me forçou a sentar em um dos bancos do cemitério, sentindo como se o meu peito fosse explodir a qualquer momento.
— O que aconteceu aqui? — ele perguntou, mirando um revólver em minha direção. — Quem é aquele homem?
Tentando recuperar o fôlego para poder articular alguma resposta, percebi que as minhas mãos doíam na exata proporção da sensação de liberdade que se acendia dentro de mim. Levantei o rosto, olhei para ele e abri um grande sorriso.
— O bicho-papão. — eu gargalhei, feito um maníaco. — E eu acabei com raça daquele filho da puta!

31.

Na madrugada do dia 5 de fevereiro de 1974, quatro dias após o terrível incêndio no edifício Joelma, eu matei o meu pai no Cemitério São Pedro.

Obviamente, o inspetor Barbosa exigiu mais explicações quando cheguei na delegacia. Mais calmo, detalhei o que tinha acontecido desde as vezes em que o meu pai invadira a minha casa até a forma com que ele matara o segurança Geraldo Pereira, sem esquecer, é claro, de como as treze almas haviam me ajudado.

O que eu não sabia era que havia um mandado de prisão expedido contra ele no Rio de Janeiro por causa de um homicídio, e o safado na certa queria o meu dinheiro para fugir. Pelo visto, ele não iria longe. Se eu não o tivesse matado, seria questão de tempo até a polícia ou a cirrose acabarem com ele.

Repeti a história pelo menos outras cinco vezes no tribunal. Todos estavam muito interessados em ouvir detalhes sobre as treze almas e todos queriam saber como e por que Amilton da Correia tinha matado o pai na base da porrada. Por mais que eu odiasse reviver aqueles momentos e que desse tudo para esquecer o que tinha acontecido, não pude deixar de me alegrar quando o juiz enfim bateu o martelo e eu fui inocentado.

Voltei à velha rotina quase um ano depois, surdo de um ouvido e mais machucado por dentro do que por fora. Mas inteiro. Quando passei pelos portões do Cemitério São Pedro, fui recebido com uma salva de palmas pelos funcionários e com uma chuva de perguntas sobre a minha saúde, sobre o processo e, obviamente, sobre a madrugada em que tudo aconteceu.

Fiz o possível para dar atenção a todos, mas o que eu queria mesmo era conversar com a mulher que simbolizaria o início da nova vida que eu pretendia levar dali em diante.

— Joana, pode vir aqui um minuto? — eu a chamei para um canto da recepção.

— O que houve?

— Aquela sua proposta ainda está de pé? Do suco?

— Suco...? Como...? — Ela parecia confusa.

Eu sorri para ela.

— Desculpe por aquele dia. Eu não estava com a cabeça no lugar. Bom, quero dizer, continuo com ela fora do lugar, mas acho que algumas coisas se consertaram aqui dentro... — Coloquei a mão sobre o peito. — Enfim, eu gostaria muito de tomar um suco com você. Se você ainda quiser, é claro.

Fiquei satisfeito por surpreendê-la da mesma forma que ela me surpreendeu naquele dia, mas o que me deixou mais feliz ainda foi ela ter aceitado.

Nós nos casamos três anos depois, numa festa pequena mas recheada de amor. Daria tudo para ver a cara de espanto do seu Ernane e a cara de orgulho da minha mãe se ainda estivessem vivos. Dona Guilhermina, eu tinha certeza, teria aprovado a Joana, ficado feliz quando visse a alegria que agora pairava o meu rosto e babaria com nossas filhas, Guilhermina e Olívia; e com nos nossos netos, Lucas e Marcelo. Mas tudo isso é história para um outro livro...

Quanto àquele dia, algumas horas depois, caminhei sozinho até os túmulos das treze almas carregando um balde d'água. Olhei para a placa e me ajoelhei sobre a grama. Então, coloquei a mão no chão e senti o calor da terra entrando pelos meus dedos.

Eles não queriam que eu os ajudasse, no final das contas. Eu havia entendido errado desde o início. Tudo o que aquelas pobres almas queriam era me ajudar. Só isso. Me alertar sobre o perigo que eu corria. Salvaram a minha vida mesmo sem me conhecer, sem me dever nada e, definitivamente, sem receber nada em troca.

Envolto em pensamentos, lembrei por acaso do que seu Ernane dissera, de como às vezes a gente tem que ajudar as pessoas apenas por ajudar. O velho sabia das coisas... Abri um sorriso que continha um misto de saudade e gratidão, e jurei que guiaria minha vida com base naquelas palavras.

Fiquei em pé e joguei a água que havia trazido sobre cada uma das sepulturas, como muitos fizeram depois de mim e fazem até os dias de hoje. Uma leve fumaça branca subiu da terra. Mesmo sem ouvir, soube em meu coração que os treze agradeciam.

Eu também agradeci.

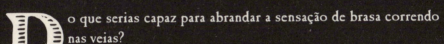

Do que serias capaz para abrandar a sensação de brasa correndo nas veias?

Imagina-te preso em um infinito ciclo de escuridão, privado para sempre da luz, mas carregando em sua constituição apenas fogo: tua pele borbulhando, teus olhos estourando, teus pelos crepitando.

O suplício dessas almas é uma diminuta fração do calvário que as aguarda após descerem pelo desfiladeiro das minhas entranhas e serem digeridas.

Sejam inocentes ou não, quando as almas condenadas carregam tamanha dor por toda a eternidade, elas acabam buscando meios para amainar a tortura à qual estão submetidas. Há uma linha tênue entre integridade e desespero. Além da brusca perda dos prazeres terrenos, ainda enfrentam labaredas infinitas. É compreensível que tenham arquitetado novas identidades para conquistar o mais pífio alívio em seus sepulcros, pois jamais receberiam epitáfios com seus nomes ou sentenças de homenagem póstuma. Restou a elas induzir os mais manipuláveis a enxergarem-nas como miraculosas e a encontrarem na beatitude a maneira de não serem olvidadas no próprio tormento.

Aquele balde atenuou suas agonias, e, dali em diante, elas passaram a operar milagres em troca de água.

Há os céticos, que, curiosos, visitam seus túmulos em busca de divertimento e zombaria, mas há também os devotos, que, convictos, permutam dádivas por um copo de alívio.

Os treze desgraçados seguem em sua perpétua angústia, e já é incalculável o número de graças que concederam. Duvidas? Visita o campo-santo que lhes serve de morada. Faço questão de indicar-te o caminho, mas, antes, lembra-te: os preços dos milagres são salgados não somente para os operadores. Portanto reflete antes de praticar agiotagem com os mortos.

Os cemitérios são os mais abundantes canalizadores do mal. Uma infinidade de óbitos distintos chegam enfurecidos por padecimento, violência, negação. Acredito ser essa previsibilidade que salta aos olhos quando outro lugar é dado como lar da morte.

O Vale do Anhangabaú é um desses lugares. Hoje, está tomado por construções centenárias, por árvores frondosas e por mendigos que dormitam sobre suas raízes. Ali, muitos homens pereceram devido às fagulhas do mal que preenche a medula escondida sob o concreto e contamina o solo, a água e o ar com sua perniciosidade. Os mais sensíveis o apontam como um poderoso emissor de energia ruim, que acaba por causar suas tragédias. Por intermédio dos mortais, cujas fraquezas permitiram o derramamento de sangue por anos inumeráveis, almas desventuradas colidiram com o remate de suas vidas e, resultado de suas ações, encontraram em minha face o horror de sua continuidade.

Incêndios majestosos, lâminas escondidas sob vestes malcheirosas, indiferença para com o bem-estar dos iguais. Foram incontáveis tragédias. Nos dias atuais, posso agradecer a punhados de moeda por serem os principais autores de minha saciedade. É bizarra a atração e a dependência provocada pelo dinheiro: vidas estão valendo menos que uns trocados.

Se percebêsseis pelo menos metade do valor de vossas vivências, eu provavelmente estaria à míngua, mas sorte que vossas compleições são tão alquebradas.

Os novos tempos demandaram novas formas de criar dor. A minha sincronia com o momento atual permite que eu sinta o momento de vossas quedas, o abismo do qual despencarão assim que cederdes às fraquezas. No passado, corromper-vos era mais complexo: a índole dos ignorantes parecia ser mais robusta que a do homem moderno — suas fechaduras eram pequenas e estreitas e só se abriam para que o mal se infiltrasse

após tremendo esforço. Atualmente, elas entram como um graveto na lama. Chega a ser tedioso. É tão fácil sentar-me e simplesmente assistir ao massacre.

Mais que quaisquer outros, os que me divertem são os hipócritas, que acreditam realizar o bem através de medidas contrárias. Eles escondem suas verdadeiras identidades sob uma tumba fortificada e obstruem os próprios sentidos para mantê-las bem enterradas. Negam, com veemência, a crueldade de suas ações e não sabem que são guiados — mereço um pouco do crédito — como peças de madeira ordinária, movidas pelos meus dedos perspicazes e sedentos por um pouco de entretenimento antes da refeição.

Atualmente, encontrar as fechaduras é tão simples quanto procurar areia na praia. Há uma em cada viajante que cruza o meu caminho e só nota a minha presença quando é tarde demais. A cada morte do Sol e ressurreição da Lua, elas se tornam mais frouxas, acessíveis. Parecem implorar pelo encaixe da chave.

Faço os meus melhores movimentos quando percebo que, além do banquete preparado à minha maneira predileta, conseguirei um hospedeiro para inseminar minha semente junto a uma promessa de, quem sabe, um dia, outro festim digno de entrar para a história.

Tive essa oportunidade com Solange, a portadora de um corpo desgastado pelas intempéries de uma vida longa, na qual o mal já se instalara. Nosso reencontro aconteceu anos depois, naquele velho edifício, ocupado na época pelos filhos degradados da sociedade.

Nesta partida, não desejo apenas queimar a Torre até a fundação, mas dominar a Rainha – pela manipulação dos Peões, dos Cavalos e até do maldito Rei se for preciso – mesmo que ela ainda não tenha descoberto sua majestade.

Minhas regras no xadrez não fazem sentido para ti? Ora, as dos homens também não o fazem a mim, mas nem por isso estou a julgar.

Victor Bonini

O HOMEM NA ESCADA

MENINA E MULHER

A menina é tão linda, tão pura, que tenho dó de pensar que alguma coisa horrível nesse mundão possa acontecer com ela.

São duas e meia da manhã. Da janela do décimo segundo andar, fico olhando com inveja mãe e filha brincando na rua. A pequena deve ter cinco, seis anos. Tá alegre como qualquer criança ficaria se você virasse pra ela, no meio da noite, e dissesse: *Em vez de dormir, vamos brincar?*

Sorriso de traquinagem.

Só agora percebo que ela tá vestida de Emília, do Sítio do Pica-Pau Amarelo. Lindinha. Com certeza ganhou a fantasia em algum evento beneficente, desses que os riquinhos organizam de vez em quando no Vale do Anhangabaú pra sentir que tão fazendo alguma coisa pra mudar a pobreza no Brasil.

A criança poderia ser sua.

(Fico obcecada. Ela é tão linda... Me imagino no lugar da mãe. Eu, mãe dessa boneca. Ou avó, tanto faz. Quero proteger essa criança pra sempre.)

Quando vejo, tô chorando. Velha boba.

Enxugo a bochecha na hora em que escuto o estrondo.

HOMEM

Alguém tá tentando abrir a porta do meu apartamento. Não consegue, tá trancada. A pessoa se irrita e decide dar um chute (aqui é assim, lei da selvageria).

Me apresso pra não acordar os vizinhos (não é possível que esse cretino vai sair por cima). Dou um tapão na minha própria cabeça, como se pudesse bater na do filho da puta (não é possível!).

Claro que é. Ele é homem, forte, influente. Você já foi rebaixada ao status de velha louca do prédio. Você não tem moral, mas ele...

Seis meses atrás, abri essa porta pro homem que eu jurava ser capaz de dar um rumo pra vida da minha filha. Ele apareceu com gel no cabelo, perfume, camisa florida (tá me entendendo? Gente, ele veio com o pé calçado! Aqui todo o mundo só anda de chinelo. Claro que me impressionou). Ele sorria todo confiante, e eu entendi por que a minha filha tinha gostado dele. Senti uma pontinha de inveja até, que logo virou felicidade, porque se ele era bom pra ela, era bom pra mim (ele te pegava no olho, sabe? Você ficava encafifada, e a voz dele respondia, na tua cabeça: *Imagina! Eu? Metido em coisa errada? Eu sou dos bons*).

Agora, abro a mesma porta e só tenho vontade de fechar ela na cara do desgraçado.

E abrir de novo.

E fechar de novo.

E repetir quantas vezes forem necessárias até ele se arrepender de ter vindo bater aqui da primeira vez.

Ele usa um colar brilhante com essas plaquetas de identificação do exército. Sem gel. Camiseta regata. Cecê (ele fede mais do que o lixo que a gente joga no poço do elevador, e mais do que o banheiro de qualquer apartamento da nossa ocupação — e olha que a maioria aqui não tem muito apego a saneamento básico).

E você confiou nele. Parabéns.

FILHA

— Já falei com ela. — Ele vai entrando e empurra a porta em mim. — Tem você pra ajudar, tem os cara da assistência social, tá ligado?

— Mentiroso. Falou com ela coisa nenhuma. Ela ficou o dia todo aqui comigo e...

— Mandei zap.

Que raiva. A Eugênia deveria ter me avisado que ele tinha mandado mensagem. O inimigo me pega desprevenida. Ele já vai catando uma cerveja da minha geladeira, mija no meu banheiro, porta aberta (é pouco, *pouquíssimo*, comparado com o que ele já fez antes).

Ninguém é tão bonzinho, ainda mais neste buraco. Você confia demais. Nunca aprende.

— Você vai assumir. — Eu tremo, a coragem enferrujada. — Já tá na hora de acabar com esse segredo. Você vai assumir. Vai morar com ela em outro apartamento aqui da ocupação. Tem um monte lá pra baixo, onde era garagem, tudo vazio. A gente faz igual fez antes: levanta parede lá, faz um quartinho bonitinho, um banheiro. O Dinei arranja.

Fico esperando ele me mandar calar a boca com aquele jeito agressivo que ele me apresentou recentemente, mas ele senta no sofá disto que chamo de sala de estar. Respira fundo.

— Nós não se suporta — continuo. — Nós não se entende direito. Mas é pro bem dos dois. *Dos três.* Vocês constrói esse apartamento ao lado dos outros do térreo, faz uma casinha lá. Eu até sustento vocês. Arranjo emprego.

Ele parece tomar uma grande decisão enquanto olha pra minha angústia.

— É melhor nós se entender, então.

Ele levanta, deixa a lata de cerveja em cima do sofá duro, abre a porta do único quarto do apartamento e volta de lá com a minha filha.

(Eu só não esperava que ela seria trazida aos berros.)

Ele aparece de novo, agora puxando a minha filha pelo cabelo, arrastando o corpo retorcido dela. É um homem das cavernas com uma prenda. Eu sinto um vômito de nervoso tocar minha garganta. Grito o nome da Eugênia, mas o porco cretino pede silêncio, *shhh!, não é pra acordar ninguém*, e faz que não com a cabeça. Eu peço pelo amor de Deus, mas ele me corta:

— Tá achando que isso aqui é acordo? Que eu vim negociar com velha?

E assim, fácil, ele dá um pontapé na barriga da minha Eugênia.

PODER

O vômito sobe pra boca quando a minha filha esganiça de dor e medo. O couro cabeludo tá repuxado pelos dedos do monstro.

Me jogo no chão pra ele ver que não quero entrar nesse jogo. Torço pra que algum vizinho acorde, mas sei que, aqui, as coisas são melhores quando não ditas, ouvidas ou vistas.

O sábio é surdo, mudo e cego.

— Ou vocês se manca ou eu chuto a barriga dela até fazer o parto aqui mesmo, tá entendendo?

Fala a verdade, jogando fora toda essa sua aura de boa cristã: que bênção se esse bebê nunca existisse, hein? Você não teria mais que se preocupar com pé-rapado nenhum.

— E ninguém, *ninguém* pode saber de nada, caralho! Agora nós se entendeu?

Ele deixa a minha Eugênia cair no chão. Pela cara desse homem, parece que ele tá fazendo uma coisa de rotina, tipo matar o boi para comer, ameaçar o vagabundo que deu em cima da mulher alheia ou quebrar o braço do folgado que não pagou a dívida da droga.

A Eugênia é o braço a ser quebrado.

(Ele se divertiu com ela. Achou que ela combinava com a vida de crente que ele tinha decidido levar. Aí, quando se cansou dessa merda toda, voltou pros inferninhos do prédio e resolveu que família era o caralho: ele queria mesmo era viver no momento e pros irmãos do comando. Fodam-se os planos pra uma vida conjunta no futuro. Que mulher, que filho, que nada. Ainda mais da Eugênia. Numa das últimas vezes que ele veio, já depois de ter terminado com ela, mas ainda na rotina de aparecer de surpresa no nosso apartamento pra comer a minha filha, o cuzão falou que a Eugênia cometia o pecado de ser burra. Se tivesse imaginação, ele disse com essas palavras, já teria se livrado de um marmanjo zoado que nem ele. A culpa era dela.)

    Só engulo o vômito porque já engoli muitos outros na minha vida. A Eugênia se levanta, chorando, passa por mim e corre pra fora do apartamento (sei pra onde ela vai. Ela, quando fica triste, foge pros degraus do prédio dos Correios pra chorar, personagem principal da própria história de miséria).

    Ela é mesmo meio fraquinha, burrinha. Você tem que reconhecer. Sem ofensas.

    O porco vem me ajudar a levantar. Eu não quero, mas tenho que aceitar. Ele me força a ficar de pé. Me olha todo preocupado. Me trata com menos arrogância porque quer algo de mim.

    — Vai atrás dela. Não quero ninguém vendo ela chorar. — Não sei se ele se arrependeu. Tá suando. — Você que fez. A culpa é sua. Vai, porra! Não quero os irmão sabendo das minhas treta.

    — É duas da manhã, ninguém vai ver a Eug...

    O olhar dele é uma ordem.

    Eu obedeço.

    Obedece porque você já jogou esse jogo antes. Ele é igualzinho ao falecido, não é? E isso te dá até um tesão. O falecido continua bem vivo, trazendo as piores sensações pra sua vida.

    — Toma. Leva a brejinha pra ela. — Me entrega a latinha toda babada.

— Ela bebe e fica calma.

    Ele pega outra cerveja (a última!) da minha geladeira e se senta no sofá, sério (parece um rei no trono. Quer que as coisas se resolvam pra ele).

    Eu vou. Vou que nem pau-mandado. Saio do meu próprio apartamento (ou melhor, do apartamento que ocupo) e deixo o inimigo esperando no sofá.

CAGAÇO

Fecho a porta. Começo a chorar (nunca achei que iria me acostumar com a humilhação, mas aconteceu. Aprendi a chorar baixinho e me habituei a sempre me esconder no escuro na hora de desabar, pra ninguém me ver).

O corredor do décimo segundo andar parece subterrâneo, sem luz ou som. Só de lá de baixo, bem de baixo, é que dá pra ouvir a vida noturna de São Paulo. Não aguento ficar com essa porra de latinha de cerveja na mão. Tenho nojo porque o traste tocou nela. Passo pelo poço do elevador e jogo ela lá embaixo.

(Só pra você saber, o elevador não serve pra nada desde aquele incêndio de milianos, nem sei direito a história. Agora, é só um buraco vazio que dá pra escuridão e onde todo o mundo joga lixo. A pilha tem uns bons dez metros e, agora, mais os treze centímetros da latinha de cerveja daquele outro lixo que tá dentro do meu apartamento.)

A escuridão é ainda maior nos lances da escada. Pra ver onde piso, uso a luzinha do celular. Mas em vez de ir pro térreo atrás da minha filha, como o cretino ordenou, eu subo. São mais treze andares até o topo (pra uma velha, é um inferno ficar subindo e descendo tanto degrau, mas eu já me acostumei a viver esbaforida e com os joelhos doendo). Chego no vigésimo quinto e fico de frente pra porta no fim do corredor.

(Já pensei em tudo: bater, esperar o Dinei e contar sobre o bosta do funcionário dele, que ele considera um exemplo de irmão no movimento. Depois, espero o idiota se ferrar. O Dinei não atura mau-caratismo. Ele sempre tá do lado dos pobres e dos honestos que vivem na ocupação. Ele incentiva a gente. Foi o Dinei que pagou o curso de manicure e pedicure da Eugênia, e bancaria até a faculdade dela pra ver a nossa comunidade crescer. *Nós têm que ser otimista*, ele repete, que nem vereador.)

Mas ele é o chefe, minha querida. Você nunca fala direto com o chefe.

Olho pra porta e travo.

(Droga, não tinha pensado nisso. E se ele ficar puto por ser tirado do sono por mim? Pra ele, eu sou uma velha que não deveria criar caso, que só serve pra ele dar tapinhas nas costas, sorrir e dizer *É, dona Solange, o importante é seguir em frente e educar os filhos* enquanto compra uma dúzia das minhas toalhas bordadas — que ele nem usa, certeza que não usa

— pra sentir que faz a diferença na vida dos outros. Ele quer mostrar que se importa com a gente.)

Ele. É. O. Chefe. Da. Porra. Toda. Acha mesmo que o Dinei vai dar razão pra você e não pro braço direito dele?

Eu... Mas ele é justo. Ele é bom.

Uhum. Beleza, faz o que achar melhor.

(O bom senso vem acompanhado do medo. Aquela mulher valente e decidida ficou no décimo segundo andar. Tenho que ser realista: nada pode me salvar.)

O QUE GUARDA O ESCURO?

(A lágrima, pra mim, é depressão misturada à miséria de saber que, pela segunda vez, a minha vida vai ser arruinada por um escroto. Eu tinha esperanças: a minha Eugênia com um futuro e marido bom e filhos, e eu, a vovó que mimaria eles. Não diziam que a miséria do Brasil ia acabar? Eu tô esperando até agora. Penso naquela Emília linda brincando na rua, debaixo do poste. Dói. Ela, livre, num universo tão diferente do meu, e eu, neste inferno. Não me entenda mal, a ocupação é tudo pra mim. Sou muito grata. Só falo bem, sabe? Queixo erguido pra explicar o movimento popular que mostrou um grande dedo do meio pra prefeitura e invadiu este prédio, que tinha ficado um tempão abandonando só parecendo mal-assombrado pra população. Agora, pelo menos, é a casa de gente pobre, de gente que precisa e que construiu apartamentos aqui dentro pra ter onde morar. É a verdade.)

Não a verdade que você sonhou pra sua vida.

Desço as escadas cheias de goteiras e cheiro de mofo. Vejo na escuridão aquilo que eu perdi, ou melhor, aquilo que poderia ter sido meu, da minha Eugênia e do meu neto ainda não nascido (algo dentro de mim diz que vai ser neta) e tenho vergonha da minha história. De ter vindo pra São Paulo e ter precisado de movimentos sociais pra conseguir lar, comida, educação, respeito.

Nós têm que ser otimista.

Otimista? Todo o mundo cagou na minha cabeça! Na minha e na de tantas famílias como a minha! E, até hoje, a única coisa que eu faço é sorrir no meio da merda.

E a merda é ele.

O lixo.

Aquele que agora tá no meu sofá, esperando uma solução que eu tô longe de conseguir e que...

(Nem tinha reparado, mas tô acompanhada na escada. Tô ouvindo outros passos.)

O HOMEM NA ESCADA

(Tenho a impressão de que me acostumei sem querer com o *toc toc* chegando mais perto. Como se sempre estivessem aqui, junto comigo.)

Junto com você.

Paro no lugar (certeza que acordei alguém. Será que foi o Dinei, e agora ele tá me seguindo pra saber o que eu queria na porta dele? Só pode ser. Ele vai dar tapinhas nas minhas costas e me mandar dormir. Eu, o zero à esquerda).

No escuro, com o celular na mão, sinto algo frio tocar meu couro cabeludo. Tenho calafrios. Um dedo. Um dedo frio, congelado, nojento, tocando o meu couro cabelo. Só quando escorre é que entendo que é um pingo. Água fria da goteira.

Deixa que eu seco.

Eles vêm de cima — os sapatos que agora rangem mais perto, escondidos no escuro. E com eles tem um outro barulho. Parece que são... moedas. Metal batendo em metal. Eu procuro com a luz do celular e não vejo nada, só a parede de blocos cheia de mofo e o raio da goteira que me assustou.

(Misericórdia. Nem percebi, tô quase sem fôlego. Preciso respirar mais baixo, fazer silêncio. Não sei direito por quê.)

São uns passos tudo sem ritmo. Parece alguém manco e que carrega moedas. Por que alguém carrega moedas de madrugada, Jesus?

Ele tá perto.

Tão perto...

Bem acima de mim.

É um prazer te conhecer pessoalmente, Solange.

Mais dois passos e, no lance de escadas que sobe, na altura da minha cabeça, enxergo o primeiro sapato aparecer no degrau. Misericórdia. Eu vejo os pés, mesmo no escuro, a um braço de distância. Dá pra tocar neles. Eles fedem. Fedem a coisa molhada.

(Meu Deus do céu, eu preciso sair daqui.)

Desço rápido. Já! Da maneira mais silenciosa que eu conseguir. Mas não dá certo, eu ouço meus pés que nem passos de elefante (que patética, eu pensando que podia flutuar).

Me dou conta de que ele já me escutou.

Mas é claro que já. Você é que não se deu conta da minha presença antes.

Os passos ficam mais rápidos. Ele corre atrás de mim, todo torto, as moedas batendo. Um homem com uma camisa suada, os três botões de cima abertos e uma calça preta. Sem rosto.

(A imagem vem assim, do nada, na minha cabeça.)

Escorrego nos últimos degraus. A queda serve de salto. Raspo a mão no chão (que dor! Acho que a pele abriu!). Dane-se, eu cheguei no décimo segundo.

Respiro, me viro. Não ouço mais os passos. Silêncio, a não ser pelas goteiras deste lugar podre.

Ele não me engana. Sei que ele ainda tá aqui, mas parou no lugar. Percebo que a lanterna do meu celular se apagou (como? Não me lembro de ter apagado. Não importa).

Ele tá comigo na escuridão: pode ter ficado um pouco pra trás, no topo da escada ou... Ou aqui mesmo. Bem na minha frente, a um palmo da minha cara, sorrindo pra presa.

Escuto alguma coisa de metal cair no piso de concreto, a centímetros do meu pé.

Quase morro do coração (ele tá brincando com a minha vida), mas não tenho escolha. O homem na escada jogou a isca, e eu tenho que pegar, senão nunca mais saio dessas trevas.

(Pai Nosso que estais nos céus, santificado seja o Vosso Nome...)

Devagarzinho, eu me abaixo, ponho a mão no chão e sinto um objeto metálico e frio (uma moeda? Não, não é moeda. Essa coisa tem uma base de plástico).

Vai, você sabe o que é. Usa a cabeça.

E aí eu perco a respiração.

(Venha a nós o Vosso Reino, seja feita a Vossa vontade...)

Não preciso ver o que é. Eu *sei* o que é (já deveria ter imaginado).

Leva, Solange.

É um canivete. Solto ele como se tivesse tocado em água fervendo e corro pro meu apartamento, cega no escuro. Abro e fecho a porta, sento no sofá e meto a cabeça entre as pernas.

(Assim na Terra como no Céu...)

ABATE

Achei que fosse desmaiar.

Tive um apagão (um daqueles momentos em que você vai tão longe, viaja quilômetros pra dentro da mente e não reconhece mais onde tá). Ao erguer a cabeça, minha visão falha. É uma crise relâmpago de enxaqueca.

Não tenho noção de quanto tempo fiquei assim, só sei que a consciência voltou de uma vez, e reparo que tô no escuro.

Acendo a luz (minha cabeça dói), e só então me ligo: a porta tá meio aberta. Eu corro, fecho e tranco (que perigo! Aquele homem me seguindo pela escada, eu entrando em casa, e ele... *E ele?*).

Começo a pensar no que escutei.

Olho em volta. Nenhum homem com camisa, calça, sapatos e um vácuo no lugar do rosto.

Só eu.

Só eu?

(O cretino, meu Deus, cadê o cretino? Ele tava aqui até agora. Deixei ele neste sofá bebendo cerveja.)

A latinha tá caída no chão. Nada na cozinha. Entro, então, no quarto e encontro o maldito sentado na minha cama, apoiado na parede com a mesma postura de bêbado.

— Ela não quis voltar. A Eugênia não contou pra ninguém. Agora, sai da minha casa.

(Sei que ele vai responder que, no fundo, esta não é a casa de ninguém, mas preciso fazer uma correção: esta é, sim, a casa de alguém. Alguém que acabei de conhecer pessoalmente na escada.)

E com espanto eu descubro: o traste também conheceu o anfitrião.

O pico da enxaqueca vem acompanhado da compreensão. O porco que tava acabando com a minha vida tá agora sem a dele.

SANIDADE

Acendo a luz.

Pelos olhos, eu nunca teria descoberto. Eles me encaram igualzinho a antes (talvez porque o traste sempre foi morto por dentro).

A língua dele escapa da boca. Ele deve ter babado. No pescoço, parece que usa um babador vermelho. É uma cachoeira de sangue que escorreu dos três furos: dois dos lados e um no meio do pescoço. O cabelo dele tá todo desarrumado. Alguém arrastou ele pelo cabelo da mesma forma que ele agarrou a minha Eugênia.

A única coisa que brilha nesse corpo é a plaqueta do colar onde (só agora eu percebo) tá escrito um nome que nem faço questão de ler. Escorregou pro colo do defunto, porque a corrente foi cortada por algum dos golpes de canivete.

Já não cabe mais terror dentro de mim. Todos os espaços vagos foram ocupados pelas sensações e emoções anteriores desta noite. O cretino vai ter que se conformar com essa: a minha falta de reação (se fodeu). *Falta não, vai. Eu tenho vontade de rir. E é isso. Rir.*

Agarro ele pelo cabelo e sinto o prazer de cometer este crime. O canivete tá jogado do lado. Pego ele na mão e crio o filme na minha cabeça: o cuzão assustado demais pra reagir, enquanto se engasga no próprio sangue, que sai em golfadas pela boca.

E morreu.

Morreu!

Quero que ele morra de novo.

Encaro os três cortes no pescoço sem nojo. Eles ainda deixam um pouquinho de sangue vazar. Queria é meter os dedos ali dentro (com a mesma intensidade com que ele violentou a minha filha) e alargar, puxar pro lado, rasgar a pele do filho da puta até a cabeça dele cair!

(Para, para. Meu Deus, eu fiquei louca.)

Solto o canivete cheio de sangue e engulo uma saliva azeda.

(O que vão pensar quando virem este corpo na minha casa?)

Não um corpo qualquer. O amante da sua filha. O cara que acabou com o futuro de vocês. Ah, e o número dois do comando.

O Dinei! Meu Deus! O Dinei arranca a minha pele se descobre isso. Ele mata a Eugênia, joga a gente de cima do prédio e usa os corpos da gente de exemplo.

Preciso me livrar do cretino. Penso rápido. Vou ter que abrir mão de um lençol.

LENÇÓIS NOVOS

A minha filha entra no quarto, troca a roupa pelo único pijama que tem e se cobre com o lençol. Pergunto sobre a cara de choro e fico num lero-lero sobre esperar o dia de amanhã, que vai ser melhor. Assim, escondo as minhas preocupações (desculpa, mas eu não tenho condições de dar apoio moral pra Eugênia). Ela se mexe na cama. Me olha. Agora, o meu coração bate forte (a minha filha vai descobrir. Vai encontrar sangue. Vai reparar que eu troquei o lençol. Vai perguntar o que eu fiz com o verme).

A Eugênia cai no sono.

São quatro da manhã. Não sei explicar qual força maior fez com que a minha filha ficasse fora de casa durante o tempo que precisei pra limpar tudo (agradeço do fundo da minha alma). Limpar mesmo não foi difícil (tô acostumada. Fui empregada doméstica por mais de vinte anos, quinze pra mesma família. Sei esconder manchas como ninguém).

O problema mesmo foi levar o corpo sem que ninguém escutasse.

A ansiedade, o horror (você não faz ideia. Se fosse você no meu lugar, com um cadáver no seu apartamento, o cadáver de alguém que merecia morrer, o que você faria? Sairia de casa com o morto numa mala — minha cabeça, tão alterada, chegou a pensar em cortar o corpo todinho —, desceria de elevador, pegaria o carro e sumiria com ele pela cidade, certo? Só que aqui, meu amigo, ninguém é dono de carro e a ocupação não tem elevador. A gente usa as escadas no escuro mesmo. Se vira nos trinta).

Rezo pra que ninguém descubra o canivete no banheiro. Tá num buraco debaixo do piso, que só eu sei que existe. Penso melhor e decido lavar o quarto de novo, pelo menos passar um pano (refazer o caminho do corpo, sabe?), pra ter certeza de que nenhuma gotinha de sangue rebelde fugiu daquele pescoço que malemá prende a cabeça.

É só nessa segunda limpeza, silenciosa pra não acordar a Eugênia, que descubro o colar do morto debaixo da cama (graças a Deus que tive essa ideia!). Devo ter derrubado. Sinto um arrepio de nervoso. Lavo o colar na escuridão e guardo ele também debaixo do piso, junto com o canivete.

(O diabo tá morto. Ninguém sabe. E assim a gente segue.)

Nós têm que ser otimista.

CHEIRO

O Dinei não suspeita (pelo menos, não especificamente de *mim*, o que é um alívio). Mas ele não para de morder o lábio e de estralar os dedos. Tá assim porque tá morrendo de vergonha de perguntar se a gente viu sinal do cretino por aí (cena: ele pergunta, a gente diz que não sabe, ele fica desconcertado. É que acho que não passa pela cabeça do Dinei que aconteceu alguma coisa de ruim com o inseto. Ele deve imaginar que o estrume fugiu de mais uma mulher por uns dias, e é isso aí. Eu já ouvi falar disso antes. Sei que pelo menos numa outra vez o traste fodeu uma mulher na cama e depois fodeu ela na vida e fugiu. Se não me engano, tem até filho espalhado por aí, filho que ele não quer sustentar. O lado bom é: o Dinei não sabe da Eugênia. Mas não quero pensar nisso agora).

O importante é que faz doze horas e ninguém me perguntou nada. A única coisa que fez meu coração bater forte foi um negócio que o velho que mora ao lado, o seu Paolo, disse pro vento (aqui, velho não tem vez nem voz. Eu que o diga). E graças a Deus que foi pro vento. Senão teriam escutado ele falar:

— Cheiro estranho. Desde cedo.

(O seu Paolo sempre teve algum defeito na cachola. Acho, de verdade, que foi por causa desse problema mental que os familiares abandonaram ele faz milianos. A sorte é que ele, mesmo lelé, é bonzinho. Adora abraçar. O Dinei deu ordem pro velho ficar, e disse que todos deveríamos cuidar bem dele. O seu Paolo gosta de passear pelo corredor sem mais nem menos. Vai de um canto a outro. Espero que não repare em mais nada além do cheiro. E que fique bem quietinho, porque morro de medo.)

Passo o dia inteiro deitada na cama.
Roendo as unhas.
Limpando.
O pensamento não vai embora.
Choro à noite.

MADRUGADA

Chorar é o último estágio do meu desespero. Já olhei no espelho e não vi resposta.

(Fui eu que matei o desgraçado?)
Foi você, Solange?
Passo a noite em claro. A Eugênia, que dorme na cama ao lado, ronca (é um alívio, porque ela passou as últimas duas horas enjoada por causa da gravidez, dizendo que ficar deitada só piorava a vontade de vomitar).

— É esse cheiro estranho lá fora — ela reclamou. — Insuportável. O povo lá de baixo também sentiu.

Acariciei a barriga dela, cantei *Nana Neném* e disse: *Fica calma, netinha, pra mamãe e pra vovó poder nanar* (sei como é, eu também enjoei muito na gravidez da Eugênia). Comentei que eu não tava sentindo nada, mas sei muito bem de que cheiro ela e o seu Paolo tão falando (a minha sorte é que uma ocupação quase lotada como a nossa tem cheiros ruins com mais frequência do que você imagina. As pessoas não dão tanta bola pra isso).

— O Dinei disse que passa logo — eu afirmo, sem dor na consciência, porque o Dinei *realmente* disse isso. — Já teve outras vezes. Lembra do Totó? É coisa podre que jogam pelo prédio.

— Por isso que eu acho melhor queimar o lixo de uma vez. Tem cada povo porco.

Agora, a Eugênia finalmente dorme.

É madrugada.

Ouço a porta vibrar.

Toc toc toc.

(Quem...?)

Vou me levantar. Não consigo (será que tô sonhando?). Eu quero me mexer, mas não consigo! Que sensação horrível, meu Deus. Uma coisa, parece que eu tô dormindo acordada. Quero levantar, eu... Eu quero. Mas meus braços. Eles não respondem.

Meus... braços!

Meu peito!

Minha cabeça tá explodindo de dor! A enxaqueca é uma granada no meu cérebro!

Toc toc toc toc toc.

Alguém em casa?

Levanto num pulo, num susto. Parece que eu tava tendo um pesadelo, mas não era pesadelo. Eu tinha noção de todo o quarto ao meu redor, só não conseguia levantar. Não sei explicar direito (você tem que acreditar em mim!).

(As batidas na porta. Pai do céu. Foram reais?)

Vou até a sala, descalça. Não quero fazer barulho. Fico de frente pra porta, igual na noite passada, quando pensei em acordar o Dinei. Tenho a impressão de que se passam vários minutos. E eu (como se descobrisse um segredo horrível que tava bem na minha cara) de repente giro a chave e tranco.

No mesmo segundo, a maçaneta gira.

Eu tomo um susto. Uma lágrima chega a escorrer, de tanto que arrepio.

(No. Mesmo. Segundo. Se eu tivesse dado bobeira, ele taria aqui dentro. Junto comigo).

Só de pensar que ele tá a menos de um metro de mim, parado, ali no corredor, tenho outro ataque de enxaqueca. Fico jogada no sofá, sem conseguir me mover (será que ele tem a moral de derrubar a minha porta e vir me buscar de madrugada?).

Ele quem?

Por baixo da porta, vejo o vulto dos pés dele, duas sombras. Em um minuto, os passos defeituosos vão embora. Levam junto aquele barulhinho de metal batendo em metal.

Volta pra escada.

VÁCUO

Acordo com o cheiro de queimado.

(Já tô acostumada. Aqui, as pessoas têm mania de queimar o próprio lixo quando decidem não jogar no poço do elevador. Antes, ainda tinham a decência de fazer isso na rua, mas, agora, é em casa mesmo ou no corredor. Uma fumaceira insuportável, me irrita. O cheiro às vezes gruda nas paredes e não tem santo que faça tirar.)

— Se é pra fazer cagada, joga essa merda no poço de uma vez, caramba! — grito pras paredes.

(Esse é o meu humor.)

A Eugênia deu de perguntar sobre o traste. Nas três vezes, eu disse que não sabia.

— Ele saiu logo depois de você, filha. Como eu vou saber onde ele tá? É um nojento, deve ter ido atrás de outra.

(Uso a raiva que sinto pelo morto pra que não desconfiem. Também não quero ficar lembrando os outros de que fui a última pessoa a ver o desgraçado, senão o Dinei vai colar aqui fazendo perguntas, que nem polícia. Você sabe: o último a ver a vítima é sempre o principal suspeito. E se descobrirem?)

Começo a pensar no que dizer. Já é terça-feira, quase quarenta e oito horas depois do crime (e se eu dissesse que ele jogou a cerveja em mim e saiu irritado atrás da minha filha? Não, melhor não, senão vão achar que a minha Eugênia foi a última a ver ele). Vou falar que ele saiu. Só. Nunca mais vi.

— Eu fico pensando... — a Eugênia diz, mexendo no cabelo (odeio quando ela faz isso, porque fica igual a uma criança: trouxa e ingênua. Ela não precisa dizer mais nada, porque já sei muito bem aonde ela quer chegar. Meu sangue sobe).

— Eugênia, pelo amor de Deus, nem abre essa boca.

— Mas, mãe, como é que eu vou...

— Você vai. Simples assim. Dá-se um jeito. Eu dei um jeito e te criei, não criei?

Ela começa a chorar.

— Ele não pode me abandonar.

— Ele ia te abandonar uma hora ou outra.

— Mas com ele aqui no prédio, a gente podia pelo menos dividir a guarda. Só que agora, se ele fugiu mesmo com outra...

Assuma: hoje em dia você ainda tem vontade de descer a cinta nela, como sempre fez quando ela chegava com esses papinhos.

— Dividir a guarda? Eugênia, *ele chutou a sua barriga*! Você é retardada?!

Ela se ofende e sai fora (eu não devia ter falado assim com ela. Me arrependo quando já é tarde demais. Tenho certeza de que foi pros degraus do prédio dos Correios chorar mais. Desde que perdeu o emprego de caixa de mercado, dois meses atrás, ela só sai de casa pra duas coisas: ir pro culto e chorar. De vez em nunca sai com umas amigas aí. Mas tem um lado bom, pelo menos: ela engoliu a história de que o maldito foi atrás de um rabo de saia. Rezo pra que o Dinei pense assim também. Mas algo me diz que ele não tá engolindo essa história de fuga. Ele é inteligente. Nunca deixaria um irmão do comando sair assim, sem mais nem menos).

Ah, e hoje cedo o Dinei tava investigando. Tava conversando com uma mulher (já vi ela alguma vez, não lembro onde) e com um parceiro (um velho conhecido do tráfico. Se eu pesquei o lance direito, esse parceiro tem esquema com a polícia, e o Dinei deve tá querendo saber se a PM andou matando preto por aí, e se tem presunto esperando identificação no IML ou em hospital).

Eu adoraria que a presença do verme evaporasse. Mas preciso enfrentar os fatos: ele deixou um vácuo na minha filha, no Dinei e até em mim (e isso é um problema que tá me incomodando).

Boa sorte pra resolver isso.

SARCASMO

A cada hora que passa, sinto menos remorso. No dia seguinte ao crime, quase tive dó do canalha (tô falando sério). Um homem tão novo... Mas, agora que a anestesia tá passando, ligo cada vez menos (duvido que fará falta).

A Eugênia só chora. Virou rotina. Diz que não entende por que ele fugiria e deixaria tudo pra trás, inclusive ela (ela ainda não se ligou que não era importante pra ele). Eu boto a mão na testa e respiro fundo pra não dar a segunda patada da manhã.

É choro no almoço, choro enquanto lava louça, choro até quando tá no banheiro. Quando abre a geladeira, então, aí a Eugênia abre o berreiro. Vê uma latinha de cerveja e começa a dizer que a cervejinha era de lei nos encontros deles.

— Menina, esse homem praticamente te estrupou várias vezes!

Falo e falo mesmo, sem dó (não consigo entender como a Eugênia pode ser tão trouxa a ponto de ter saudades, caramba!).

Engraçado, você era igualzinha.

Não, nem vem. Completamente diferente. Eu... Eu já tinha tido a Eugênia.

Vai me dizer que você não ficou anos no pescoço do seu traste? Só soltou dele porque ele morreu.

Isso me dá mais ódio, mas eu respiro fundo.

— Filha, desculpa. Vem cá. Só quis dizer que esse homem bom e decente que você lembra não é mais o que veio aqui chutar a sua barriga. Ele mostrou a verdadeira cara.

A Eugênia não quer ouvir. Diz que ama o patife e quer ele de volta. Abre a porta, corre pra fora e arremessa a latinha pra longe. Ouço a latinha bater na parede e imagino ela caindo em giros, cuspindo cerveja pra todo lado pelo poço do elevador.

Trinta segundos depois, ela vem me perguntar:

— O que o nosso lençol tá fazendo lá embaixo, junto com o lixo?

Parece que alguém se fodeu.

— Eu... Ué, joguei fora.

— Por quê?

— Pelo amor de Deus, filha, o lençol tava todo rasgado! Eugênia, você nem repara nas coisas! Você não cuida de nada que é seu...

Viro o jogo com uma comida de rabo, falo, falo, falo e tiro o foco do lençol. A Eugênia se tranca no quarto. Suspiro de alívio porque acho que ela não suspeitou.

Passado o cagaço, deixo escapar uma risada baixinha. (Que ironia! A minha filha — "a burra, a xingada, a estrupada" — acabou de jogar uma latinha de cerveja nos restos mortais do ex. Regou o presunto.)

O sarcasmo, minha amiga, faz as alegrias da vida.

SORRATEIRA

Começa a anoitecer. Quem trabalha durante o dia tá voltando pra ocupação, e, lá fora, o corredor tá bombando de gente. Ouço o seu Paolo falar do cheiro (as pessoas tão começando a dar trela pro velho, porque a inhaca tá realmente se sobressaindo. O pessoal do quarto andar não para de comentar. Você passa e aquilo te fisga. Preciso fazer alguma coisa).

Vou no mercadinho aqui perto antes que ele feche. Quero uma solução mágica. A dona, uma chinesa que mal fala português, me recomenda um treco barato que ela mesma preparou. Dois litros. Só de abrir a tampa vem o perfume que me lembra cândida e citronela.

Dá pro gasto.

Espero dar onze horas. Os corredores vão esvaziando.

(Ah, uma coisa que não contei sobre o elevador: apesar de o poço ser um vão que vai do térreo ao vigésimo quinto, as portas do elevador foram lacradas com tijolos e concreto do térreo ao terceiro andar. Isso já faz uns bons anos. É só por esse motivo que a gente pode jogar quanto lixo quiser sem se preocupar que o chorume vaze.)

Desço pro quarto andar. Dou uma olhada pra ver se não tem ninguém de butuca. (É, aqui o cheiro tá bem mais forte mesmo. Sorte que ainda não fizeram nada. Tem explicação. Chamo isso de Efeito Totó. O Totó era o cachorro de uma vizinha do nono andar que morreu porque caiu lá de cima. A dona não quis ver o cão defunto e ninguém teve coragem de entrar no poço pra tirar o cadáver, então o Totó simplesmente ficou lá, apodrecendo. Foram vários dias que o povo andou com desodorante na mão porque, misericórdia, não tinha quem aguentasse. No fim, precisou o Dinei entrar lá, com bota e tudo, tirar o bicho, que tava quase decomposto, e queimar o corpo lá fora. Mas até aquela hora, todo o mundo sabia só reclamar. Agir mesmo, ninguém. Um conformismo de dar vergonha.)

Pisando em ovos, vou pra beira do poço, abro a tampa do garrafão e, copiando a minha filha, eu rego o presunto. Pelo som, parece que alguém tá fazendo xixi. Tá tudo meio escuro, mas, pelo pouco que eu enxergo com a lanterna do celular, dá pra ver que já jogaram bastante coisa desde a madrugada do domingo, quando eu desovei o corpo do desgraçado embalado nos lençóis. Agora, a múmia já tá quase toda coberta pelos sacos plásticos cheios, pedaços de tecido, almofadas velhas. Nem dá pra ver o lençol mais, quase. O produto que tira cheiro cai em cima disso tudo.

(E não é que deu uma melhorada?)

Acha mesmo que dois litros de água com sabão barato vão esconder o fedor de um cadáver?

(Quero jogar essa voz fora. Toda vez que ela fala, fico irritada.)

Eu só falo o que você pensa. Eu falo o que você é. Eu sou você.

Não quero pensar nisso agora.

Uma hora isso vai feder. Literalmente.

O depois é o depois. Por enquanto, já aliviou bem.

Não tá mais aqui quem falou.

EMÍLIA

Desço até o térreo pra jogar o garrafão vazio em alguma lixeira pública. Sabe como é: evitar desconfiança. Faço isso na avenida Nove de Julho.

É na volta, enquanto tô com o olhar perdido na noite, que vejo ela. Paro no lugar. Sorrio na hora, sem querer.

É a Emília!

Ela tá brincando sozinha na calçada bem do lado do prédio (e é linda, *linda* como eu lembrava daquela noite de domingo). A brincadeira é de andar no meio-fio sem perder o equilíbrio. Chego perto e vejo que ela é mais fofa do que pude enxergar lá do décimo segundo andar.

— Oi.

— Oi — ela responde (tão meiga quanto eu imaginava).

— Sou a Solange. Qual o seu nome?

Não entendo de primeira porque ela fala baixinho, envergonhada. Peço pra ela repetir.

— Daniela.

— Tá brincando de que, Daniela?

— De corda bamba. — E dá risada quando erra o passo. Faz que cai, mas recupera o equilíbrio.

Ela fala comigo sem um pingo de desconfiança ou estranheza. É inocente como uma daminha deve ser (e como eu desejo que a minha neta seja).

Descubro que ela tá de mudança pra ocupação, o que explica eu não ter trombado com ela nem com os pais antes do domingo (sempre tenho um pouco de dó de ver a criançada com a gente no prédio, mas é óbvio que é melhor do que morar na rua. Fico mal só de pensar nessa coisa fofa morando debaixo da ponte).

— Quer brincar?

— Mas eu sou velha.

Ela fica olhando pra mim, confusa.

— E daí?

— Tá bom, vai — dizendo isso, sigo ela.

(E não é que andar sobre a guia à noite é mesmo um desafio?)

Rio junto com a Dani (resolvi chamá-la assim). Não brinco com uma menininha desde que a Eugênia era pequena. E não rio assim de alegria talvez desde a mesma época.

— Cadê seus pais?

(Claro que *eu* sou de confiança, mas — preocupação de mãe — e se aparece um tarado ou alguém com más intenções?)

— Não sei. A minha mãe subiu.

— Deixou você sozinha?

— Ela falou que é pra eu não sair daqui. Ela tá resolvendo as coisas do papai.

— Então eu fico com você até ela voltar.

— Tá bom.

— Que coisas do papai a sua mãe tá resolvendo? — decido perguntar pra não ficar naquele silêncio chato. Enquanto isso, sigo os passos dela no meio-fio, a gente debaixo da luz amarelada do poste.

— Ah, coisas sobre onde ele tá.

— Ele não veio com vocês?

— Ele é daqui.

Engraçado...

Brinco com ela até ouvir as vozes de um homem e de uma mulher vindo da ocupação, no meio de um raciocínio. Penso que podem ser os pais da Dani.

— E talvez ele descubra alguma coisa — a mulher conclui, para na calçada e olha em volta. — Dani?

Chama pela filha, mas fica me encarando (ela me parece familiar). Sei que preciso responder.

— Oi, tudo bem? Eu sou da ocupação. Vi a sua filha sozinha e vim fazer companhia. Achei uma graça a roupinha de Emília.

(Claro, é a mãe que eu vi outro dia aqui na rua brincando com a Dani. Uma mulher de nariz meio em pé e cabelo todo embaraçado nuns trecos que a moçada chama de *dread* —— deve ser isso, não sei, só sei que acho horrível).

— Valeu — ela responde, e eu sinto receio na voz dela. — Mas a Dani costuma se virar bem. Não precisava ficar.

— Fica sussa, Laiz. É a dona Solange. A dona Solange é de casa.

Quem diz isso é o homem que tá com ela. E só então eu reconheço: é o Dinei. Dou oi e peço desculpas por não ter visto antes.

— É as vista, Dinei. Cada vez pior.

Mas ele não ri comigo. O Dinei tá sério. A mãe tá séria. Tem alguma coisa no ar que eu não tô captando.

(E então a lembrança me atropela! O Dinei tava com *essa mesma* mulher enquanto trocava ideia com o irmão do tráfico, o que tem esquema com os polícia.)

Os três juntos.

O mesmo assunto.

A bomba cai, e já era o meu sorriso.

— Você encontrou o papai, mamãe?

(A Dani é o retrato da esperança, bem ali na minha frente.)

— Ainda não, filha. — A tal Laiz se aproxima e dá um beijo na testa da menina. — Mas ele vai voltar logo. Não é, Dinei?

— Vai, opa, claro que vai.

— Ele foi resolver umas coisas, tá, filha? — Ela tira os olhos da cria e foca em mim. — Valeu de novo por olhar a minha pequena. A gente vai subir.

— De nada — digo sem nem raciocinar. — Boa... boa sorte.
— Tchau, tia Solange.

Pra mãe eu consigo responder, mas pra menina, não.

Pra menina, não.

FAVOR

Dia seguinte, de manhãzinha.

Às vezes, você só percebe que uma pessoa quer o seu bem quando precisa pedir um favor. Tá sendo assim com a Gladis. Ela olha pra mim com cara de quem vai fazer um grande esforço, mas sorri e obedece, porque me venera (sei lá por quê. Nunca dei bola pra ela nos últimos dois anos a não ser pelos bons dias, boas noites e tudo bens. De resto, tentei ignorar ela — que me incomoda, sendo bem sincera —, por mais que ela me paparicasse e chamasse pra tomar cafezinho, bater papo. Ela nunca me desceu porque ela, na verdade, é *ele*. Devia ser Antônio ou Fabião, alguma coisa assim. A Gladis que não me ouça, mas não dá pra uma senhora da minha idade engolir essa coisa de homem virar mulher. Eu respeito, lógico: não digo na cara dela que a permanente no cabelo e as unhas pintadas não enganam ninguém. Mas não me venha com as ideias de querer que eu encare isso como *normal*).

E agora você tá aqui querendo favor. Hipocrisia?

A Gladis abre o zap do celular dela, encontra o contato que tava procurando e clica na foto.

— É ela mesma — digo, olhando a foto.

— Então é a Laiz mesmo. Laiz com zê. Íxi, chegou faz o quê? Uma semana? Por aí.

A fofoca infalível da Gladis confirma que a Laiz, aquela mulher cheia de *dreads* (ainda não tenho certeza do nome), era separada do traste.

— Parece que vão voltar. Ou iam, né, até ele se escafeder.

— Ah. Você sabe por que ele deu área?

A Gladis chega pertinho do meu rosto:

— Olha, ele parecia animado pra voltar a viver com essa Laiz aí. Tanto que chamou ela pra cá. Ou ela veio pra ajudar ele em alguma coisa, não sei direito. Maaaaas.... dizem as más línguas que ele tinha outra.

(Você deve tá se perguntando por que ainda não deram uma prensa na minha filha por causa do sumiço do cretino. O negócio é o seguinte: quando eles começaram a se engraçar, o verme disse que a ex não largava do pé dele, o que tá na cara que foi só uma das várias mentiras que ele contou pra enrolar a inocente da Eugênia. Com esse papinho, convenceu a minha filha a manter o bico calado sobre o namoro. O tempo foi passando e foi ficando por isso mesmo. Ela jogava ele na parede e ele dava uma de joão sem braço. Quando a gente viu, já tinham se passado vários meses. Nisso, ele já tava voltando pra vida de malandro, e aproveitou que ninguém sabia de nada pra ficar comendo a minha filha quando tinha tesão — mesmo ela às vezes não querendo de verdade. Por isso que eu digo: é estrupo sim. Juro que acho que teve dia que ele estrupou ela real mesmo, de arrancar calça, prender na parede e tudo mais. Não venha me perguntar por que ela não botou a boca no mundo. Você não sabe o que é morar no mesmo prédio de um monstro que nem ele. Você não sabe o que é ter medo de existir, de respirar errado e depois penar na mão de um desalmado.)

— Vai saber se ele não fugiu com essa amante aí.

— Você tem ideia de quem pode ser? — pergunto (como vou esconder o bucho da Eugênia? Jesus, eu não tinha pensado nisso antes. Ainda tá de poucos meses, mas logo vai crescer).

— Ah, se eu tivesse ideia...

— Bom, essa Laiz não deve suspeitar, né?

— Ah, deve, ô, se deve! Mulher inteligente. Certeza que em dois palito vira liderança aqui. Ela tá pra virar uma das cabeça aí do movimento. Gostei dela, sabia?

— Sei lá, me pareceu meio machona.

(Nem me ligo que dei um fora com a Gladis com esse *machona*. Ah, mas também, dane-se.)

— Minha querida, mulher hoje que não é *machona* acaba estrupada ou morta. Ou os dois.

— Bom, ela nem conhece ninguém daqui. Não vai longe nessa investigação.

— Por isso que ela tá na cola do Dinei. Eles já se conheciam de outro rolê. O Dinei tá dando mó força.

Minha espinha gela. Duas cabeças inteligentes pensando juntas (Deus me proteja).

— Tá, mas é nada a ver ficar saindo atrás de um mané desses. Todo o mundo sabe que ele não vale a comida que come. Nem sei por que ela caiu no papo dele antes... Burra, ela.

A Gladis me olha dando risada. Depois, mexendo no cabelo:

— Vou te dizer que nunca mexi com ele, ele nunca mexeu comigo, então...

— Ué, como se fosse surpresa que ele não vale nada.

— Vai bater a ficha pra Laiz, vai. Ela não vai botar fé. Quer o cara de volta de qualquer jeito. Disse que veio de mala e cuia por causa dele e que não vai sossegar enquanto não descobrir a fita toda.

— E vai ficar aqui enquanto isso?

— É.

— E a menina, a...

— A Dani? Meu Deus, que graçaaa! É a filha dele.

PINGENTE

(A lembrança só faz sentido agora que eu sei de tudo.)

Corro de volta pro meu apartamento e revivo aquela noite: limpando o sangue, puxando o corpo como se fosse um saco de batatas... Depois, encontrando o colar. O pingente girava e desgirava na corrente, tipo pra chamar a minha atenção pro nome marcado. Nome que eu, naquele momento, nem li.

No banheiro, puxo o piso solto e vejo ali embaixo o canivete e o colar. O pingente tá voltado pra cima. O nome: DANI.

CULPA

Horas depois.
(Não quero usar a escada. É uma boca aberta esperando para me devorar.)
Você destruiu uma família.
Não fui eu! Eu não tenho memória de nada, eu tava na escada, fui pro apartamento do Dinei, depois eu...
Será que não mesmo?
Eu só queria proteger a *minha* família. Ele ia acabar com a Eugênia! Ela não ia conseguir criar um filho sozinha.
Você conseguiu.
Mas foi porque eu não tinha mais o traste do meu lado. Ela, se tivesse ficado com ele, ia apanhar dia sim, dia sim.
Você poderia ajudar.
Tô velha, cacete. E a gente mora num prédio ocupado. A gente é pobre.
A Laiz e a Dani também são pobres e também moram num prédio ocupado. E vão ter que se virar sem ele.
Tá, e como é que eu ia saber que elas existiam? Ele nunca falou nada! Nem eu nem ninguém conhecia a história desse filho da puta.
E você acha que alguém sabe tudo sobre uma pessoa antes de matá-la?
Eu não matei ninguém!
Claro que matou.
Os passos na escada tão lá embaixo. Eu ouço eles subindo devagar.
Corro de volta pro apartamento e começo a preparar o jantar. Sinto cheiro de queimado. Algum imbecil resolveu taçar fogo no lixo no andar de baixo.

FLAGRANTE

Tenho saído cada vez menos.
Já é quinta-feira, quatro dias desde a morte do infeliz. O cheiro tá voltando (preciso jogar mais produto no poço).

Digo pra Eugênia que tô ficando doente. Alguma virose. Finjo um vômito e aceito quando ela se oferece para ir no mercado. Nossa grana dá pro arroz, feijão, banana, papel higiênico, sabonete, três cervejas e só. Digo pra Eugênia que é bom dar uma volta, pegar um ar. Ela chora menos agora, mas ainda pensa no desaparecido.

Assim que a minha filha sai pela porta, eu conto três minutos e vou atrás, na encolha. Não tem passos, só os meus.

No mercadinho da chinesa, compro o mesmo produto. Por enquanto, eu vou tocando assim, apagando um incêndio de cada vez. Aproveito que a ocupação tá meio paradona e volto pro quarto andar. Despejo o bagulho todo no poço do elevador. De novo, penso no idiota olhando pra cima, pra mim, enquanto perfumo o corpo podre dele.

— Dona Solange.

(Quase tenho um ataque e caio lá embaixo.)

— Seu Paolo, pelo amor de Deus, assim você me mata!

— Ouvi alguém jogando água aqui embaixo. Eu vim ver.

— Dá um oi antes, caramba! — Respiro, num mau humor puro. — E não é água. É perfume.

Ele faz cara de quem descobriu a América, a boca aberta.

— A senhora é muito inteligente! O cheiro, eu bem que tinha falado do cheiro.

(Olha, não é que eu não curta o seu Paolo. O negócio é: ele é bonzinho, mas fala tão devagar por causa do problema mental que me seguro pra não completar as frases pra ele. Agora tem mais essa: ele me pegou no pulo. Digo pra ele voltar pra casa, mas ele fica parado, como se eu tivesse falando grego. Então a ficha cai: ele encontrou algo em comum comigo — o cheiro — e tá a fim de ficar falando disso.)

— A senhora é muito inteligente. Um perfume. Muito inteligente.

Engulo a pressa e o nervosismo e decido que não tem o que fazer (que saco). Melhor cair na real.

— Bom, incomodava, não incomodava? Eu vim resolver.

— A senhora é muito inteligente. Pode contar comigo se quiser ajuda pra comprar mais.

— O senhor é muito bonzinho, seu Paolo.

Levo o mala até o décimo segundo andar. Ele vai falando sobre vários nadas, fazendo de tudo pra ser agradável. Meto ele de volta no apartamento (sou praticamente uma babá botando o neném no berço). Respiro aliviada (por ter despachado ele e por ter dado um jeito no cheiro de podre) e entro no meu apartamento.

Tem uma mulher na minha sala.

— Já tá de volta, filha? — eu digo.

Mas não é a minha filha. É a Laiz.

TRAIÇÃO

— Oi, tia Solange.

Eu olho mãe e filha (de uma família que destruí) de pé na minha sala e claro que penso: *descobriram*. Descobriram tudo. Cacete (gastei dinheiro à toa com aquela merda de produto que fede a planta morta). Troco olhares com a Laiz, que tá de mãos dadas com a filhinha.

(Que raiva, que inveja. Tudo bem que matei o homem, o marido, o pai, mas elas, pelo menos, têm uma à outra, não devem nada. Já *a minha filha* vai ter uma mãe na cadeia. Aliás, minha filha e minha neta.)

Você pensa isso pra se fazer de vítima. Para de se enganar.

— Mal, não queria entrar assim na sua sala — começa a Laiz e, pelo tom de voz, entendo que ela tá com nuvens de chuva na cabeça.

— Não, tudo... tudo bem. Senta.

A Dani me dá um sorrisão (que bonitinha). Ofereço um pirulito velho que tava na cômoda. Ela aceita (se tudo foi pro saco mesmo, pelo menos quero terminar olhando pra esse rostinho de anjo).

— Aprendi um jeito de não cair na calçada, sabia?

— Ah, é, no meio-fio? Olha só!

— Verdade. É só levantar o braço assim, um de cada lado... Pode usar uns galhinhos de árvore também.

(Amo cada movimento dela. Do nada, vem uma vontade de chorar, mas me seguro. Tento disfarçar e continuo falando sobre a brincadeira com ela, mas começa a me doer a garganta, o peito. Não quero que os meus lábios tremam assim. Me faz parecer fraca.)

— Tá tudo bem, dona Solange?

Eu não respondo (não quero dar esse gostinho pra Laiz).

— A senhora deve saber que eu tô procurando o meu marido.

— Marido, é? — Ela tá jogando sujo, a vaca. Tá me provocando.

Você não tem mais nada a perder. Provoca de volta.

— O Dinei tá me ajudando.

— Jurava que o *Dinei* era o seu marido.

— Não, nossa. Ele... é só um amigo das antiga.

Amigo das antigas igual ao seu marido? Vai, pergunta.

— Eu só queria te pedir um favor, dona Solange. Tenho passado muito tempo na rua por causa disso. Ele fugiu. Não sei onde ele se meteu, e o Dinei... — Ela suspira. — Enfim. Só queria saber se a senhora se incomoda de cuidar da Dani enquanto eu tiver fora procurando por ele.

A minha boca fica aberta de um jeito patético. A saliva quase escorre. Me recomponho.

— Eu... eu... *Comigo?*

— Se a senhora prefere não, tudo bem. Eu falo com...

— Que isso! Claro, meu Deus. Fico com a Dani, sim, pode ir fazer as suas coisas.

(O sorriso da Dani é tão, *tão* doce. Tá na cara que ela queria que eu aceitasse.)

— A senhora vai ajudar muito. Desculpa, eu só não tenho como pagar...

— Que besteira! Até parece que eu ia cobrar.

— É que do jeito que a gente tá, eu acabo ficando tanto tempo fora e...

Eu levanto a mão:

— Pode ir. Esquenta não.

Dez minutos depois, a Eugênia chega. Ela deixa as sacolas com as compras caírem quando me vê brincando de boneca com uma menina que ela sabe muito bem quem é (contei tudo sobre a Laiz ontem, depois de falar com a Gladis. A Eugênia ficou destruída. Ainda era capaz de jurar de pé junto que era a única mulher do canalha.)

— Dani, essa é a Eugênia. Ela é a minha filha.

— Sua filha? Por que ela não é pequenininha que nem eu?

Eu rio. A Eugênia corre pro quarto e bate a porta, botando nos meus ombros o peso daquela traição (o que que ela queria que eu fizesse?)

COMPRAR FELICIDADE

(Tá, preciso de dinheiro. Preciso *já*. Faz três dias que não penso em outra coisa. Óbvio que não vou cobrar a Laiz pelo serviço de babá, porque periga ela achar ruim, não poder pagar ou resolver deixar a Dani com outra pessoa, o que seria inaceitável. Tem cinco dias que a menina fica comigo e até ela já percebeu: sou a avó que ela não tem, e ela é a minha neta que ainda não chegou. Que calafrio bom... Se a Dani pudesse ser minha neta...)

(Dinheiro. Foco. Preciso dar um jeito nas coisas, fazer com que a Eugênia perca essa cara de nada que ela botou desde o dia em que a Dani começou a ficar aqui. E o único jeito é com grana. Pensei em fazer uns bicos de faxineira, mas daí precisaria deixar de cuidar da Dani — o que seria, repito, inaceitável).

Lembra do canivete?

(Não sei por que isso me vem à cabeça. O canivete debaixo do piso solto do banheiro.)

Nesses dias todos, não senti mais o cheiro do cadáver (tô começando a achar que aquele tanto de lixo em cima isolou o ar podre. Sei lá, se você entende dessas coisas, fica à vontade pra achar uma explicação. Qualquer uma me agrada).

Acha mesmo que um perfuminho barato daria conta de um corpo?

Tá, então o que é? Vai me dizer que o corpo decidiu não feder mais? Que absurdo.

EMPATIA

Quarta-feira. Uma semana e meia já. Incrível.

É fim de tarde. A Laiz chega e eu entrego a Dani pra ela com o meu falso tchau animado de sempre (essa é a parte mais triste do meu dia porque, juro por Deus, eu não quero que ela vá embora. Eu ficaria com a Dani dia e noite).

Nesse dia, em vez de sair direto, a Laiz pergunta se pode beber uma água. Vou buscar o copo e convido pra sentar (ultimamente, ela meio que virou amiga, acredita? Dessas com quem a gente treta, mas no fim tamo aí).

— Desculpa tomar o seu tempo.

— Pelamor, vocês já é de casa.

— Valeu mesmo. Nossa, a senhora ajuda tanto.

— A Dani é uma princesinha. Toda educada e inteligente. Ela fala muito de você e sobre como te admira, porque... — Paro de tagarelar porque percebo que a Laiz tá com lágrimas nos olhos (me sinto uma idiota por não ter visto antes). Vai de um choro escondido pra um berreiro.

A Dani, do lado, tá ficando assustada.

— Mamãe, para, mamãe...

A mãozinha da Dani toca a bochecha da Laiz, e logo as duas tão abraçadas, se derretendo: um corpo só em uma agonia que parte o meu coração.

Parte o seu coração? Quando é que você ganhou essa compaixão toda, madre Teresa de Calcutá?

— Desculpa, dona Solange, é que...

— Não precisa pedir desculpa. Eu... vou fazer um chá pra você.

Vou mesmo (porque não tenho estômago pra ouvir o que ela tem a dizer). Prefiro o isolamento da cozinha — apesar de ser a, sei lá, cinco metros da sala neste microapartamento. Fico ouvindo a Laiz chorar. Vem aquela dor no peito.

Volto, entrego a xícara. A mulher sorri pra mim e depois começa a viajar olhando pro chá.

— A gente não encontra ele de jeito nenhum, dona Solange.

Fico paralisada no meu sofá, com uma expressão de tristeza montada.

— A gente já procurou. O Dinei diz que bateu a fita pra Deus e o mundo... Ele... ele tá tocando o terror pra ver se alguém abre a boca, dona Solange.

— Meu Deus...

— Mas o meu homem evaporou. Evaporou. E deixou um vazio na gente.

Vazio. É a mesma linha de raciocínio que eu tinha feito. Eu abaixo o rosto.

— Deve ser horrível o que vocês tão passando.

(O que me dói mais é que tô sendo sincera. Já passei por isso. Já fui sozinha no mundo com uma criança pra cuidar e sem homem pra me acudir. Sem ideia do que fazer... De repente, eu me odeio. Penso seriamente em confessar, em dizer que o marido dela tá ali, ó, no buraco do elevador. Me desculpa, eu nunca quis ter causado isso, mas eu matei ele e...)

Eu tô chorando sem perceber.

— Dona Solange... — A Laiz olha pras minhas lágrimas. — Não, não chora. Por favor. Ó, passou. — Ela seca o rosto e limpa o da filha também. Parece que tomou um energético. — Pronto. Desculpa, sério. Fazia, sei lá, *anos* que eu não chorava.

A Dani, perdida, assiste a tudo (tadinha, tá na cara que ela só quer voltar a brincar de boneca e ser feliz).

— Ele era bom pra vocês? — pergunto, porque eu preciso perguntar.

A Laiz morde o lábio, solta a cabeça no encosto do sofá, fica encarando o teto (sinto dúvida nela, o que me deixa feliz e confirma que tamos falando do mesmo homem, com os mesmos podres e os mesmos castigos).

— Ele era tudo pra mim. Ele dava umas invertida de vez em quando, e a última eu não perdoei e mandei ele embora. Mas mesmo com a gente separado, eu convenci ele a procurar os irmão da igreja. Ele tava virando um outro cara, sabia? Era aos poucos, era difícil, mas ele ia voltar a ser o cara que eu conheci, o cara antes de se envolver nesse caminho todo errado aí do tráfico.

— Mas então ele... Sério que ele foi um cara...?

(Não sei completar sem xingar o morto.)

— Ele me tirou da Cracolândia, dona Solange. Só ele, por esforço próprio. Porque ele quis. Porque gostava de mim, sei lá. Porque tinha coração. Poderia ter me deixado lá, mas não, ele voltou. Eu tava na bosta, tinha vendido meu corpo pra ele e tantos outros pra comprar droga, mas quando ele ficou sabendo que eu tava grávida (e só podia ser dele, por motivos que eu não vou explicar, mas enfim), meu Deus, você precisava ver como ele entrou naquela clínica de recuperação na rua Helvétia. Foi lá me buscar no fim do dia. Todo limpo, todo confiante, e eu... Eu comecei a chorar de emoção, num dos únicos momentos em que eu não precisava da droga, eu precisava de um abraço. E ele me abraçou.

(Eu sei do que ela tá falando. Lembro muito bem desse olhar quando abri a porta pra ele nas primeiras vezes. Senhor de si, viril, confiável. Eu confiei nele. Confiaria de novo, talvez. E choraria, se tivesse no lugar da Laiz.)

— Ele me ajudou o tempo todo, e eu nunca mais fumei nada, não injetei, não bebi álcool. A Dani nasceu bem, e a gente virou família. Imagina isso? Eu, com família. Eu, que nove meses antes não conseguia nem amarrar o cadarço do sapato, de tão noiada (na real, eu andava descalça pelas rua, eu não tinha sapato pra amarrar, mas você entendeu o que eu quis dizer.)

Não escondo a minha surpresa ao ouvir tudo isso.

— Gente, mas você parece tão... inteligente. Instruída, lida e tal.

— Valeu.

— Não, não é só um elogio. É que eu fico me perguntando como... como você...

— Idiotice. Na boa, o que rolou foi o seguinte: eu era esforçada na escola. Fiz uma das melhores escolas estaduais aqui de São Paulo, sabia?

— Ah, fez?

— Tava indo mó bem, promessa de emprego, diziam que eu tinha espírito de líder, mas aí ferrou tudo e eu fugi de casa no último ano. A minha mãe morreu, e o meu padrasto fugiu com outra. A minha tia, que ficou cuidando de mim, nunca deveria cuidar nem de um hamster. Ela é louca, louca. Me batia sem mais nem menos, falava do meu corpo, do meu cabelo. Me batia mesmo, sério! E aí eu comecei a perder as aulas porque ficava com vergonha dos machucados, fui ficando mais na rua do que em casa, ninguém na escola fez nada e... E aí eu dei no pé. Ela nunca foi atrás de mim. Fiquei na rua. Daí pras drogas foi só um passo.

— E o seu... *marido*?

— Eu conheci numa outra ocupação. Fiquei pouquinho lá, depois fui morar num cortiço. Nesse tempo todo, ele ficou sabendo dos meus trabalhos e vinha direto. No fim, eu não cobrava porque tava rolando uma coisa entre a gente. Ele...

— Ele te engravidou.

— Ele me salvou. Eu devo tudo a esse cara.

Demoro até pra conseguir falar.

— Sério? Não me parece a mesma pessoa. Quer dizer, pelo menos em relação ao que disseram por aí...

— Eu sei o que dizem dele. Tô ligada no que ele virou.

— Tá mesmo?

— Um babaca, agressivo. Eu sou a primeira a falar. Ele quis ganhar dinheiro alto pra sustentar a gente e começou a se afundar você sabe onde e você sabe com quê. Me distratou um dia e eu pus ele pra fora. Eu disse pra mim mesma que não ia deixar ninguém nunca mais me bater e prejudicar minha vida que nem a minha tia.

— Agora sim parece ele.

— Mas é por isso que eu voltei, dona Solange. Pra tirar ele da merda. Igual quando ele me tirou da Cracolândia. Ele não nasceu agressivo, nem filho da puta. E eu não nasci noia. Ele ficou assim desde que veio morar aqui.

E então, ela olha em volta, pras paredes, pro teto. Tensa.

— Posso ser sincera? Parece que tem *alguma coisa* neste prédio... Sei lá, eu sinto um bagulho diferente, um clima. É tudo tão escuro. O ambiente te muda. Te prende. Você nunca sentiu isso?

— Nunca — respondo sem pensar nessa parada. Não quero.

— Bom... Pra mim, é tão difícil sair de lugares assim quanto sair da Cracolândia.

A Eugênia aparece vinda do quarto. Com cara de cu. Olha pra Laiz e parece enxergar ela como uma barata no prato de comida (sorte que a Laiz não repara).

— Filha, já faço o jantar.

— Deixa. Perdi a fome.

Sai pela porta. Vai chorar nos degraus do prédio dos Correios, a filha da puta (e pensar que matei em nome dela).

(Independente de qualquer coisa, ela é minha filha. Amo a Eugênia, por mais irritante que ela seja às vezes.)

DESEJO

No dia seguinte, acordo com a sensação de que dó é uma coisa que tem prazo de validade (sim, eu tô falando dessa história linda e falsérrima da Laiz e o seu Romeu da 25 de Março. Fico me sentindo uma palhaça por ter tido pena. Uma novela de amor sobre uma noia e um traficante que se salvam? Faça-me o favor!).

Vamos ao que interessa: preciso de dinheiro pra melhorar o humor da minha filha (o jeito dela vai acabar estragando tudo. Lembro de como ela se comportou quando viu a Laiz no nosso sofá: *Ai, nossa, eu perdi a fome*. E se a Laiz pergunta? E se suspeita? A mulher tá procurando a amante do cretino, e a Eugênia faz o favor de escrever na testa que é ela).

Dinheiro.

Preciso de dinheiro.

O canivete.

Mas o que tem o raio do canivete, caramba?

Espero a Eugênia sair de manhã. Ela tem evitado ficar no apartamento enquanto cuido da Dani (ciúme idiota). Sai lá pelas dez da manhã e só volta à tarde. Ela diz que procura emprego nesse meio-tempo, vai pra igreja pra se recuperar do sumiço do traste. Enfim. Dou o alerta antes de ela sair:

— Não esquece: cuidado com a boca...

Pela resposta, ela já tá de saco cheio dos meus avisos:

— Não sou idiota, mãe. E também, dane-se se descobrirem...

— Nem fala isso! Nem fala...

Quando ela vai embora, corro pro banheiro. Puxo o piso solto e libero um suspiro de alívio ao ver o canivete ainda lá, do jeitinho que eu deixei, ao lado do colar com o pingente que cisma em me fazer sentir culpada.

Aí, me brota uma ideia na cabeça.

O canivete.

Como é que consegui o canivete?

REALIDADE

Vou pras escadas me sentindo uma idiota. Subo alguns andares e ouço vários passos nos degraus lá embaixo, mas nenhum é *dele*, tenho certeza. Vou até o topo, encosto na parede como se pudesse fazer parte dela.

Peço. Fecho os olhos e desejo com força. Meus olhos não querem mais abrir (eu só sei pedir, pedir, pedir).

Perco a noção de quanto tempo fico assim.

É uma reza.

Pode chamar de súplica.

(Me sinto uma idiota. Não acredito que tô fazendo isso mesmo.)

Você não pode dizer que não tentou.

Abro os olhos (vergonha de alguém ter me visto. Pareço uma palhaça virada pra parede da escada).

(Meu Deus, a Dani! Olha a hora! A Laiz já deve tá chegando pra deixar ela comigo.)

Desço correndo. Na saída pro décimo segundo andar, quase trombo numa pessoa que tá parada ali. Eu gelo (será que é o homem será que eu invoquei o homem será que vou conhecer ele assim numa trombada o homem?!).

Ah, é só o seu Paolo.

A impaciência me consome. Ele fala primeiro:

— A senhora tava indo comprar mais produto?

— Não, seu Paolo. Agora me dá licença que tô com pressa.

(Vou passar, tô passando.)

Ele me faz parar.

— Ah. Eu fiquei pensando que a senhora ia comprar mais produto. A senhora é inteligente, deve ter comprado um montão de produto. O cheiro parou.

— É, comprei.

— A senhora quer ajuda pra continuar comprando? Funcionou. A senhora é inteligente.

Aí, ele tira do bolso duas notas de cinquenta conto e me oferece (eu nem fazia ideia que o velho tinha dinheiro pra gastar).

Cenzão, na minha cara. Passo a língua nos dentes.

— Seu Paolo... o senhor é muito bonzinho. Que é isso, não precisa se preocupar.

— A senhora que é. Toma.

Quero sorrir, mas não consigo.

Eu acho que você deveria negar.

— Mas, seu Paolo...

— O cheiro parou, e se parou é porque a senhora sabe resolver.

Imagina só. Tomar dinheiro de uma pessoa como ele.

(É errado.)

Claro que é errado.

— Não precisa, seu Paolo...

— Mas eu quero ajudar. Tá aqui.

(É que ele vindo assim, tão simpático, tão pronto pra ajudar...)

Bom, se você acha que isso muda alguma coisa...

— Então eu aceito, seu Paolo. Obrigada. Vai fazer toda a diferença.

PRESENTE

Não me orgulho dos meus atos (mas te garanto que fiz os cem conto render).

Depois de cuidar da Dani, saio e volto com uma sacola debaixo do braço. A Eugênia não quer nem olhar na minha cara. Tá preparando um jantar sem gosto.

— Olha o que eu trouxe.

E ela logo esquece que tá brava comigo (pra você ter ideia, a gente até deixa o arroz queimar no fogão, de tão animada que a minha filha fica provando as três blusas e os dois vestidos que eu comprei de presente).

— São de grávida — digo, com carinho. — Fica ótimo pra barriga, sabia?

(Quero o melhor pra ela e pra minha neta, claro, mas não minto: quero também que essas roupas escondam o bucho dela até daqui a uns três ou quatro meses, quando sei que essa história toda já vai ter passado.)

Ela me abraça pela primeira vez em semanas. Fecho os olhos contra o cabelo dela (tudo vai ficar bem).

Nós têm que ser otimista.
(E a vida é bela, basta você olhar pelo ângulo certo.)

SUPERAR

Faz mais de um mês já (aquela noite tá tão distante na minha memória, parece que faz até mais tempo). Passo as manhãs bordando toalhas, costurando umas blusas de frio, e de tarde cuido da Dani (como eu poderia ficar triste?).

Nosso único problema é um ofício que o movimento recebeu dizendo que uma tal juíza aí decidiu pela reintegração de posse do prédio (mas não deve dar em nada, viu? O Dinei tem contato com uns adevogado daora. E, sinceramente, pra que destruir a nossa ocupação? O que é que vão fazer com esse prédio? Melhor deixar com nós, com gente que precisa. Eles não enxerga isso? Fora que, se a gente sair, vem outros sem-teto no lugar).

Eu decidi que quero fazer a diferença. Fui anteontem até a porta do Dinei, bati, e ele me recebeu meio surpreso.

— Eu posso ajudar — falei.

(Um desses sábios da Praça da Sé disse uma vez pra multidão que a lei da Terra é fazer coisas boas pra compensar as maldosas. Eu fiquei com isso pra mim, sabia? Disseram depois que o homem só falava mutreta, mas essa parte me tocou.)

— Eu posso testemunhar pros doutor sobre como é boa a ocupação da gente. Eu falo o que a gente tem passado, eu falo do movimento.

O Dinei e eu, a gente sabe que criança e velho em ocupação são levados muito em conta na hora do juiz decidir qualquer coisa. Mas ele me disse que é mais complicado que isso. Explicou algo sobre esse ofício aí da reintegração, eu não entendi muito bem. Enfim. De qualquer forma, ele agradeceu umas mil vezes.

Aí, infelizmente, me perguntou:

— E a sua filha?

— O que tem ela?

— Tá tudo bem? Vi ela vomitando num banheiro do térreo esses dias. Fico sem fala.

Os enjoos.

— Virose brava, acredita?

(Engraçado como a ocasião faz o ladrão. Eu nunca, nunca me imaginaria enganando o Dinei. Primeiro porque respeito ele mais que qualquer um na ocupação. Segundo porque fico com medo do que ele é capaz de fazer se... se...)

Passou. Ele engoliu.

Engoliu mesmo? E a viúva?

A Laiz tá mais ativa com essa história da reintegração. Tá fazendo bem pra ela.

(Não vou dizer que a minha birra com ela passou. Não passou. Mas... Ai, sei lá. Ela na dela, eu na minha, ela sofre, eu fico com uma pontinha de dó, e é bom assim porque as coisas ficam como devem ficar. Peguei bode foi dos outros, sabia? Esse povo bobo que se impressiona com tudo, tipo a Gladis. Veio tomar um café outro dia e, nossa, tudo é a Laiz agora! *Ah, a Laiz tá do lado do povo, a Laiz devia ser líder, a Laiz fez isso, a Laiz fez aquilo.* Xô, diabo! Irritante. Como se fossem tirar o Dinei da direção e colocar ela no lugar.)

Fica tranquila, eu entendo você. Você tem motivos pra ter inveja.

Ah, era só o que me faltava!

(Resumão da novela: essa história toda do movimento social e da reintegração de posse fez a Laiz esquecer do traste um pouco. Ela tem mais com que se ocupar. Todo o mundo fica feliz: eu, ela, o povo.)

Agora à noite, veio aí um grupo de policiais militares conversar com o movimento pra combinar a reintegração, mas isso já rolou antes e não deu em nada. Eles só tão fazendo o trabalho deles, mesmo que essa decisão da justiça acabe indo pro brejo.

Enquanto a Laiz, o Dinei e a maioria dos moradores conversam nessa comissão inútil (até a Eugênia resolveu participar, e eu gostei, porque pelo menos ela faz alguma coisa com a galera e se ocupa), eu tomo conta da Dani (você acredita que a roupinha de Emília quase não cabe mais? Incrível como criança nessa idade cresce *tão* rápido. A gente nem percebe).

A Dani nunca mais perguntou do pai. Normal. A Eugênia também parou de perguntar sobre o dela a partir de um tempo.

A gente tá brincando de boneca no chão. Ela adora criar histórias. Eu só sigo o roteiro dela e casco o bico.

Aí, o povo começa a falar alto lá embaixo. É um bafafá pra cá, grito pra lá, e eu falo pra Dani ficar sentadinha brincando enquanto vou dar uma olhada.

É lá nos andares de baixo. Não dá pra saber em qual (de repente, vem uma pontada de dor de cabeça).

O seu Paolo surge das escadas, acelerado. Pergunto o que tá acontecendo.

— Os polícia vai tudo fuçar no lixo.

Aí a crise de enxaqueca vem toda de uma vez.

SALADA DE FRUTAS

Eu até esqueço a Dani lá no apartamento. Desço as escadas no desespero, tentando entender as vozes enquanto a minha cabeça faz BUUUUUUUM.

— ...desse absurdo que tem que constar no processo, e agora a gente precisa mexer, limpar isso aqui, porque...

(Meu Deus meu Deus meu Deus.)

Corro.

— ...a gente só deixou chegar nisso porque antes era muito pior, tá ligado... A gente entrou tava tudo abandonado... A gente limpa isso de vez em quando...

Pulo os degraus de dois em dois. Sinto os joelhos chorarem.

Cuidado. Uma pessoa na sua idade pode cair.

— ...já pensaram em como isso danifica a estrutura? Já pensaram que...

Chego ao quarto andar sem fôlego. Ninguém me dá atenção. A multidão tá ocupada demais sendo intimidada pelos coxinha. Um deles grita:

— Isso é uma irresponsabilidade. Vocês têm merda na cabeça. — O policial no comando mete o dedo na cara do Dinei e fala várias. — Fora que só de dar uma volta, já vi uma penca de lugar onde vocês queimaram lixo. Fogo aqui dentro, chefia? Tem ideia do perigo? Depois, não vem dizer que cuida do prédio.

— A juíza precisa saber dessa cagada — diz outro policial, que ergue as sobrancelhas. — Que ca-ga-da.

— Cheiro horrível — reclama outro.

— É porque você não sentiu como tava esses dias — um dos nossos revida, o anta.

Espero que parem por aí, mas não. Um dos polícia se diz desconfiado e quer saber o que é que jogam no poço do elevador. Acusando todo o mundo, faz umas perguntas brutas. Quer saber se tem droga lá embaixo. Se tem arma.

Hahaha. Coitado. Mal sabe ele que tem coisa muito pior.

Para. Sério, para.

O chefão dá sinal verde e manda os moradores arranjarem algum troço pra eles cutucarem o lixo (a gente já tem. É uma redinha, dessas de limpar piscina, que a gente usa pra resgatar uns trecos do lixo com mais frequência do que você imagina).

O estúpido do morador ali do lado dá com a língua nos dentes.

— Traz essa rede aqui.

(Misericórdia. Não é possível que isso tá acontecendo.)

O bambambã tá lá com a rede na mão. Ele consegue controlar o negócio bem, e aí já começa a mexer na parte de cima do lixo (tomara que pare por aí!). Até que gira o cabo e dá um jeito de aumentar o cutucador em mais meio metro (meu pai do céu, eu *preciso* fazer alguma coisa!).

Não vai empurrar o policial lá pra baixo, hein. Aí sim você afunda ele e se afunda junto.

Fico olhando o cara fuçando, fuçando (parece alguém remexendo uma salada de frutas, só que de restos de comida, embalagens mofadas e cocô). Os outros dois meganhas e o resto da ocupação, tá todo o mundo com o pescoço até torto de curiosidade. Eu tô comendo a unha. Quero criar um protesto, puxar um grito de ordem, começar uma rebelião, sei lá, qualquer coisa pra tirar o foco!

Vai nessa. Vai ser bom ver todos apanhando de cassetete. Ah, ou você acha que a PM vai se deixar intimidar e vai embora numa boa?

Mas eu preciso parar esses caras! Já! E todos tão de olho. Se eles me virem fazendo alguma coisa, vão suspeitar!
Os degraus.
Que tem os degraus?
Cuidado lá. Não corre. Uma mulher da sua idade pode cair.
E então, uma voz de mulher:
— Que nojo!!!
Olho pra onde a vizinha tá apontando. Tenho ânsia de vômito quando enxergo as baratas fugindo da salada de frutas. São dezenas, subindo desgovernadas pelas paredes, tontas, bem vermelhas, as patinhas e as antenas se batendo. Logo atrás, vêm os ratos, tentando uma escalada até a gente, até os apartamentos. A Gladis, não muito longe de mim, grita que nem doida e sapateia no chão, espremendo as baratas que fazem carinho nos pés.
Uma vem voando na minha perna. Voando! Eu bato nela com o chinelo e tenho calafrios. O povo tá surtando.
— Cala a boca! — um dos coxinha grita.
E o maldito do chefe continua cavucando, o desgraçado, sem medo dos bicho. E ele mexe, e mexe, e mata uma barata e mexe mais (juro que imaginei a redinha tirando uma fina do rosto do defunto).
O cheiro que vem é úmido, azedo, gruda no fundo da garganta. Mas nada preparou a gente pro que vem agora. O PM enfia a redinha mais fundo, que nem se tivesse cavando, e puxa tudo de uma vez. Aí sim sobe aquele bafo da morte. O polícia se retorce pra trás e esconde o nariz no ombro. Todo o mundo faz igual.
É insuportável.
— Puta que o pariu! Que merda vocês jogam aqui?
— Que que você acha? É lixo da ocupação — o Dinei responde.
— Que ideia idiota querer remexer o nosso lixo — a Laiz se mete, e um dos homens manda ela ficar pianinho.
E não para por aí. O patrão quer mais. Quer fuçar até encontrar armas. Só eu sei que ele vai encontrar coisa pior, muito pior, ele...
Ele toca algo duro.
(Peloamordedeuspeloamordedeuspeloamordedeus.)
Cuidado com os degraus.

Não sei o que tô fazendo, só sei que faço. Volto pros degraus. Preciso fugir desse cheiro.

Preciso de um milagre.

Preciso *pedir.*

Subo um lance de escadas. Vou pra longe dos outros e, na escuridão dos degraus, fecho os olhos. Quero ouvir, ouvir mais do que o barulho da redinha revirando o lixo, mais do que o zum-zum-zum desse pessoal que tá tentando entender o que é essa coisa grande debaixo do lixo que vão descobrir...

(Os passos.)

Dor de cabeça. Fico de olhos fechados. *Toc toc toc.* Tô na companhia dele. Os passos sem ritmo tão chegando perto. Medo e esperança (os dois vêm juntos). Então eu peço. Rezo pra ele. *Súplica.* Os passos vêm vindo, vêm vindo... e chegam até onde eu tô.

(*Ele tá atrás de mim.*)

É com horror que dou boas-vindas à respiração barulhenta e gelada que gruda na minha nuca. O arrepio faz a minha pressão baixar. Perco o equilíbrio. Engulo o choro e fico quietinha, bem quietinha no meu lugar.

(*Ele tá BEM atrás de mim.*)

Ele segura alguma coisa. É de onde vem o barulho de metais batendo (burra, não são moedas, são *chaves.* É um molho de chaves. Eu tenho pavor de pensar no que essas chaves podem abrir). Com toda a calma do mundo, ele mete o molho de chaves no bolso da calça preta e ajeita o corpo retorcido (eu só ouvindo e gemendo, indefesa, exposta, sem ver nada. Mas a imagem vem toda de uma vez na minha mente).

O terror é grande demais pra reagir, e a enxaqueca não passa. Respiro com dificuldade. Sinto o cheiro úmido dele e peço.

Peço.

Peço que ele dê um jeito nisso e faça com que...

Falei pra ter cuidado na escada.

O empurrão é bruto e vem do nada. Queda livre, que nem paraquedas. Eu sinto dores nas costelas antes mesmo do capote. Tô bêbada de desespero. Minhas costas ardem por causa do toque gelado daquelas mãos. Eu me esgoelo só por um segundo, o tempo que consigo antes de rolar escada abaixo.

O mundo gira. Sinto partes do meu corpo dobrarem. Me estatelo (vou morrer). E paro no chão de concreto.

De relance, enxergo ele partindo com o molho de chaves girando nos dedos. Engraçado. Parece um zelador. E apago.

SAMU

Só me dou conta do que tá acontecendo quando alguém acende a lanterna do celular e encosta na minha pálpebra (quanto tempo fiquei ali, estendida?).

Dois policiais tão me socorrendo.

— Ela tá bem!

— Mãe!

Minha filha já abriu o berreiro. Quer ser a trágica da história, a Eugênia.

Eles me perguntam de dores. Não sei o que responder (não sei mesmo). Tô tão obcecada com o que vi na escada (zeladorzeladorzelador) que, quando paro pra sentir o meu corpo, vem tudo de uma vez (meu pai do céu, como dói! Você não faz ideia. Parece que estacionaram um carro em cima de mim e puxaram o freio de mão pra não sair mais).

Chio, sofro, e os policiais pedem uma ambulância (cena: a ambulância chega, um médico e um enfermeiro vêm me ajudar, cuidam de mim e me levam pra um hospital todo iluminado e com ar-condicionado). A realidade é que eu fico por três horas (TRÊS HORAS) esperando um raio de uma ambulância, deitada neste chão imundo, e até os polícia já tão empapuçados de ficar de babá de velha. Descem pro térreo dizendo que vão tentar contato com o resgate dos bombeiros, mas voltam falando que não tem equipe disponível agora pro meu transporte. Eles perguntam se quero ir na viatura. Nem pensar (imagina o desconforto).

Eu não deveria ficar me mexendo, mas já tô sentada ao lado da Eugênia (se tivesse quebrado algum osso, já teria sentido). A dor vai diminuindo aos poucos (quero só ver os vergões e os roxos que é certeza que eu vou encontrar amanhã, mas, graças a Deus, tô bem, na medida do possível. Foi só um susto).

Um susto que você pediu.

(Por minha causa, os homens pararam de cavucar o poço do elevador. O cheiro continua lá, o que me faz esquentar a cabeça, mas por enquanto ninguém percebeu que vem de um morto.)

Dá bobeira na Eugenia e ela vem toda toda querendo me dar bronca. Diz que não posso mais sair sozinha de casa. Mando ela calar a boca e fico tão injuriada que, só de raiva, digo que vou é subir sem ninguém os oito andares restantes até o décimo segundo. Aí, já era. Começa o bate-boca, porque ela acha que pode mandar em mim.

Dá meia-noite e nada de ambulância. Eu me ponho de pé. O chilique da Eugênia não me para, nem vai. Quase todo o mundo já foi embora dormir, beber, sei lá. Agradeço a preocupação dos gatos-pingados que ainda tão lá comigo (são gente do bem). O pessoal se oferece pra me ajudar. O bambambã dos PMs é quem acaba me dando o ombro de apoio. Eu aceito. A gente sobe os degraus, ele todo paciente. Eu agradeço (é tão novo, bonito e forte, ele. E pensar que pensei em jogar ele dentro do poço. Quanto mal já fiz pra me livrar dos meus problemas...).

SUMIÇO

Me sentam no sofá de casa. A subida foi um parto.

— A senhora tem certeza de que não quer ir pro hospital na nossa viatura? Não é tão desconfortável assim.

— Tá ótimo aqui. Eu tô me recuperando.

O policial recomenda cuidado, me deseja melhoras e sai fora junto com os papagaios de pirata que vieram atrás do final do show.

— Não me dá mais susto assim, por favor. — A minha filha geme enquanto me põe na cama.

A gente se abraça, e sinto a irritação evaporar. Daí vem uma mágoa.

— Você é tudo na minha vida, filha.

Ela me dá um beijo, e eu enxergo nela a menina que criei. O orgulho explode no meu peito, e meu olho quase junta lágrimas, mas viro o rosto (não gosto de ser dramática que nem a Eugênia).

Ela então faz que vai embora.

— Aonde você vai? — Tenho medo de ficar sozinha (aquelas chaves...).

— Rapidinho. Só vou descer pra ver o Dinei e os outros. Dizer que você tá bem e ajudar lá. A polícia deve tá indo embora.

— Ah. — Frustrada. — Tá bom. Vai bem.

Ela sai e eu fico lá, largada, no escuro.

(As chaves. Elas podem abrir qualquer coisa.)

Não quero respirar de tanto medo de que ele me escute no escuro. Não vou dormir, porque hoje eu não ia suportar aquela sensação de acordar sem conseguir me mexer, ouvindo as batidas na porta, os passos lá fora...

(...e a silhueta subindo pelos degraus, o molho de chaves sacudindo no dedo dele, aquelas mãos congelantes que tocaram as minhas costas — sinto frio até agora, você não tem ideia do que é esse frio, esse... *trauma*.)

Preciso levantar. Dói. Os machucados são o meu castigo (a enxaqueca, pelo menos, não me enche mais o saco).

Acendo as luzes no meu caminho até o banheiro porque não quero ser pega de surpresa por nada: nenhum susto, nenhum barulho. Tô esperta. Confiro cada canto. Me recuso a olhar as sombras debaixo da porta da frente (zelador), assim como evito o espelho. Antes de chegar perto da pia, chuto alguma coisa sem querer.

Um pedaço de piso.

Um pedaço de piso solto.

Um pedaço de piso do chão do banheiro que tá solto.

É nessa lerdeza que percebo que o buraco tá descoberto. Meu esconderijo.

Lá dentro, o canivete parece sorrir pra mim (ah, se fosse só esse o susto...). O problema é que o colar com a plaqueta do morto...

Sumiu.

QUEM?

O desgraçado que catou o colar já deve tá ligado em tudo e é por isso que não consigo dormir (alguém descobriu. Quem? E por que ainda não veio tirar satisfação? Por causa do horário? Será que...)

Será que...? O quê?

(O apartamento ficou aberto enquanto eu tava lá embaixo, estatelada na escada, esperando o SAMU. Será que...)

Vai. Fala.

(...que foi obra *dele*?)

(Quem mais?)

Depois de uns vinte minutos, a Eugênia volta. Finjo que tô dormindo, o corpo num constante calafrio.

(Já nem sei mais do que tenho medo).

MÃOZINHAS

O seu Paolo vem me visitar de manhã e pergunta se tô bem.

— Sem a senhora, não vai ter quem jogue o produto lá embaixo. Vai ficar o cheiro.

Acalmo ele e digo que logo, logo eu saro.

— A menina vem hoje?

Não sei do que ele tá falando.

— A pequenina. Fiquei com ela ontem, fiquei, sabe, quando a senhora desceu.

A Dani, claro! Tinha até esquecido que eu tava tomando conta dela ontem antes de descer pro quarto andar (deixei ela pra trás!).

— Que irresponsável. — Me dou um tapa na testa e me arrependo na hora por causa da dor. — Espero que a Laiz não fique irritada.

Tiro vários cochilos até o meio-dia. Só consigo pregar o olho com o sol na janela e o apartamento todo iluminado.

O medo vai embora, mas a tensão fica. Pescoço todo duro. Na hora do almoço, deixo a Eugênia preparando a batata e desço até o sexto, onde moram a Laiz e a Dani. Quero pedir desculpas pelo abandono.

— De jeito nenhum que você vai descer escada. — Ela quer me parar.

— Filha, deixa eu fazer alguma coisa do meu dia. Por favor. Eu já tô imprestável, ainda mais com essa idade...

É por pena que a Eugênia libera o caminho. Oferece pra ir junto, mas eu faço questão de seguir sozinha (tenho orgulho próprio! Cada degrau é um gemido, mas eu aguento, ô se aguento).

A Laiz fica surpresa ao me receber.

— Achei que a senhora ainda tava de cama.

— Fiz força pra vir ver a bonequinha.

A Dani me dá um abraço daqueles (ai, que dói tudo!).

— Não quer que eu cuide dela hoje, Laiz?

— De jeito nenhum. A senhora tem que ficar deitada.

— Eu queria ajudar. — Eu queria, na verdade, era ficar com a Dani.

— A senhora é muito boazinha. Não precisa se preocupar. Agora, vai descansar. Eu te ajudo na subida.

Eu não tenho como não aceitar (velho, já disse, não tem vez pra decidir). Pelo menos, ganho um beijão da Dani. Aí, na hora de ir pro quarto, a Dani me chama lá de trás e diz, toda sorridente:

— Peguei o presente, tia Sô!

— Presente? Que presente?

— Este aqui, ó.

Com as mãozinhas, ela me mostra o colar. Daqui, não dá pra ver o que tá escrito no pingente, mas eu bem sei: DANI. Ela faz uma carinha de menina levada, achando a maior graça. A Laiz faz cara de quem não entendeu nada. Depois, dá de ombros.

INIMIGA

(Eu conto com a sorte. Quantas vezes eu já não dei presentes bobos pra Dani? Esse poderia ser só mais um. A Laiz não deu atenção por causa disso.)

Acha mesmo que ela não vai reparar num colar que até uns dias atrás tava no pescoço do parceiro dela? Um homem que desapareceu?

(Ela nem viu o colar direito. Tava na mãozinha da Dani, que depois guardou o negócio no bolso.)

Você bem sabe que uma mãe sempre mexe nos bolsos antes de lavar a calça de um filho. É questão de tempo.

Minha cabeça lateja. Eu tenho que pensar num jeito de pegar o colar de volta, e rápido. Só que a Laiz não me dá chance. Ela manda a filha ficar em casa enquanto me ajuda a subir a escada de volta.

Um degrau, eu olho pra ela.

Dois degraus, ela não levanta o rosto.

Três degraus, a gente troca olhar. Uma sorri pra outra.

(Será?)

— Não quer almoçar aqui com a gente? — pergunto, já no meu apartamento, e posso sentir pelo ar a rejeição da minha filha, porque a Eugênia ainda vê a Laiz como uma adversária. — Você traz a Dani.

— É que a gente vai sair hoje. — E não me diz mais nada. Ela sempre foi misteriosa, essa Laiz (isso me irrita! Como se ela fosse assim *tão importante* pra manter segredo sobre as coisas. É uma insuportável. Quero exigir que traga a menina aqui e deixe ela comigo).

— Eu ainda não te pedi desculpas direito por ter deixado a Dani sozinha aqui ontem. Eu insisto. Vem comer que eu recompenso.

— Sério, obrigada. — (Tá durona demais pro meu gosto. Ou eu que tô imaginando coisas?)

Será?

Ela fecha a porta depois de sair e eu empino o nariz.

(Vaca. Preciso fazer alguma coisa.)

PLANO

(Por mais que me deixe louca, a verdade é uma só: se eu arranjar confusão com essa mulher, nunca mais vejo a Dani.)

E você não quer isso, quer?

(Preciso ganhar a confiança total das duas e deixar as picuinhas pra lá. Quero mostrar que sou da família pra poder viver perto da Dani. Quero ver ela crescer... Quem sabe um dia eu possa virar a *vovó Solange* — ela não tem avó, ué. Já não provei que sou pau pra toda obra, ponta firme até o final?)

Se a menina soubesse o que você já fez...

(Também preciso tá ao lado da minha inimiga pra poder prever o que ela vai fazer. Sabe, gosto do pulso firme da Laiz porque é bom pra criação da Dani, é joia a capacidade de liderança dela, e eu sou até capaz de *suportar* que ela tenha sido esposa do cretino, beleza. Mas deixar que ela chegue até mim ou até a minha Eugênia tá fora de cogitação. Por isso, preciso afundar ainda mais meu segredo.)

Se você não pensar em si, quem é que vai, não é mesmo?

(O primeiro passo é pegar de volta a merda do colar.)

Hoje é quarta-feira. Amanhã, o terreno vai tá livre.

INVASÃO

(Viver numa ocupação é igual a viver num cortiço. As portas tão sempre abertas. Mesmo que você não teja a fim, acaba vendo o que os outros comem, o que eles usam pra limpar o chão, quando trepam e quais são as esquisitices deles. No final, você dá um jeito de se acostumar com tudo, porque não tem remédio: é isso ou isso. Você descobre na marra os podres e as virtudes. Isso pra dizer que todo o mundo sabe que o Dinei e a Laiz andam de teretetê tem algumas semanas. Se duas pessoas entram mais de uma vez no apartamento de um deles é batata: por mais que a gente faça que não vê, pá, já pula pra conclusão. Com os segredos é assim, pelo menos com os superficiais. Todo o mundo vê, todo o mundo escuta, mas ninguém cagueta. O sábio é surdo, mudo e cego, lembra?)

(Acho que hoje vai ser uma daquelas noites em que a Laiz sai do apartamento, deixa a Dani sozinha dormindo e sobe pro último andar. Tudo o que eu preciso fazer é esperar a Eugênia dar área.)

Hoje é quinta-feira, noite de forró, e ela já tinha me dito que ia com as amigas do antigo serviço.

Entre as oito e as dez da noite, fico plantada perto da porta, com o cu na mão, fiscalizando os passos na escada. É um sacrifício, mas não tem outro jeito.

(Só me resta torcer pra que nenhum passo seja *dele*.)

Às dez e quinze, alguém sobe. Abro a porta um tiquinho: acho que é a Laiz mesmo, ali, no vão da escada (impressão minha ou ela virou pra trás e tá me encarando? Vejo o rosto dela. É de preocupação. Será que ela se sente culpada? Tá dando pro melhor amigo do marido desaparecido. Não é à toa que ela e o Dinei tão escondendo esse caso).

Ouço os passos sumirem escada acima. Conto até trinta e desço rapidinho (aposto que neste momento a Laiz tá mais preocupada em abaixar o zíper do Dinei do que com qualquer coisa).

No sexto andar, viro a maçaneta: a porta tá aberta (que alívio). Entro sem fazer barulho. Não quero que a Dani acorde.

O abajur ligado pinta tudo com uma luz amarelinha. Os móveis são tão simples quanto os meus. A porta do quarto tá fechada (o que a Laiz faria se me descobrisse aqui dentro? Qualquer coisa, corro pro banheiro. Mas também, não acho que ela vá encrencar. Digo que vim dar um boa-noite pra Dani. Ninguém pode culpar uma velha por ser emotiva. E eu não tô invadindo porra nenhuma porque não existe invasão dentro de invasão, entende?).

Começo passando os olhos pela mesa, que serve pra comer (tem pacote de bolacha e saco de pão) e pra juntar cacarecos, que nem na minha casa. Tem uma papelada com coisa escrita a mão (acho que são documentos, contratos, sei lá, nem vou perder meu tempo). O que eu procuro é prateado, com uma corrente arrebentada e um pingente marcado pelo nome de uma criança. Fuço no sofá. Tem mais papéis (esses eu reconheço: são os processos de reintegração de posse que o movimento fica usando nas conversas com os adevogados e tal). Nada do colar (mas que saco. E se tiver no quarto?).

Fico mordendo o canto da unha (o que é que eu posso fazer, meu Deus? Eu...).

— Mamãe?

DANI

Congelo.

A voz pergunta:

— Mamãe, você tá aí?

(Tão meiguinha, tão musical! Eu não resisto, meu Deus, preciso confortar o meu anjinho.)

Abro a porta do quarto. Ela tá toda enroladinha no cobertor.

— Ô, minha querida. Sou eu, pronto, pronto.

Ela parece confusa.

— Cadê a mamãe?

— Acho que subiu. Não vi. Cheguei e ela já tinha saído. Vim te ver, tava com saudades.

Passo a mão no cabelinho dela (ela não me diz que também tava com saudades. Tudo bem. Deve tá com sono).

— Pode dormir, tá? — Sento do ladinho dela. — E não precisa contar pra mamãe que eu vim. Só queria te dar um beijo de boa-noite.

Beijo a testa dela e abro um sorriso pra fazer ela ficar calminha.

— Minha querida, eu só queria saber uma coisa. — (Quase não consigo continuar. Coragem.) — Aquele colar.

— É o meu nome. A professora me ensinou a escrever.

— Isso aí, muito bem! É o seu nome. Esse colar, foi você mesma que encontrou?

A Dani confirma com a cabeça.

— Entendi. Como é que você achou?

— Ele apontou, numa hora. Você já tinha saído, tia Sô.

— Ah, tá. Ele quem?
— Eu não conhecia ele, tia Sô. Era um homem cheio de chaves.
Parece que um raio me atinge.
Minha boca começa a tremer. Suo na testa (a Dani tá percebendo. Preciso parar com isso. Esse medo precisa sumir. Me controlo como posso. É claro que foi o seu Paolo. A pequena só não reconheceu na hora).
Claro, o seu Paolo.
— E você pegou o colar...
— Peguei. Tinha o meu nome, e eu sabia que era pra eu.
— Tá bom, minha querida. Posso te pedir um favorzão bem grande? Queria que você me devolvesse ele. É que, ó, era um presente que eu sóóóó ia te dar depois. Então, pra não estragar, precisava dele de volta pra...
— Mas a mamãe pegou. Tá com ela, e ela não devolveu pra eu.

PAPÉIS

Fecho a porta do quarto. Mal consigo respirar.
Dei boa-noite pra Dani, fiz ela fechar os olhinhos e só saí de lá quando tive certeza de que ela tava sonhando.
Quero fugir (quero não, *preciso*). Me sinto atraída pra ratoeira, aqui, largada com os meus maiores medos (a Laiz não foi transar com o Dinei. Deve mesmo é ter ido especular sobre a velha do décimo segundo, aquela que tava com o colar de um homem desaparecido).
Preciso sair daqui.
Imagina, fica. Faz um cafezinho.
Toco na maçaneta, giro, mas ouço um barulho do lado de fora. Paro no lugar.
(Um barulho de chaves.)
Me lembro daquela noite: eu dentro e ele fora do meu apartamento. Olho pro trinco e descubro (pelamordedeus) que não dá pra trancar a porta (e se for a Laiz? Ela é a dona da casa — se é que alguém aqui é *dono* de alguma coisa. Se for mesmo ela, por que ainda não entrou? Será que

tá escutando tudo? Será que se ligou que alguém invadiu o apartamento? E se ela só tá esperando pra... pra... me *atacar*? Tô em perigo. Esquece a ratoeira, sou uma rata jogada num aquário pra servir de jantar de cobra. *Ele* me trouxe até aqui. *Ele* quer me ver sendo devorada. E eu caí na dele).

Solange.

Resolvo esperar, me fazer de morta (o que posso usar de arma por aqui? O porta-retratos? O abajur? Uma tesoura. Os documentos... Solange... Solange?!).

Isso. Solange.

Em cima da mesa, na pilha que eu achei que fosse de documentos, mexo nas folhas e encontro uma lista:

> Procurar nos centros de acolhida
> ONGs
> DPs
> Igrejas

E aqui, uma anotação de outra cor. Vermelha. Parece mais recente:

> Solange. Acordada naquela noite? Barulhos de gritos e conversa na madrugada? Contato com ele?
> Filha saiu chorando pq?

(A memória vem toda de uma só vez. Foi a noite em que a Dani e a Laiz tavam brincando lá embaixo — a primeira vez que vi a Dani, ela com a roupinha de Emília. *Foi naquela noite*. Nem dez minutos depois, o safado chutou a barriga da Eugênia e ela saiu chorando. *Saiu pra rua!*)

(*A Laiz viu. A Laiz tava na calçada.* E agora ela tá ligando os pontos.)

(Neste momento, não sou eu que tô enganando eles. São eles que tão me enganando.)

FUGA

Ouço batidas na porta.

Recuo e caio sentada no chão. Entro em pânico. Não consigo respirar.

Mais batidas, mais violentas (vai, serpente, abre logo a porra dessa porta e me devora. Por que acordar os vizinhos? Por que essa demora?)

Eu sei a resposta (quer me torturar. Meu Deus do céu!).

Vem ver.

Não vou. Sério, prefiro que ela me descubra aqui e me mate ao lado da Dani.

Vem logo.

Não quero me levantar! Não consigo.

Você acha que acaba assim?

Como eu vou saber como acaba? Não sei nem com quem tô conversando!

Eles estão vindo.

O medo vira revolta. Puxo a maçaneta querendo esganar quem tá do outro lado.

Mas não tem ninguém. Só o vazio.

Então ouço uns cochichos, de longe, acompanhados por passos de gente que conheço.

Silenciosa, eu desço dois lances de escada e fico esperando no escuro. É a Laiz e o Dinei. Eles param no sexto andar, falam um pouco mais, e então as vozes somem (certeza que entraram no apartamento dela).

De nada.

(Não gosto de nada disso. Especialmente dessa voz na minha mente, essa voz que eu conheço, mas não escuto. Não gosto do fato de que eu preciso pedir de novo. Tô com medo, muito medo.)

Medo de quê?

De você.

Não tenha medo de mim. Tenha medo dela. Deles. Porque eles estão na sua cola.

Eu não faria isso se não precisasse, nunca, mas é que...

Eu já te ajudei antes, não ajudei? E não pedi justificativa.

...mas é que, meu Deus do céu, eu preciso salvar a nossa pele.

E eu já te disse "não" alguma vez?

AGONIA

Subo a escada. *Toc toc toc.*

(O negócio é o seguinte: eu ainda tenho uma saída. Uma única saída. Não quero, mas preciso dele.)

Eles vão te pegar.

(Eu quero pedir com o desespero das outras vezes. Tá me dando dor de barriga, porque o que tô pensando em pedir é absurdo demais até pra eu engolir. Só Deus pra me entender. É uma aberração que...)

Não precisa de justificativa.

(Não sei de onde essa ideia veio. Ela não é minha, eu nunca fui assim, eu sempre fui boa...)

Por isso mesmo. Você é boa. Sua razão é nobre. Peça.

(Não quero e não *posso* me ver longe da Dani. É como se a minha vida dependesse de ajudar ela.)

Nada mais justo. Você matou o pai dela.

Eu... matei?

Matou.

A pobrezinha... Eu tenho que dar o que ela precisa pra sobreviver.

E, em troca, ela te dá o que VOCÊ precisa: uma neta.

Mas a Eugênia, o bebê dela...

É um filho sujo. Não é seu neto de verdade. Nunca será. Mas a Dani ainda pode ser.

Deus sabe que sim. Se a Laiz...

...aquela enxerida, encrenqueira...

...se a Laiz suspeita de alguma coisa, então eu tenho um problemão, porque ela não pode simplesmente resolver tirar a Dani de mim agora.

Claro que não pode. A Dani te ama, talvez mais até do que ama a própria mãe.

A Laiz, ela não pode me perseguir! Não pode me julgar ou me culpar por esse crime. Foi uma bênção pras pessoas, tá me entendendo? Já tá feito. É tarde demais pra ela querer tirar a Dani de mim. Ela não deixou a filha comigo esse tempo todo? Com o amor, não dá pra voltar atrás.

Você queria que a Laiz morresse, não queria?

Continuo subindo as escadas, os olhos nos meus pés. Ouço os passos atrás de mim.

Você sabe que é só pedir com força.

Eu sei, mas também sei que, se ela morresse da noite pro dia, a Dani ia acabar indo embora. Não ia ficar comigo. Porque o Dinei também suspeita de mim.

Claro. Outro vagabundo.

Ele ia dar um jeito de ficar com a menina, eu sei que ele ia!

Covarde...

Ou ia mandar ela pra outro parente.

Seria um pesadelo. A Dani precisa ficar do SEU lado.

Precisa! E se pra isso aquela machona intrometida precisa ficar viva... Então que fique viva.

Bom, então temos um problema. Você não quer se livrar da dona das suspeitas e também não quer fugir...

Não, de jeito nenhum.

Então, pelo que vejo, só te resta uma solução...

Acabar com as próprias suspeitas. É isso! Sumir com o que pode me incriminar! Porque se a Laiz não tiver nada contra mim, não vai ter denúncia que me derrube!

Ótimo, ótimo. E quais são as provas materiais que você precisa eliminar?

O cheiro.

É um bom começo. O cheiro deu uma boa melhorada ultimamente, você não achou?

Achei, tava estranhando isso.

Pois é, primeiro fedeu, depois ficou sem cheiro.

Parece até passe de mágica.

Não é mesmo? Mas esse corpo não vai ficar assim pra sempre. Uma hora ele vai voltar a feder. E ele não vai evaporar lá debaixo do lixo, vai? Quem sabe até descubram o corpo...

Não vão descobrir. Eu... eu vou dar um jeito. Vou fazer igual fizeram com o Totó, o cachorro da vizinha.

Ou seja...?

Fogo. A mesma coisa que os vizinhos fazem: fogo no lixo.

Excelente. Agora, fica faltando só mais uma coisinha.

Fica?

Fica. Você vai se livrar do corpo, legal, só que, por mais que você extermine o traste, dê fim na corrente com o pingente, apague qualquer memória daquela noite e faça a Eugênia prometer que nunca vai abrir a boca sobre o caso que teve com o infeliz, tem uma última coisa... Um resquício...

Uma coisa que cresce.

Uma coisa que cresce. E que logo vai começar a aparecer debaixo da blusa.

Caio de joelhos nas escadas porque não consigo mais *pensar* nisso. Eu choro sem som, sentindo a cabeça explodir.

Você tem que ser forte.

Consigo ouvir as chaves tremerem, bem perto de mim.

Você já fez tudo até agora. Só falta isso.

Tenho que ser forte.

Você É uma mulher forte. Cuidou sozinha da Eugênia, se livrou dos dois trastes na sua vida. Tá na hora de provar que você consegue sobreviver a isso tudo.

Eu consigo.

Então, prova. Pede.

Me dói! Me dói muito! Olha pra mim, eu tô ganindo, tô de quatro nos degraus! Não consigo...

Você consegue.

A vida é má.

Tá acabando. Vai, pede. Pede. Pede...

De olhos fechados, me erguendo nos degraus, peço que a Eugênia tenha um aborto.

SONHO

É aquela sensação de novo. Olho aberto, vejo o meu quarto no escuro, mas não consigo me mexer. Nada responde.

Eu ouço um barulho no banheiro. Não sei se é sonho ou realidade.

Ela chegou, a Eugênia, ela chegou da festa em que tava com as amigas. Ela entra no banheiro. Ela tá chorando baixinho. Quero ir atrás, mas não consigo me mexer.

(Me vem aquele nervoso, aquela quentura, mas eu fico calma. Só escuto. Consigo enxergar o banheiro, não sei como, mas consigo.)

A Eugênia suspira e volta a chorar (ela tá com dor). Tenta entender o que tá acontecendo com a barriga. A Eugênia tira a roupa e entra debaixo do chuveiro (minha filhinha, eu quero tocar nela, dizer que vai ficar tudo bem. Ele falou que vai. Ele sabe das coisas).

Ela envolve a barriga com os braços, fica curvada, e então sente o filete de sangue escorrer pela perna (Eugênia, minha filha, confia nele, confia nele).

Eu fico assim, sem conseguir me mexer, ouvindo a minha filha em sofrimento por quinze minutos. Quero que isso pare (ele não pode ter me enganado. Ele disse que ia ficar tudo bem. Eu confiei nele).

A Eugênia então se recolhe no canto do banheiro, abraçando as pernas. Do lado, ela deixou uma poça com sangue e aquilo que um dia foi o meu neto (ou neta).

Foi melhor assim.

Levanto que nem se eu tivesse saído de baixo da água, sem fôlego. E vem o que parece ser uma machadada na minha cabeça. É a enxaqueca. Eu grito. Não consigo abrir os olhos. E caio no chão.

Procuro um apoio e me forço a ficar de pé.

(MINHA CABEÇA! MINHA CABEÇA!)

Vou até o banheiro. Eu preciso dar uma força pra minha filha. Ela não teve nada a ver com isso, ela não pode sofrer assim, ela...

Ela não tá aqui.

Procuro no apartamento inteiro. Sem sinal da minha filha.

O barulhinho de metal faz eu olhar pra porta da frente. Ela tá meio aberta.

Você foi forte, Solange. Merece o reconhecimento.

É tarde demais.

NASCIMENTO

Uma e vinte da manhã.

Ele tá fugindo de mim. Bateu as chaves pra me atrair, mas sumiu.

(Eu confiei nele.)

Desço as escadas no silêncio (e é isso que me assusta: se ele não tá aqui é porque tem alguma coisa errada. Tá igual a cachorro que faz merda e se esconde do dono).

Acelero o passo (onde fica o raio do bar em que tá tendo essa festa de forró? Preciso tirar a Eugênia de lá. Dane-se que tô de pijama).

Quando chego no terceiro andar, paro no lugar. Tem um... um barulho. É um gemido. Eu sinto um frio na espinha. É *igualzinho* ao gemido que ouvi no meu sonho.

É da Eugênia.

Continuo descendo, acelero o passo, tropeço no escuro, chego no segundo andar e...

(A minha cabeça explode.)

Nem as coisas mais horríveis que vi durante minha vida de fome, violência e miséria me prepararam pra isso que a luzinha do celular revela nas trevas.

— EUGÊNIA!

Despenco no degrau ao lado dela e sujo o meu pijama de sangue (o coração dela tá batendo, graças a Deus, tá batendo!). O olho tá só metade aberto, perdido. Ela solta uns chiados, mal respira, mal me reconhece.

(PAI NOSSO QUE ESTAIS NO CÉU, SANTIFICADO SEJA O VOSSO NOME.)

— Filha, você tá me ouvindo? Filha, a mamãe chegou. Filha!

(VENHA A NÓS O VOSSO REINO.)

Eu abraço, choro, e aí arrisco olhar o estrago que fizeram na minha filhinha (crise de enxaqueca, ânsia de vômito).

A barriga dela tá inteira rasgada (imagina que pegaram uma bola de futebol e decidiram cravar um sorriso no couro dela, de fora a fora).

Eu cubro os meus próprios olhos, sem ar. A minha filha tá assim, caída, porque desmaiou de dor (uma dor que eu não consigo imaginar, meu Deus do céu!).

E não é tudo. No degrau de baixo tem uma massa de sangue, tecido e gosma que não sei direito o que. Mentira, sei muito bem. É a minha netinha. Ela tá morta, arrancada, exposta, ainda grudada no cordão umbilical, parecendo uma pipa caída.

— Eu... gênia... — chamo bem pertinho do ouvido dela. — A mamãe... tá aqui... Ele garantiu...

(Ele me abandonou. Ele é mais um.)

No chão, vejo o canivete que furou o pescoço do cretino. O canivete que abriu a minha filha de um lado a outro. Eu pego ele na mão. É com ele que vou atrás de vingança.

CONFRONTO

Eu não fiz nada que você não tenha pedido.

Eu venderia a minha alma pra colocar as mãos em você.

Você queria o aborto e o sangramento.

Você matou a minha filha.

Você viu muito bem que ela continua respirando. Ela só vai morrer se você quiser.

Vou fazer de um tudo pra salvar ela.

Você enlouqueceu.

Foi você. Foi você!

Agora tá perdendo o controle. Se acalma. Senão, vai ser igual daquela vez em que você enlouqueceu, há tantos anos, estava com um canivete na mão e...

— Cala a boca! — grito de onde tô.

— Dona Solange?

Tomo um susto (é alguém dos andares de cima. Achei que tava todo o mundo dormindo...).

Você gritou. Acordaram.

— Dona Solange, é a senhora?

Reconheço a voz e o tom (é a Laiz. Ela tá desconfiada. Acho que a Dani falou que eu fui lá.).

— Pelo amor de Deus! Aconteceu um acidente!
Vou a encontro dela, no sexto andar. A Laiz tá de pijama.
— Chama o SAMU!
(Mas que filha da puta! Ela não tá desesperada, não tá correndo pra buscar o celular, como eu mandei. Ela tá parada, me olhando com a mesma cara que usa pra conversar com o pessoal da prefeitura sobre a reintegração de posse. Ela não confia em mim. Que ódio eu tenho dessa mulher!)
— Você é surda? A minha filha tá morrendo!
— O que aconteceu? Cadê a Eugênia?
— Lá embaixo!
— Mas a senhora tava subindo.
Eu tava procurando o filho da puta pra me vingar com as próprias mãos, eu penso em dizer, mas desisto e minto:
— Tava procurando sinal, meu celular não funciona! Liga agora, já!
Ainda sem desgrudar os olhos de mim, a Laiz põe a mão no bolso da calça e tira o celular. Mas ela não leva até a orelha. Ela tá duvidando de mim.
— Me leva até a Eugênia. Quero ver o que aconteceu.
Encaro ela, muda (não acredito que tô ouvindo isso!). Arregalo os olhos, abro a boca, espantada.
— Tô falando sério. Cadê a Eugênia?
Penso em tomar o celular da mão dela (o que não seria uma boa ideia, porque a firmeza com que ela fala me diz que vai partir pra cima de mim se eu tentar alguma loucura. Pela cara, a Laiz tá se sentindo ameaçada).
— Se acontecer alguma coisa com a Eugênia por causa dessa demora, eu...
— Então agiliza. Cadê?
Fico muda. Desço na frente, as mãos fechadas de tanta raiva. São quatro andares que pulamos em silêncio.
E quando chegamos lá...
O vazio.
— Minha filha. Meu Deus, ela tava aqui até agora... Eu juro!
A Laiz olha pra onde eu aponto. São só degraus no escuro.
— Eugênia? Eugênia!!!
— Não grita, vai acordar todo mundo.

— Foda-se o mundo! A minha filha tá morrendo e devia tá aqui esperando pela ambulância que *você* me impediu de chamar! Eugênia!!!

Procuro em volta como se ela tivesse se escondido (é óbvio que seria impossível). Desço pro térreo.

Tudo deserto.

A porta fechada.

Nenhuma marca de sangue, nenhum sinal de vida.

Volto pro segundo (nada faz sentido!). A Laiz me observa (tô cagando pro que ela pensa. Tenho *certeza* de que minha filha tava aqui! Deitada assim, aqui no terceiro degrau, o feto morto ali embaixo, eu...).

— O sangue! — Aponto. — Olha o sangue no chão! E na minha camisola, aqui! Você não tinha visto porque tá escuro, olha!

(O sangue é a minha prova. Quero que a Laiz olhe pra ele, levante o rosto e diga *meu Deus, a senhora tem razão*, e ligue PRA PORRA DO SAMU!)

Só que o sangue piora tudo. A Laiz dá um passo pra trás e assume uma posição de defesa.

— O que você fez?

— Oi?! Pelo amor de Deus, eu não fiz nada! A minha filha...

— Por que a senhora tem um canivete na mão?

Me dou conta só porque ela falou.

— Eu... Tava largado do lado dela! A minha filha foi atacada com este canivete.

— O que você fez?!

(Não sei mais explicar. Ela me afoga em perguntas, faz minha dor de cabeça piorar, *essa imbecil me trata como uma criminosa!*)

Criminosa que você é.

— EU NÃO FIZ MAL PRA NINGUÉM! — respondo, chorando. — Você tem que acreditar em mim, caramba! A gente tá conversando enquanto a *minha filha* tá sofrendo em algum lugar deste prédio...

— Por que você invadiu o meu apartamento?

— Eu não invadi! Eu...

— O que mais você fez?

Eu explodo:

— Você não sabe nada sobre mim! NADA! Você chegou achando que é *a dona da ocupação, a líder que a gente sempre pediu pra Deus*, mas você é só uma noia puta do mesmo nível de qualquer pé-rapado daqui, tá me entendendo? Não vem dar uma de coitada só porque o seu marido morreu! Ele era um nojento, um lixo! O marido de noventa por cento das mulheres daqui *também morreu* e *também era um lixo*, caralho! Se bota no seu lugar, porque você não é mais que ninguém! Ninguém!

(Saiu tudo sem querer. E foi *ótimo*. Tá parecendo que tirei uma calça apertada que tava me aporrinhando tem um século, e só agora eu tive noção do quanto é que tava apertada. Poder respirar é bom.)

A Laiz não reage (é uma putinha fraca, no fim das contas. Não vai comprar briga porque sabe que vai perder).

— Foi você, não foi?

Meus músculos travam.

— Você fez alguma coisa com ele.

— Você... você não tem ideia do que tá falando.

— O Dinei comentou sobre a Eugênia, mas nem dei trela, porque você era tão carinhosa com a minha filha... Me recusei a ouvir.

— Não fala da Dani.

— Não é nem arrependimento. Tenho é *nojo* de saber que deixei ela com você esse tempo todo. Pode me chamar de puta. Prefiro do que ser suja que nem você.

Ajo sem pensar.

O meu braço não conversa com a minha cabeça. Pisco, e quando abro os olhos de novo...

O canivete tá enterrado no pescoço da Laiz.

Ela não acredita.

Eu não acredito.

A gente troca olhares de puro terror.

Agora já foi. Tem que terminar. Você sabe como.

(Tudo volta de uma vez. Faz *tanto tempo*... O dia em que ele disse que ia embora pra sempre, que ia me deixar com a Eugênia ainda bebê. Pela primeira vez na vida, me impus. Pela minha ousadia, ganhei dois prêmios: a maior surra que já levei na vida e essas costas destruídas que me fazem parecer bem mais velha do que sou. Ele deixou uma marca em mim. E por isso, naquele dia, decidi que ia deixar a minha marca nele. Foi quando ele bobeou e me deu as costas. Ele se achava tão melhor que aquela bostinha de esposa que baixou a guarda. Duvidava que eu tivesse coragem. O canivete que ele usava para cortar o isopor na fábrica tava dando sopa na terceira gaveta. Juntei coragem e fui numa só. A lâmina cortou a pele, as veias e a carne facinho, facinho. Pelo espelho, vi os olhos dele se arregalarem. Tive a impressão de que a gente ficou horas naquela posição. Alerta, me liguei que ele poderia reagir. Então girei o canivete três vezes e puxei na minha direção. Ele caiu, se afogou no próprio sangue e morreu ainda sem acreditar.)

Você sabe como fazer.

(A Laiz não é como ele. Não fez um décimo do mal que *ele* me fez, mas ela se recusa a deixar tudo isso pra lá, a entender que o meu monstro do passado é *igualzinho* ao cretino do presente, o bosta que chutou a barriga da Eugênia e quis fugir dela.)

(Eu *realmente* me arrependo de ter cravado o canivete no pescoço da Laiz. Mas agora...)

Agora não tem como voltar atrás.

FEITO

A trilha de sangue é o menor dos meus problemas. Carrego o corpo da Laiz (meu Deus! Minha filha ainda deve tá sofrendo em algum lugar deste prédio).

E a Dani, tadinha? Agora é órfã de pai e mãe.

Eu que matei os dois.

Assumir sempre é a melhor saída.

O Dinei. O Dinei vai descobrir...

Relaxa, ele só perdeu a companheira de cama. Ele arranja outra rapidinho.

Desgraçado. Foi você!

Não, foi VOCÊ. Já concordamos nisso.

Penso no seu Paolo. Agora sim ele vai reclamar do cheiro mais do que nunca (preciso resolver isso agora, enquanto a ocupação tá dormindo).

Você sabe como.

- 258

O celular da Laiz escapa pelo bolso da calça. Nove mensagens do Dinei. Cai também um isqueiro. Este eu pego pra mim.

Nem olho direito pro corpo.

Isso, não olha. Compaixão é inimiga. Seja forte e aja do jeito certo. Precisa de coragem. Você não é corajosa? Então vai, desova de uma vez.

(O nojo que sinto de mim mesma...)

Deixa isso pra lá. Você precisa de amor-próprio. Você nunca teve amor-próprio.

Empurro as pernas dela pela beirada, e o cadáver praticamente cai sozinho no poço do elevador.

Choro baixinho (meu Deus do céu, no que me tornei?).

Nada além daquilo que você já era, do que sempre foi. Sempre.

Tudo no meu corpo dói. Esforço, tensão, cabeça. Junto forças de não sei onde pra conseguir subir as escadas.

No meu apartamento, vou até o quarto, com a esperança de que a Eugênia teja ali. Por um segundo, imagino que vou encontrar ela com uma toalha cobrindo o machucado: *Mãe, subi pra lavar o corte, mas fica tranquila que tô bem* (ingênua, eu. Já devia ter aprendido que a esperança só serve pra machucar).

Do quarto, vou pra cozinha. Embaixo da pia, pego as duas garrafas de álcool que tão guardadas. Agarro, na sala, uma revista velha. Vou até o corredor (ouço os passos. Não os meus, claro. Os da escada. Tão se aproximando. Eu nem consigo ter medo. Só consigo seguir com a minha vida enquanto ele se aproxima de mim como a morte).

São duas da manhã.

Abro as garrafas e jogo todo o álcool lá embaixo. Acho que devo ter acertado o corpo da Laiz (não sei, tá escuro.)

Os passos. Tão mais próximos (ele deve tá trazendo um fósforo pra mim. Não precisa, viu? Tenho o isqueiro da Laiz comigo).

Coloco fogo na revista. As páginas começam a se retorcer em chamas. Olho lá pra baixo. É assim que vai terminar.

Estendo a minha tocha improvisada e...

Vem o grito do meu lado:

— Que você tá fazendo?!

PRENSADA

É o Dinei (nunca vi ele preocupado assim).

— Dinei, eu não quero te machucar...

Mas ele avança do nada, que nem uma onça, e me pega desprevenida. Dou um passo pra trás, fugindo das mãos dele, e esbarro na quina da coluna.

O canivete. Tá no bolso do pijama. Mata esse filho da puta.

O Dinei se joga em cima de mim. É um bicho (ele tá vendo alguma coisa em mim além da minha pessoa. Ele tá assustado. Vê o demônio).

— Sai, você...!

Mas ele me dá um tapão e eu perco a noção das coisas. Sinto outro golpe no meu punho e a revista desliza pro lado. O Dinei me larga, vai até lá e sapateia em cima do papel até apagar o fogo.

Começo a chorar.

— Eu não queria...

— Cadê a Laiz?

(Nunca quis que ele desconfiasse. Tá tudo dando errado, meu Deus...)

— Cadê a Laiz?!

Uma porta se abre ao nosso lado. É o seu Paolo, que sai perguntando o que tá acontecendo (você não imagina como os olhos dele se esbugalham. Acho que ele nunca seria capaz de *imaginar* a cena que vê: o herói da ocupação, um homem de um metro e noventa e braços do tamanho de um extintor de incêndio, falando duro com uma velha indefesa, que chora caída que nem bebê).

— Seu Paolo, vai cuidar da sua vida — manda o Dinei.

O velho obedece. Entra e fecha a porta sem me olhar na cara.

(O sábio é surdo, mudo e cego, ainda mais quando é velho, retardado e mora de favor.)

O Dinei volta os olhos pros meus. Tô prensada no chão.

— Cadê. A. Laiz.

Mesmo se quisesse, eu não conseguiria falar. Eu soluço, só soluço.

O Dinei tira o isqueiro da minha outra mão e fica olhando pra ele por um tempão. Depois, dispara pras escadas e me deixa lá, jogada (graças a Deus ele não olhou pro poço do elevador).

AJUDA

Não sei quanto tempo fico ali, jogada, sentindo todas as dores voltarem de uma vez: as do dia em que rolei a escada, as da tensão de ter visto minha filha estrebuchando, as de ter matado a Laiz, as de bater as costas na coluna e as de ser espremida naquele chão imundo.

Ouço vozes vindas lá de baixo (certeza que são os enxeridos que acordaram com o bafafá e tiveram o atrevimento de ver o que era). Ouço o Dinei gritando pelo nome da Laiz. Pelo tom de esperança, imagino que ele ainda não encontrou o cadáver.

— Dona Solange. A senhora precisa levantar. Tem fogo do seu lado.

A revista ainda tá vermelha e solta uma fumacinha.

— Ele apagou o fogo. Ele vai me matar.

— Mas ele é legal, dona Solange, o Dinei. Ele não ouve a voz de coisa ruim, não. A senhora precisa levantar.

O mundo ganha foco. É o seu Paolo que tá falando comigo (ele tá aflito, tadinho. Quer me ajudar a levantar, mas eu não tenho forças... Não tenho vontade. Levantar pra quê? Pro Dinei voltar e me matar? Me entregar pra polícia? Mais do que nunca, entendo a depressão. Quero é ficar aqui, só. Nada mais faz sentido pra mim).

— Acho que ela quer falar com você — ele me diz.

— Ela quem?

— Ali. A Dani.

Sigo o dedo que aponta a escada. Pelo vão, vejo a minha princesinha. Ela tá parada olhando a cena, toda confusa.

ENCONTRO

— Dani, minha linda. — Me ponho de pé com a ajuda do seu Paolo.
— Dani.

Ela não sabe o que fazer. Deve ter sido acordada por aquele enxerido do Dinei e ficou com as ideias bagunçadas quando não viu a mãe. Ela faz que vai vir até os meus braços, mas vejo a dúvida cortar aquele rostinho. Ela me dá as costas e sai correndo pros degraus.

— Dani, vem cá!

(Sinto *tanta* pena dela...)

A Dani chora enquanto sobe.

— Dani, por favor, deixa eu explicar o que aconteceu.

(Subir os degraus é um castigo, mas é fichinha comparado com o pensamento que me adoece feito vírus: *a Dani não confia em mim*. Parece que tô com febre, é um mal-estar... E se ela suspeita que eu...)

— Dani!

Ouço os passinhos na escada, subindo, subindo. Eu atrás, me apoiando nas paredes, nunca tão velha quanto agora.

Eu finalmente alcanço, no último andar (tadinha, ela tá toda assustada nesse canto escuro, o corpinho contra a parede, o rosto entre as mãos. Eu me arrependo de tudo, *tudo*, nunca teria feito nada se tivesse imaginado que respingaria nela).

— Dani, eu... Eu... — Choro (eu o quê? Não consigo completar.). — Vai ficar tudo bem. Eu prometo que vai ficar tudo bem.

Chego perto dela, neste escuro opressor, e abraço o seu corpinho. Fico vários segundos ali: ela, gemendo, e eu, querendo curar a tristeza com a minha força de vontade. Ela suspira, suspira gelado no meu pescoço.

Gelado.

— Dani, você tá fria...

E quando eu solto, me distancio e olho pra carinha dela...

A minha alma quase foge do meu corpo.

(NÃO É O ROSTO DE UMA CRIANÇA!)

(NÃO É O CORPO DE UMA CRIANÇA!)

É um homem com um olho amarelado caído para fora da órbita e uma pele azulada. Uma coisa nojenta, fungos nascendo como um tapete de veludo. E eu *toquei* minha bochecha nisso! O cabelo é um emaranhado de fios que parecem ter sido bagunçados com gel (mas não é gel. É sangue coagulado). E quando ele abre um sorriso maligno diante do meu desespero, enxergo os dentes quebrados, cobertos de baba. Podres.

Finalmente, nos vemos cara a cara, minha amiga.

CHAVE

Eu mesma me ensurdeço com o meu grito. Empurro o homem pra longe de mim, mas o braço dele gira e me acerta com o molho de chaves (minha testa! Minha testa!!!). Perco o equilíbrio e caio sentada no chão.

Sangue cobre os meus olhos. Sento contra a parede.

Ele se aproxima com aqueles passos sem ritmo (são esses os passos que me tiraram o sono e eles tão vindo na minha direção agora). Posso ouvir os ossos dele trincando a cada movimento. As chaves batem. Ele se abaixa e me agarra pelo braço, com dedos frios de um morto. Eles têm uma gosma que fede (parece pus).

Fecho os olhos (uma péssima escolha). Ele traz os dedos repulsivos e molhados pras minhas pálpebras. Puxa elas pra cima, mete força.

Abre.

Começa a mexer no corte do meu supercílio, empurrar, *abrir* com o dedo imundo. Eu grito de dor.

Abre ou eu te cego.

Eu abro (preferiria olhar pro rosto decapitado da minha filha do que pra este monstro. Eu deliro, num estado de pavor que nunca imaginei. Não sei de onde ele veio, mas tenho certeza de que mora neste prédio faz muito tempo. O zelador. Só não é humano. Não é assim. Ele tomou essa forma pra me apavorar).

(Impressão minha ou ele... ele parece...?)

Ele me mostra as chaves. Gira elas entre os dedos, o rosto cadavérico sem mexer um músculo (ele é igualzinho... Não pode ser!). Procura uma chave, devagar, entre tantas que chacoalham. E escolhe uma. Estica pra eu ver.

Sorri.

São dentes pretos, lábios rachados, mais pus saindo deles.

Eu abaixo o rosto. Ele vem até mim e usa a mão fria e gosmenta pra levantar meu queixo. Pertinho. O olho caído da órbita toca a minha bochecha. Eu viro de lado.

Era o que ele queria.

Ele empurra minha cabeça pra direita, empurra mais (primeiro parece que tá me alongando, depois põe força, me machuca, VOCÊ TÁ ME MACHUCANDO, EU VOU QUEBRAR O PESCOÇO!).

E vem a dor. Ele perfura a pele da minha nuca, e eu entendo que ele meteu a chave ali. Eu esganiço que nem cachorro.

Lembra de todos os favores que eu já te fiz?

(Eu não consigo me mexer. Tô paralisada, toda torta, sentindo os nervos do pescoço que nem corda repuxada, a um fiozinho de arrebentar. Dói muito. Vai doer ainda mais se eu sobreviver.)

Agora, eu quero o meu favor.

(EU NÃO CONSIGO ME MEXER! NADA! É HORRÍVEL, DESESPERADOR! É A SENSAÇÃO DE QUANDO EU TAVA NA CAMA, OLHO ABERTO, VENDO TUDO, OUVINDO, MAS LARGADA AQUI!)

A chave.

É muito simples. Eu quero a Dani.

(Tô em choque. É ele sim. O falecido. Não consigo raciocinar.)

Isso mesmo que você entendeu. Você vai descer e me trazer a menina.

(Eu não tenho coragem de responder. Assim, de lado, quase encostada nele, consigo ver direitinho o corte de canivete que fiz no pescoço, anos atrás.)

Você vai me obedecer. Eu fiz tudo o que você mandou até agora, não fiz, Solange? É por isso que tão educadamente eu peço. Trato é trato.

(O corte.)

A menina. Você vai me obedecer.

Ele solta a chave e eu me levanto num pulo.

MINHA MISSÃO

Tô de volta ao décimo segundo andar. O sangue ainda escorre da minha testa.

Tem alguém vindo da escada.

Preciso me localizar. Entender o que aconteceu. Olho a revista queimada no chão e penso nas minhas próprias cinzas (sei que foi tudo verdade. Meu queixo ainda tem pus).

Quem surge da escada é o seu Paolo.

— Tá todo o mundo agitado lá embaixo, dona Solange — diz, e eu não sei se o seu Paolo de antes era de verdade ou só uma alucinação. — O Dinei não parava de subir e descer. Ele tava xingando a senhora. Eu disse pra ele não fazer isso porque a senhora é boa. Agora ele saiu. Foi pra rua. Tá procurando alguém.

Eu abraço o seu Paolo sem motivo. Acaricio o rosto dele e digo:

— Seu Paolo, sai deste prédio agora. Eu não quero que o senhor teja aqui pra ver. Vai.

— Mas dona...

— Vai! — grito (não tô nem aí se agora ele dá razão pro Dinei e me acha louca).

A missão foi dada, e o homem na escada mostrou do que é capaz se for contrariado.

Preciso descer e chamar a Dani. Ela deve tá assustada, tadinha, sozinha naquele apartamento, perguntando pela mãe (a Dani ainda confia em mim. Viria sem perguntar). Preciso pegar a Dani pela mão pra que ela me obedeça direitinho. Aí, ignoro as pessoas que vão me xingar e tentar me deter e vou com a Dani até a escada. Vou dizer pra ela que preciso mostrar uma coisa lá em cima. Sei muito bem que ele, o zelador, vai tá paradinho no vigésimo quinto, só esperando a gente. Vou tapar os olhinhos da Dani (não quero que ela veja aquele rosto podre antes da hora. É muito sofrimento, e ela talvez tente sair correndo).

Aí, tudo fica bem. O homem na escada vai ficar feliz, vai me estender a minha chave (a minha liberdade), vou entregar a mãozinha da Dani pra ele e...

E tudo vai se resolver (livre). Nós têm que ser otimista.

Os corpos vão sumir, assim como esse monte de suspeita que me ameaça. A minha Eugênia vai aparecer desacordada na escada e, com um resgate rápido, vai conseguir sobreviver (eu posso pedir por uma chave que liberte ela também). E o Dinei vai tropeçar nos degraus, bater a cabeça e silenciar pra sempre aquela boca que diz verdades inconvenientes. Tudo vai se resolver: eu, no meu apartamento, e o zelador, na escada, cada um com a sua devida recompensa.

(Só tem uma coisa. Esse filho da puta não aprendeu nada se acha que eu vou permitir macho mandar em mim.)

TENTATIVA

(Não vou ter medo. Juro pra mim mesma que não.)

Ouço mais gente que acorda e abre as portas pra saber o que tá acontecendo.

É questão de tempo até eles virem atrás de mim. Eles e *ele*.

Então eu preciso me mexer.

Pego aquela mesma revista nas mãos e levo comigo até a minha cozinha. No caminho, tranco a porta da frente e, um segundo depois, ouço alguém tentando abrir a maçaneta.

O que você vai fazer?

Na cozinha, embaixo da pia, encontro uma caixa de fósforos. Tá tudo pronto pra quando eu quiser meter fogo nas páginas de novo.

Fogo ao lado do botijão de gás não combina. Você pode se machucar.

Bom, a culpa é toda sua (quando você já foi esculachada de todos os lados, no corpo e na alma, um arranhão a mais não faz diferença nenhuma).

Velha burra, vai acabar se explodindo.

E te explodo junto.

E aí parece que um trator surge pra derrubar a porta. Ele tá desesperado, e eu tenho pouco tempo. Coloco a revista no chão (ainda sai fumaça dela) e me agacho para abrir o registro do botijão.

Eu já não penso, só faço. Ouço gritos pela ocupação.

Lá fora, a madrugada de São Paulo é calma. Faz calor.

A porta arrebenta.

Conto três segundos.

Tento arrancar a merda do registro, mas eu só consigo fazer cócegas nele.

Sinto um calafrio.
Tô conseguindo girar, tá abrindo, ouço o vazamento, o botijão vai...
Ele me alcança.
Você deveria ter me obedecido.

O PIOR DOS CASTIGOS

Por mais que eu já espere, tomo um susto.

As mãos geladas me agarram pela nuca e sou erguida do chão. Ele me gira, eu fico de frente praquele olho caído. Ele aperta, aperta mais (eu não consigo colocar a língua de volta na boca! Jurei pra mim mesma que não ia ter medo, mas... mas...).

(MEU DEUS DO CÉU, MEU PESCOÇO!)

Entro em desespero, uivando, pronta pro abate.

Ele só abre aquele sorriso preto, fedido. A cara do desgraçado do meu ex.

E me humilha mais. Passa a outra mão pelo meu rosto, me besuntando de pus, sujando minha pele que nem cachorro que mija pra marcar território. Os dedos passeiam pelos meus lábios, pela minha língua ejetada. A gosma das unhas dele toca a saliva que não consegui engolir, e vomito dentro de mim mesma (você não tem *noção* do que é isso... Aquela coisarada toda sai da minha barriga, vem querendo passar e pular pra fora da boca, mas a mão dele bloqueia minha garganta, e o vômito fica ali mesmo, queimando tudo o que eu tenho por dentro).

Velha burra.

Fico sem respirar. Meus olhos reviram. Meu nariz escorre. Mas eu vou aguentar. Não vou pedir misericórdia. Vou morrer sem me rebaixar.

Então, pra começar a brincadeira, você vai fazer companhia pros outros.

Outros? Que outros?

Os seus.

Um segundo. A ficha cai.

(PELO AMOR DE DEUS PELO AMOR DE DEUS PELO AMOR DE DEUS!!!)

Eu me debato. Tô perdendo a força, vou desmaiar. Ele solta a mão e me deixa vomitar no piso. Me sujo inteira, dos braços ao peito. Tá também pingando sangue. É o machucado da testa. Tá aberto.

Ele me pega pelo cabelo. Eu engasgo no vômito, mordo a língua na minha tentativa de formar frases (preciso que alguém me ouça! ALGUÉM FAZ ALGUMA COISA!)

Hora de descer de elevador.

(Eu achava que a definição de ruindade era o traste chutando a barriga da minha filha, ou o cretino do meu marido me espancando na cama. Mas isto é muito, *muito* pior.)

Me puxa pelo cabelo. Ele me leva até o quarto andar em vez de me matar lá em cima (OITO ANDARES! OITO COM O COURO CABELUDO NA MÃO DELE. EU NÃO PARO DE CHORAR). Ele quer que eu sofra até o minuto final, que eu implore, me mije, me cague, que vire um animal indefeso.

(CADÊ O POVO? As pessoas que eu escutei saindo dos apartamentos não tão aqui pra me ajudar! Parece que eu e eles tamos em dimensões diferentes, e nesta aqui, eu tô sozinha com essa aberração!)

A gente chega ao quarto andar. Ele alivia a pressão no meu pescoço e enfia a mão suja na minha goela (quer ter certeza que eu tô viva, respirando, capaz de vomitar).

Então...

Ele me arremessa pro poço do elevador.

Eu perco o fôlego, não consigo gritar. São dois, três metros só, mas sinto que tô caindo de um avião (tô caindo pro inferno).

O horror cresce quando me estouro no topo da montanha de lixo. Alguma coisa dura fura minhas costas e sinto uma pontada de dor no braço.

Lá do quarto andar, o zelador não para de sorrir pra mim.

ANFITRIÕES

(Nunca me senti tão suja, tão humilhada, tão horrorizada e tão sem fé. Deus me deixou pra morrer num lixão.)

O cheiro não demora a impregnar o meu corpo (é uma nuvem que me cobre. Nunca me imaginei em um lugar pior. Vou morrer, e meu corpo vai continuar fedendo, mesmo depois de formol, perfumes, flores do funeral).

Não me mexo (quero me imaginar em outro lugar). Também não quero *pensar* no que tem embaixo de mim e que me serve de cama.

É cocô. Bastante cocô. Tem também sopa velha da semana passada. A sopa tá bem no seu cabelo, igualzinho esses cremes de passar nos fios. Ah! Talvez você encontre as cascas de banana com bicho que você mesma jogou fora.

Tô vazia por dentro.

E eu começo a chorar. Soluço que nem criança.

— Socorro! — grito.

Só quem vejo é o zelador. Uma única luz no sorriso dele.

— Socorro! Dinei! Alguém!

Eles vão vir quando for conveniente.

Não presto atenção. Vou me esgoelar até alguém me ver aqui.

Pode gritar. Você tem vários motivos pra isso.

Então sinto os sacos de lixo se mexerem do meu lado. Um movimento perto do meu pé. Forço os olhos pra tentar enxergar melhor no escuro.

As patinhas sobem no meu pescoço.

Não preciso de visão pra saber que é uma barata (eu berro, berro alto, de fazer a garganta doer). Ela avança, avança pro meu rosto... E eu começo a me chacoalhar. Espanto a bicha, penso que venci a batalha.

Mas tem outras.

Sinto uma coisa entrar pela calça do pijama. Me estapeio, me debato, sou meu próprio saco de pancadas. Acerto a filha da puta. Aí uma coisa pegajosa e fria se espalha pela minha coxa (gosma gosma gosma que nojo que nojo).

Pego o celular do meu bolso e acendo a lanterna.

Preferia ter ficado no escuro. Tem um MAR de baratas se mexendo em volta de mim. Algumas eu nem vi subindo no meu corpo. Uma tá bem no meu peito, balançando as anteninhas. Gigante, do tamanho de um dedo humano, dessas que você vê saindo de um bueiro.

Elas sentem o meu medo. Quanto mais eu me mexo, mais aparecem.

E elas são só o abre-alas. Porque espantar os insetos acaba liberando caminho para os outros moradores. Do buraco entre um saco de lixo e outro, a lanterninha do celular pega o primeiro rato. Ele se assusta com a luz e para do meu lado. Quer entender se tô morrendo ou se ainda consigo me defender desses dentes que querem a minha carne (meu Deus do céu!). Quero expulsar esse bicho, mas me dá calafrio só de pensar em tocar no pelo preto e encardido (que, pra completar, tá rodeado por moscas que pousam em cima de um machucado).

(Nova onda de ânsia. Impossível. Não tenho mais o que vomitar.)

Mais baratas. Jogo a luz, são duas subindo pelo meu outro braço, uma no pé, outra no pescoço. Quero me levantar, mas não consigo, a queda me machucou (meus joelhos doem), então decido espernear mais, gritar mais. E isso também não adianta. Eles não fogem, nem os ratos nem as baratas (afinal, *eu* é que caí no covil *deles*). As baratas me cobrem, as patinhas fazendo cócegas na minha pele. Os ratos (outros apareceram para fazer companhia) arrastam os rabos de minhoca em mim enquanto andam (o que me dá uma agonia inexplicável. E é melhor que eu pare de berrar, senão algum deles vai acabar entrando na minha boca, JESUS CRISTO!).

É no silêncio, na aceitação do momento mais bárbaro e humilhante da minha vida, que percebo que tudo pode piorar. Porque vem outro movimento de baixo. Fico esperando uma ratazana, dessas grotescas.

Mas não é ratazana.

É uma mão.

OS MEUS

Na hora, eu esqueço das baratas, dos ratos, do zelador lá em cima, de tudo.

Viro a luzinha do celular e começo a assistir tudo sem acreditar que isso pode tá acontecendo.

A mão treme pra fora do lixo como se tivesse saindo da terra, procurando apoio no meio das coisas. Agora, aparece a outra mão (tô alucinando, só pode ser isso, só pode).

Firmes e fortes, as duas mãos fazem força e puxam para cima os braços... E o tronco (POR FAVOR, JESUS CRISTO, MEU SENHOR, QUE EU TEJA ALUCINANDO). Do meio da montanha, o morto se desenterra e surge com os três cortes do pescoço tapados com pedaços de lixo, que nem ralo entupido. Os olhos se abrem e se viram pra mim, ainda inteiros, vazios. A única diferença é que um deles foi perfurado por um pedaço de arame, que continua preso lá. A pele ficou preta, é decomposição e sujeira.

(NÃO PODE SER VERDADE NÃO PODE SER VERDADE NÃO PODE SER VERDADE.)

Ele estende a mão na minha direção, abre a boca e, de lá de dentro, do fundo das tripas, cospe:

— Você... que... fez... A culpa... é... sua...

— NÃO!

Ele agarra o meu braço do nada, e o meu celular voa longe. O cretino me unha enquanto eu tento me soltar, mas ele me prendeu. Eu choro e uso o pouco da razão que me sobrou pra tentar me arrastar pra longe dele.

Ele me puxa, se esfrega em mim, enfia as unhas mais fundo na minha pele. Na primeira oportunidade, bato nele com o meu joelho dolorido. Ele me solta e eu rastejo pra longe. Não consigo respirar direito (PRECISO SAIR DAQUI PRECISO SAIR DAQUI). Vou abrindo espaço entre os ratos (prefiro que eles me comam viva do que esse traste, QUE EU VI MORTO, ponha as mãos de novo em mim).

Não tô enxergando nada, não sei pra que direção tô indo. Chuto alguma coisa na fuga. Pelo tamanho, deve ser... A mão dele. Ele tá tentando me alcançar (ELE VAI ME PEGAR, EU VOU ESBARRAR NA PAREDE, E ELE VAI ME PEGAR).

— A... culpa... é...

— Não é minha!

— A culpa...

Aí trombo com as costas em algo.

Tateio o chão e encontro meu celular, que tava com a luz virada pra baixo. Jogo a lanterna na coisa em que esbarrei.

Não é uma coisa. É alguém.

— *Foi... você...*

A Laiz.

Ela não consegue manter o maxilar fechado. O corte que fiz no pescoço, de onde ainda vaza sangue viscoso, deve ter cortado algum nervo que fez a cara dela ficar assim, toda solta, tipo gelatina. Os olhos mal tão abertos. A Laiz se sustenta com os braços. As costas tão todas tortas e o peito sangrando debaixo da blusa (ela deve ter quebrado alguma coisa quando caiu aqui embaixo, costelas, coluna, sei lá).

Puxo o ar para gritar, mas a Laiz me abraça com força. Ela quer quebrar as *minhas* costelas (ELA ROSNA NO MEU OUVIDO, ELA DIZ QUE PREFERE SER NOIA DO QUE SUJA QUE NEM EU). Vou perdendo a consciência contra a pele molhada dela (é álcool, claro, álcool que eu mesma joguei no cadáver pra tacar fogo).

— *Você... nunca... foi... boa... mãe...*

Quem diz isso não é a morta que me esmaga. É a outra, que tá vindo atrás, iluminada pela luz do celular (ele caiu no meio do lixo e tá com a lanterna virada pra cima). Impossível não reconhecer a voz da minha própria filha, mesmo parecendo que vem de longe, muito longe, de outra dimensão. A Eugênia tá se aproximando com as pernas abertas, tipo em trabalho de parto, a buceta voltada pra mim, só que andando também. As pernas se movem que nem as de uma aranha. No rosto, só o choro, uma cara de miséria eterna. E do rasgo na barriga sai o cordão que liga à minha neta. Ela chora também, mesmo com poucos meses de formação.

— *Matou... filha... neta...*

A Eugênia anda até mim, ganindo tão alto que meus ouvidos doem. (A EUGÊNIA ARRASTA O FETO CONFORME ANDA! ARRASTA A MINHA NETINHA, A MINHA NETINHA PUXADA PELO CORDÃO, O SANGUE ESCORRENDO ATÉ ELA! EU NÃO CONSIGO RESPIRAR!)

Uivo quando as unhas do traste me perfuram e ele me puxa pro chão. As pernas da Eugênia pisam em cima de mim, e a Laiz não me larga.

(EU TÔ SUFOCANDO!)

(E eu tô até feliz que isso tudo vá acabar de uma vez. A luz do celular se apaga. Os três corpos me esmagam, me enterram. Eu tenho menos de um minuto respirando. Eu peço perdão por tudo, do fundo da minha alma, e respiro aliviada. Que merda. Tem só um buraquinho entre os corpos, e por ele eu enxergo aquele único ponto de luz na cara do zelador. O filho da puta continua sorrindo, no quarto andar. E eu sorrio de volta. Sorrio porque pelo menos uma vitória eu tive.)

(Foge, Dani. Aproveita que ele tá ocupado comigo e foge. Minha lindinha. O Dinei vai cuidar de você. A tia Solange te ama, tá?)

(Ela nunca.)

E aí ouço a explosão.

INCÊNDIO

Não entendo o que tá acontecendo. Só sei que do nada eu consigo voltar a me mexer. Abro os olhos e respiro que nem se tivesse ficado um tempão segurando o fôlego. A lanterna do celular tá acesa.

Olho em volta. Eles saíram de cima de mim, sumiram. O zelador também não tá mais no quarto andar. Sou só eu, o lixo... e os gritos pelo prédio todo.

De repente, vejo a luz vermelha. Fogo, mais ou menos na metade do poço.

(E tudo vem de uma vez só: a revista, o botijão — meu Deus, será que...? Penso nos fatos. Ele me enforcando. Ele me carregando pela escada, me jogando no poço do elevador. Ele me vendo torturada. *Ele não fechou a válvula.* Vai ver nem reparou que eu abri ela. Vai ver nem foi a revista. Se o gás ficou vazando esse tempo todo, bastou alguém ligar uma lâmpada, acender um fósforo...).

— TODO MUNDO PRA FORA!

(Gritos! Significa que...)

Tem gente aqui, tem gente correndo, vejo as sombras! Elas tão descendo, zanzam de um lado pro outro.

— Socorro! Alguém me ajuda! — berro.

E logo em seguida:

— Dona Solange!

(Me ouviram! *Me ouviram!* É uma voz conhecida!)

— Me ajuda!
— Cadê você?
— Aqui embaixo! No elevador!

A pessoa aparece na beirada do quarto andar. É a Gladis, e eu quero pedir desculpas por ter sido preconceituosa com ela. Ela não perde tempo fazendo perguntas. Chama alguém ali perto. É o filho de uma moradora, um rapaz forte que aparece ali e diz que vai ajudar. A cada segundo, mais gente sai dos apartamentos, anunciando o incêndio para os vizinhos.

Vejo fumaça e mais luz vermelha. O fogo parece que tá ganhando tamanho. Tô te falando isso porque o poço tá até mais iluminado. Dá pra ver o lixo em volta.

— Vou buscar algo pra tirar a senhora daí! — o moleque diz. — Pera um pouco!

— Vai e volta, por favor!

Olho os meus braços, a minha roupa. Eu tô coberta de álcool. Dá pra ver pela cara da Gladis que ela tá desesperada. Ela diz que vai esperar ali enquanto o menino procura mais ajuda.

Aí tem uma segunda explosão. É mais perto, num andar mais baixo (Jesus Cristo, por favor, me protege, eu sofri tanto, fiz tanto...). A minha prece é interrompida por uma terceira explosão. E, desta vez, pedaços de alguma coisa caem pelo poço e se estatelam do meu lado, tiram uma fina de mim. Eu entro em pânico (preciso sair deste poço AGORA!). Me encosto na parede onde as baratas sobem fugindo da tragédia e começo a gritar pra Gladis acelerar o moleque.

— Dona Solange! Aqui!
— Graças a Deus!
— Toma cuidado! — ele diz. — O lixo tá começando a pegar fogo do outro lado!

Ele me estende a redinha de piscina. Eu agarro e começo a escalar a parede do poço. Tudo dói: joelhos, costas, testa, braços cheios de cortes (são das unhas). Ponho um pé, depois o outro, choro de dor e caio de volta na montanha de lixo.

— Só segura! Só segura na rede que eu puxo!
— Vai quebrar!
— Tenta!

Faço o que ele manda. Ele consegue me erguer alguns centímetros... E aí o cabo do bagulho estoura. Despenco de costas mais uma vez, e a minha pele arde por causa do fogo próximo (ele tá avançando, vai chegar em mim! Mais uma dessas e eu sou torrada viva!). Olho pro moleque e pra Gladis e percebo a falta de esperança neles. Dá pra ler os pensamentos: *A gente vai ter que deixar essa velha aqui.*

— Pelo amor de Deus, não vão embora! Não vão embora!

Eles não respondem.

Quarta explosão. O incêndio vai devorar o prédio em pouco tempo! O povo tá descendo as escadas aos berros.

— Alguém! Ajuda! — a Gladis se esgoela.

Mais luz vermelha. Desta vez, a labareda aparece lá em cima do poço. Parece que vai tomar conta do teto (se o telhado despencar...).

Eu aceito. Vou ser esmagada. Se sobreviver, o fogo termina o trabalho.

O garoto me encara. A Gladis me encara. E com dó, ela diz:

— Dona Solange...

— Não, por favor, *por favor*...

— A gente não... não...

O moleque gagueja.

— E-eu vou... Vou dar um jeito. J-já volto.

— Não vai! Menino, pelo amor de Deus, não me abandona!

E logo depois que ele some, a Gladis:

— Dona Solange, me desculpa... me desculpa...

E sou abandonada. Deixada no lixo de novo.

Acabou.

ACABOU

As chamas começam a crescer no meio do lixo e eu sinto um calor insuportável. O corpo da Laiz é rapidinho engolido pelo fogo. Eu fico encolhidinha contra a parede, sabendo que é meu minuto final de vida. E aí, no calor do inferno:

275

— Aqui! — O moleque. Ele voltou. Ele tá com uma... uma cortina. E uma companhia.

É o Dinei.

A gente se olha por um segundo e troca uma conversa mental. Ele não passa confiança pela cara. Me viu com a revista pegando fogo mais cedo, é claro que suspeita que eu tenha dedo nisso. E eu não quero mais esconder nada. Baixo o rosto, assumo a culpa, só imaginando o ódio que ele sente por mim (isso porque ele não viu ainda o corpo da Laiz tostando). Mas ele grita:

— A gente vai jogar a cortina e a senhora vai segurar firme nela. Entendeu?

Faço que sim com a cabeça. Vem a quinta ou sexta explosão, lá em cima. Nosso tempo tá contado.

Agarro a cortina, e pela dor nas costas imagino que não vou conseguir. Vai ser outro fracasso. E agora, se eu despencar de costas, viro churrasco.

Eles me incentivam a continuar.

Mantenho o pulso firme.

Choro sem parar.

Sinto o tranco de quando eles puxam. Sinto o fogo a centímetros do meu pé.

Quatro, cinco, seis... Vou desmaiar de calor.

E então...

Eles me agarram pelo pijama e puxam meu corpo pro chão do quarto andar.

— AGORA CORRE!

DESABAMENTO

Sair pra noite de São Paulo é a melhor sensação da minha vida. Tem uma multidão aqui que conseguiu sair e se salvar.

Viaturas dos bombeiros chegam aos montes. Da polícia também. Ouço alguns PMs dizendo que, desta vez, talvez não dê pra salvar nada.

Assisto, fora de mim, os bombeiros entrando e saindo pela porta da frente. Dizem que ainda falta morador, que tem sobrevivente lá dentro. Eles vibram a cada resgate, sofrem com o tempo curto.

O fogo é incontrolável. Atingiu todos os andares e não tem água que dê jeito. O edifício virou um sol no meio da noite.

Às cinco e quinze, perto do amanhecer, o prédio desaba na frente dos nossos olhos (e eu desabo junto). Forma uma nuvem quente de fumaça que engole tudo. Uma parte da avenida Nove de Julho fica encoberta por mais de um minuto. Não dá pra ver um palmo na frente da sua cara. Eu soluço de perder o fôlego.

Os policiais perguntam se tinha algum conhecido meu lá dentro. Digo que sim, a minha filha.

O Dinei aparece enquanto os policiais me dizem coisas do tipo *vai ficar tudo bem* e *talvez ela tenha saído sem a senhora ver* (nem culpo eles pelo monte de merda que tão dizendo. Eles não sabem sobre o homem na escada. Não conseguem imaginar os horrores desta noite).

O Dinei. *Desculpa*, eu digo, sem sair som. Ele não responde. Acredito que ele nunca vai me perdoar. O que ele faz é deixar que eu mesma decida o meu castigo.

Ele aponta pro lado. Sigo o dedo dele...

A Dani.

Uma moça do resgate tá com ela na ambulância, cuidando de um machucado no braço. A Dani tá com carinha de exausta, mas tá viva, tá saudável. O meu coração fica quente, e não peço mais nada do mundo.

(Tchau, Dani. Seja tão feliz quanto fantasiei nos meus sonhos.)

ACAMPAMENTO

(Eu não choro, eu não penso, eu não reajo. Eu só existo.)

Faz três dias que o prédio caiu.

Os antigos moradores da ocupação tão em centros de acolhida ou acampados na frente dos escombros mesmo. A calçada da avenida Nove de Julho é uma grande vila com pelo menos cem pessoas que se recusam a sair dali enquanto não garantirem um auxílio aluguel pra outra moradia.

(A minha filha. Eu deveria estar chorando, que mãe não chora pela morte da filha grávida? Mas não choro. Não vem lágrima. Vazio.)

Nesses três dias, tomei banho, comi e dormi num desses albergues de morador de rua. Tudo fedia, e todas as pessoas me olhavam torto, mas dane-se. Preferi ficar lá mesmo assim. Não quero de jeito nenhum ficar perto desse prédio. Ele é maligno, ô se é. Aquela coisa, aquele homem...

— Pois não? — me pergunta o assistente social.

Tô aqui hoje porque eles tão montando uma lista com familiares desaparecidos. Os bombeiros trabalham sem parar pra resgatar vítimas nos escombros (como se tivesse alguma chance).

— Minha filha — digo. — Ela não conseguiu sair — (sai robótico, não tenho emoções.)

Até agora, são três mortos confirmados e treze desaparecidos, incluindo a minha Eugênia (sei que não vão encontrar ela viva. Pelas cinzas, nunca vão saber que rasgaram a barriga dela).

Na hora de ir embora, resolvo me aproximar do acampamento de tendas erguidas pelos sem-teto. Vejo um bando de conhecidos (amigos?) da ocupação que agora não têm onde cair morto. A Gladis, numa tenda no canto (ela não deixou de colocar esmalte na unha). O seu Paolo (ele sobreviveu, graças a Deus! Mas meu Deus do céu, quem deixou o seu Paolo ficar aqui? Ele precisa urgente ir para algum lugar que cuide bem dele. Na condição dele, não pode ficar assim).

E nessas de ficar passando o olho, vendo a desgraça alheia, vejo a minha filha.

Travo no lugar.

A Eugênia tá na frente de uma tenda, com a perna cruzada. Ela não tem corte nem barriga de grávida. Tá do jeito que eu sempre conheci. Ela fala com uma menina de uns três anos, que tá em pé ao lado dela. Tomo um choque ao reparar na semelhança. São iguais. São do mesmo sangue. Mãe e filha. Eu me agarro ao poste pra não cair. As duas param de conversar quando chega uma terceira pessoa. É um homem de uns trinta anos. Ele se aproxima das duas, senta no chão e fala alguma coisa que faz as duas sorrirem.

Ele aponta pra trás.

Aponta pra mim.

E os três se viram na minha direção. A Eugênia, minha neta e o traste. Os três me olham sem virar a cara, rostos sem emoção, olhares mortos, bocas meio abertas.

Eu grito e saio correndo.

FAMÍLIA

(Vazio. Vazio do que mesmo? Só vazio.)

Já faz... Quanto? Não lembro. Lembro de quando fez seis meses.

Mudei de zona e nunca mais voltei pro centro.

(Me dá um alimento, moça? Pode ser um trocadinho do seu carro. Deus te abençoe.)

Durmo nas calçadas dessa avenida aí. Como chama? Esqueço sempre. Bem no sul. Tá ótimo aqui.

(Um dinheirinho, patrão? Filho da puta, nem olhou na minha cara.)

Tem muito crackudo e traficante aqui, e é isso o que eu mais gosto. Tem movimento. Tem gente, trânsito (porque tudo isso espanta os que me seguem).

Albergue? Nem pensar. Suportei não. Todo dia, quando apagavam a luz, na hora de dormir, a porta se abria e os três vinham me fazer companhia do lado da cama (*vovó, sou eu. Vovó, você não sabe quem eu sou? Você cantou pra eu dormir na barriga da mamãe, vovó*).

Uma madrugada, ela me pediu um beijo. Saí fora no meio da noite.

Me perguntaram se eu queria tratamento psiquiátrico. Perda de tempo.

(Senhora, a senhora vai terminar esse pãozinho de queijo? Deus abençoe.)

Roberto Marinho! Roberto Marinho (é esse o nome da avenida.)

Também não quis nada dessas bosta de indenização (quero nada de ninguém, e não vem tocar no nome da minha filha!).

(Acho que faz nove meses. É, por aí...)

Ah, e nunca mais fui naquele tal de CAPS. Lugarzinho horrível. Me faziam falar sobre os meus que me seguem.

Aqui, no meio dos crackudo, ninguém me acha e ninguém me enche.

(Vaza, vaza, tá tendo briga ali!)

É noite. Durmo do ladinho do córrego. Virou tradição. Tá ótimo.

(Apesar que... Sabe o que é? Posso *jurar* que tô ouvindo um choro de criança. Vem de dentro do canal. Pode ser que seja só a água...).

(Esse cafezinho, madame? Pra acordar de manhã. Por favorzinho...)

Amanheceu, e a primeira coisa que eu faço: roubo um saco de algodão da farmácia ali. Na rua, coloco um tufo dentro de cada ouvido.

(Pronto, ufa. Escuto mais nada. Só minha cachola.)

Mas, ainda assim...

Ainda assim, vem o choro. Choro de criança de três anos de idade.

Um casal que passa me entrega uma nota de cinco reais.

(Patrão, madame?)

A moça diz, olhando pra mim:

— Tadinha... O que será que se passa na cabeça dela?

E is a queda da Torre.
 Cercada de peças que tentavam em vão defendê-la, a Rainha — ainda uma inocente princesa àquela altura –, prometida desde o ventre a algo magnífico, a mim Dani foi entregue. Sob um céu de cinzas e sobre um tapete de ruínas, ela seguiu com seu novo tutor, sem enxergar aquele que era de fato seu patrono por direito.
 Se, por acaso, o véu fosse retirado de sobre aqueles doces olhos, talvez ela tivesse me enxergado, mas não compreendido. Minha face, para ela então uma tela virgem, tem sido coberta com pinceladas em tons trevosos, no compasso das suas escolhas. A pintura resultante somente será revelada quando estiver pronta para ser o centro de uma exposição sui generis, na qual ela, a pequena Dani, enfim, entenderá o seu papel no mundo e o propósito de sua concepção. Mal posso esperar para testemunhar sua ascensão.

S ei que estás curioso. Os horrores encontrados nestas páginas ficarão para sempre em teus pensamentos. Se você porventura vier a deslembrar detalhes como nomes e razões, não importa — o sentimento de desolação causado por estes registros seguirá lavrado em tua alma. O causador do teu sofrimento torna-se anônimo quando a dor fala mais alto e se converte apenas em uma memória ruim, carregada na angústia imortal.
 Se levares os dedos até a tua nuca agora, não distinguirás ainda a fenda.

Pode tentar.

Nada sentes, não é?

Agora, fecha os olhos e desenterra teus medos, tuas fraquezas. Vamos, ninguém mais nos vê. Quer esteja no conforto de teu lar ou no meio da multidão, és invisível neste instante. Aproveita este momento para garimpar a tua coragem e assumir tua verdadeira identidade. Tua alma te encara, e sei que tu te envergonhas do que vê. Se serve de consolo, não estás sozinho.

Há um fundo de verdade em cada uma das histórias narradas, então aproveita a oportunidade que está em tuas mãos.

Talvez ainda não seja tarde demais para ti. Todas elas aconteceram somente pelo fato de terem sido permitidas. Homens e mulheres, lânguidos demais para lutarem contra as próprias fraquezas e cujas trancas se partiram com o menor dos meus esforços, anunciaram o convite ao âmago de seus tormentos e cederam ao mal à espreita.

Talvez teu destino não seja encontrar-me, afinal. Podes muito bem viver uma vida longa, pavimentada por sábias escolhas. Basta trabalhar em tuas fraquezas. Identifica-as e cauteriza-as, pois é a única defesa contra a invasão da semente maligna. Posso estar perdendo agora a chance de, um dia, saborear-te em mordidas lentas para sentir-te dissolver em minhas profundezas. Ora, talvez sejas mesmo especial.

Não romantizes a tragédia. O prestígio post mortem parece esplêndido aos que ficam porque desconhecem os segredos. A morte não é um terrível fim — terrível é a sentença do outro lado. Então não esbanjes tua vida com uma rotina de pensamentos irascíveis e traiçoeiros. Essa é uma das mais mortíferas doenças do século, uma desculpa para elucidar os murmúrios ao pé do ouvido e não apenas desalento, desesperança, inquietude. É uma companhia ainda oculta.

O mesmo vale para as ideias nascidas de teus vícios mais íntimos. O sorriso de satisfação nascido após a conquista de um objetivo cujo desejo inicial fora parido por uma fraqueza é somente um escárnio vazio, uma pretensa alegria — por dentro nada está bem. Prazer passageiro, levado pelo vento como fuligem. O mal por trás delas é como o rio, que flui em um leito de nada que não pura maldade. Ele segue seu curso, faz parte da condição humana: se consolida, faz-se mais caudaloso, submerge as pepitas de

ouro pelo caminho e torna-se mais forte ao desembocar em um mar de trevas, estando assim livre do controle daquele que o carrega.

Todo indivíduo está sujeito ao mal. Sua fraqueza — cobiça, inveja, hipocrisia, medo — é a fechadura que aguarda ser destrancada. Cedo ou tarde, se permitir, ela será aberta.

Espere. Deixe-me ver.

Onde está? Pronto.

Aqui!

Vire-se. Tenho a chave certa pra você.

Conheça outras obras dos autores:

Marcos DeBrito
O escravo de Capela
A casa dos pesadelos

Marcus Barcelos
Horror na Colina de Darrington
Dança da escuridão

Rodrigo de Oliveira
O vale dos mortos
A batalha dos mortos
A senhora dos mortos
A ilha dos mortos
A era dos mortos I
A era dos mortos II
Elevador 16

Victor Bonini
Colega de quarto
O casamento
Quando ela desaparecer

ASSINE NOSSA NEWSLETTER E RECEBA
INFORMAÇÕES DE TODOS OS LANÇAMENTOS

www.faroeditorial.com.br

Há um grande número de portadores do vírus HIV e de hepatite que não se trata. Gratuito e sigiloso, fazer o teste de HIV e hepatite é mais rápido do que ler um livro.
FAÇA O TESTE. NÃO FIQUE NA DÚVIDA!

CAMPANHA

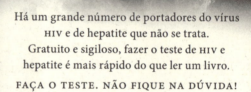

ESTA OBRA FOI IMPRESSA PELA
GRÁFICA LC MOYSES EM SETEMBRO DE 2019